古典文藝研究輯刊

十七編

曾永義 主編

第10冊

論豪放（中）

于成我 著

國家圖書館出版品預行編目資料

論豪放（中）／于成我 著 — 初版 — 新北市：花木蘭文化事
業有限公司，2018〔民107〕
目 4+196 面；19×26 公分
（古典文學研究輯刊 十七編：第 10 冊）
ISBN 978-986-485-327-4（精裝）
1. 中國古典文學 2. 文學美學 3. 文學評論
820.8   107001701

ISBN-978-986-485-327-4

9 789864 853274

古典文學研究輯刊
十七編　第 十 冊
ISBN：978-986-485-327-4

論豪放（中）

作　　者　于成我
主　　編　曾永義
總 編 輯　杜潔祥
副總編輯　楊嘉樂
編　　輯　許郁翎、王筑　美術編輯　陳逸婷
出　　版　花木蘭文化事業有限公司
發 行 人　高小娟
聯絡地址　235 新北市中和區中安街七二號十三樓
　　　　　電話：02-2923-1455／傳真：02-2923-1452
網　　址　http://www.huamulan.tw 信箱 hml 810518@gmail.com
印　　刷　普羅文化出版廣告事業
初　　版　2018 年 3 月
全書字數　557861 字
定　　價　十七編 26 冊（精裝）新台幣 50,000 元

論豪放(中)

于成我　著

第四章 「豪放」形成與嬗變的歷史考察（上）

第一節 先秦兩漢：「豪放」的醞釀和萌芽

一、「豪放」在先秦的現實醞釀和文獻實證

「豪放」作為一個概念或者範疇，有著其發展的歷史和被一定的社會、時代、文化、族群、階層、個體接受的歷史，這個歷史是和其邏輯發展的歷史交織在一起的，關於「豪放」本身邏輯發展的歷史，本書已在「豪放的內在結構生成」一章加以論述，這裡探討的僅僅是它作為一種歷史事物、審美意識和美學範疇形成、發展和嬗變的歷史。考察「豪放」作為一個美學範疇形成和發展嬗變的歷史，無疑會加深我們對它的理解，也是研究「豪放」範疇的必要內容和基本前提。

（一）「豪放」語義流變初源考辨

「豪放」是由「豪」和「放」兩個概念和合而成的，二者的融合最先出現在《三國志・張彝傳》裏，而這個點，應該是偶然與必然的結合，在必然的歷史之流裏，偶然之點又是必然的，也就是說，這個點是此前歷史中「豪放」發展的一種表現形式，在這個點出現之前，其意蘊或內涵就已經存在了，只不過是尚處於一種潛在的狀態，或為人知或不為人知，或為人知而不被重視，沒有在歷史中形成這樣的語辭形式的點而已。我們先看一看東漢許慎的《說文解字》（約完稿於安帝建光元年，即公元一二一年九月）對「豪」和「放」

的解釋。《說文解字注‧九篇下》「豪」字條：

> 「豪豕，鬣如筆管者。出南郡。」段玉裁注：「豪豕，豕名，《西山經》之有獸焉，其狀如豚而白毛，大如笄而黑端。……按本是豕名，因其鬣如筆管，遂以名其鬣。凡言豪傑、豪毛，又皆引申之義也。」〔註1〕

《說文解字注‧四篇下》「放」字條：

> 「放，逐也。……凡放之屬皆從放。敖，出遊也。從出放。」
> 段注：「《邶風》曰：『以敖以遊。』敖、遊同義。經傳假借爲倨傲字。」
> 「從放取放浪之意。」〔註2〕

從解釋可以看出，從科學的角度來揭示語辭意義的《說文》的時代，「豪放」的某些核心內涵意蘊，還沒有顯示在像《說文》這樣具有劃時代意義的經典文化文本上。這可能是許慎本身方面的一些因素，他或許注重解釋文字的古義、原初義，因爲在此之前，中國古代的一些文化文本中出現的「豪」和「放」的意義，已經明顯具有了作爲構成「豪放」整體意蘊、內涵的意義，例如《孟子》、《莊子》等。下面，我們將試圖揭示作爲「豪放」構成元素的「豪」和「放」，其意義由無到有的歷史演變軌跡。

首先進入視野的是「放」：

> 流共工於幽州，放歡兜於崇山，竄三苗於三危，殛鯀於羽山，四罪而天下咸服。（《尚書‧虞夏書‧舜典》）

> 成湯放桀於南巢，惟有慚德。（《尚書‧商書‧仲虺之誥》）

> 我聞曰：「『世祿之家，鮮克由禮，以蕩陵德，實悖天道。敝化奢麗，萬世同流。』茲殷庶士，席寵惟舊，怙侈滅義，服美於人。驕淫矜侉，將由惡終。雖收放心，閒之惟艱。資富能訓，惟以永年。惟德惟義，時乃大訓。不由古訓，於何其訓？」（《尚書‧周書‧畢命》）〔註3〕

以上所引前兩例中的「放」，其義即正如《說文》所釋，爲「放逐」之意。《尚書》是我國最古老的典籍，以上諸篇，又屬於較古的古文《尚書》，因此可以說，「放」的原始意義即源於此。但是後來的《畢命》（約作於周康王即位後

〔註1〕　許慎：《說文解字》，段玉裁注，上海古籍出版社，1981年版，第456頁。
〔註2〕　許慎：《說文解字》，段玉裁注，上海古籍出版社，1981年版，第160頁。
〔註3〕　《四書五經》，嶽麓書社，1991年版，第217、229、274～275頁。

第十二年，即約公元前 1009 年）篇裏的「放」卻有所不同，而是「放縱恣肆」之意，並且這裡是一種貶義，但這要具體情況具體分析。西周的「成康之治」，據《史記・周本紀》記載，「成康之際，天下安寧，刑錯四十餘年不用」，所以這時候可以說正處於周朝的上升時期，禮法對於王朝至關重要，周康王本著戒除統治階級貴族的「驕淫矜侉」之心即「放心」，應該說是值得肯定的。值得注意的是這裡的「放」雖然是貶義，但它和禮法制度的對立姿態已經形成，而這一點非常重要！這時候的這個點就是「豪放」意蘊的最初淵源，讓我們審視一下這個點在中國歷史上幾個方面的地位，以確立其在中國傳統文化中的座標：

公元前 1009 年左右，周康王是周朝的第三代君王，整個王朝正處於上升時期，並且經過文王等幾代人的積累，富有周文化特色的封建禮法制度已經得到了比較完善的發展。《史記・周本紀》云：「西伯蓋即位五十年。其囚羑里，蓋益《易》之八卦為六十四卦……諡為文王。改法度，制正朔矣。」相傳淵源於伏羲的《易》在周文王那裡已經得到了定型，而《周易》不僅是中國哲學的源頭，還是中國文化的源頭（指具有了一定的形態並對後世產生巨大影響的文化源頭），《史記・孔子世家》中說，「孔子晚而喜易，……讀易，韋編三絕。曰：『假我數年，若是，我於《易》則彬彬矣。』」（《論語・述而》：「加我數年，五十以學《易》，可以無大過矣。」）實際上《周易》在中國文化和中國歷史上的地位遠遠超過《尚書》，但是「豪」和「放」均沒有在《周易》中出現，說明這時候的社會文化建設還沒有充分地發展到豐富的狀態，而作為中國傳統文化的重要體現的諸子百家（尤其是儒、道兩家），卻正是古代社會文化建設充分發展豐富的第一個高潮的產物，這時還沒有出現。《周易》作為哲學的根源而先行，是完全可以理解的。也正因為它是從哲學的層面上來認識世界萬物的，而且當周文化建設之初，「改法度，制正朔」，可以說這時候的法度在整體上是進步的事物，它還沒有和人形成明顯的衝突，「豪」、「放」或者「豪放」的意蘊之所以未能出現，也就在情理之中了。而人所面對的主要對象是自然界，即自然界是人類的最主要的威脅（如災害、疾病、溫飽問題等），這時候人類作為一個整體在面對大自然的時候，是有著非常的凝聚力的，可以說，社會法度因此成為人的這種凝聚力之所以產生的一個保障，意義是很明顯的，這也正是「豪放」——即作為法度的對立物——之所以沒有在這個時代產生的原因。但是，作為法度的對立物，「放」的意蘊在此

則已經形成了，當法度有利於社會發展的時候，「放」或者「豪放」的作用就是負面的、貶義的，因而就是不被人們所接受的。《周易》奠定了中國文化的基礎，但它只是開了一個源頭，這個源頭一直到歷史上的「軸心時代」才得以匯成一股宏大的文化之流，而之所以能出現這股文化之流，恰恰是在周王朝逐步衰落的情況下完成於其後期的。王朝的衰落伴隨著禮樂崩壞的局面，春秋末年的孔子感慨說：「天下有道，則禮樂征伐自天子出；天下無道，則禮樂征伐自諸侯出。」（《論語·季氏》）而禮樂崩壞正是無道的表現，所以孔子的理想是建立以「仁」為中心的禮法制度，以恢復和加強周王朝的統治。孔子在政治上是保守的，落後於時代發展的潮流，孔子前後的諸子百家的學說，就是那個時代思想的形形色色的體現。因此，「放」的意義由貶義逐漸轉化並向褒義靠近，就是伴隨著這種時代的大潮而產生的。

《尚書》之後典籍中出現「放」這一概念的是《左傳》，其作者一般認為是春秋末年的左丘明（約公元前 556～前 451 年），他與孔子基本上處於同一時代，《論語·公冶長》裏有「巧言、令色、足恭，左丘明恥之，丘亦恥之」的話。《左傳》的成書時間現在一般認為在公元前 5 世紀中葉左右，這時候的「放」並沒有太大的發展，如「莊公六年」云：

> 六年春，王人救衛。
>
> 夏，衛侯入，放公子黔牟於周，放寧跪於秦，殺左公子泄、右公子職，乃即位。〔註4〕

這裡的「放」仍然是「放逐」之意。《論語》裏也出現了幾次「放」：

> 「虞仲、夷逸，隱居放言，聲中清，廢中權。」（《論語·微子》）
>
> 子曰：「放於利而行，多怨。」（《論語·里仁》）
>
> 放鄭聲，遠佞人。（《論語·衛靈公》）

後兩例與「豪放」內涵無關，第一例朱熹《論語集注》引謝良佐解釋云：「隱居放言，則言不合先王之法者多矣。」〔註5〕宋人裴駰《史記集解》有云：「包氏曰：『放，置也。置不復言世務也。』」〔註6〕當以後者為是。至於「豪」這一語辭，《說文》引用的例子是《山海經》裏的，關於《山海經》的成書時間，

〔註4〕 《四書五經》，嶽麓書社，1991 年版，第 726 頁。
〔註5〕 朱熹：《論語集注》，齊魯書社，1992 年版，第 188 頁。
〔註6〕 《文淵閣四庫全書·史記集解》（電子版），上海人民出版社、迪志文化出版有限公司，1999 年版。

古代學者大都認為是夏禹、伯益所作，直到今天這個問題還沒有得到很好解決，可以確定的是此書非出於一時一人之手。筆者認為，《山海經》的成書時間和其中內容（具體文字或事實）是兩個層面的東西，並不矛盾。根據其內容，應該是上古時代的，可能某些內容比《尚書》還要早。《山海經》中有共「豪麌」、「白豪」、「麌豪」、「豪山」、「豪魚」五處牽涉到「豪」字，唯「豪山」之意不甚明瞭，其他皆與《說文》釋例同義。從「豪」的這一意義來看，應該是其原始意義，由此我們可以推測《山海經》的內容年代久遠，大體是遠古時期。但是此處「豪」還沒有「豪放」的內涵，所以上文中從這個角度來說，「放」的出現早於「豪」。在諸子百家的著作中，首先比較多的出現「豪」和「放」這兩個概念的是《孟子》一書，如《公孫丑上》裏有「思以一豪挫於人」的話，此處的「豪」通「毫」，《盡心上》裏說：「孟子曰：『待文王而後興者，凡民也。若夫豪傑之士，雖無文王猶興。』」這裏第一次出現了段玉裁注《說文解字》「豪」字條時所說的引申義，這裡「豪傑」和「凡民」對舉，朱熹釋為「有過人之才智者」〔註7〕，《鶡冠子・博選》云「德千人者謂之豪」，實際上揭示了「豪」超常的超越的意義，氣勢或氣魄雄大是其基本特徵，後世的豪放詞作者多英雄豪傑，其原因即多在於此。《孟子》裏的「放」也出現多次，其中《孟子・滕文公下》裏的「放」與《尚書》的「放心」之「放」意義接近：

　　孟子曰：「湯居亳，與葛為鄰，葛伯放而不祀……」

朱熹解釋為「放而不祀，放縱無道，不祀先祖也」〔註8〕，由於孟子這裡述說的語境是商代，所以這裡的「放」仍然是貶義，而與「道」即禮法制度相對立。在這個意義上，還看不出其發展。值得注意的是「豪放」做為一種「放」的姿態，首先也在此出現了。《孟子・離婁下》云：

　　孟子曰：「源泉混混，不捨晝夜，盈科而後進，放乎四海。有本
　　者如是，是之取爾。苟為無本，七八月之間雨集，溝澮皆盈；其涸
　　也，可立而待也。故聲聞過情，君子恥之。」

朱熹的解釋是：「科，坎也。言其進以漸也。放，至也。言水有原本，不已而漸進以至於海，如人有實行，則亦不已而漸進以至於極也。」〔註9〕這個解釋

───────────

〔註7〕　朱熹：《論語集注》，齊魯書社，1992年版，第190頁。
〔註8〕　朱熹：《論語集注》，齊魯書社，1992年版，第84頁。
〔註9〕　朱熹：《論語集注》，齊魯書社，1992年版，第114頁。

我們基本上可以接受，但是在感覺上有點「硬」，未能貼切地體會事物的情狀。「放」釋爲「至」大體上不錯，但是我們只要聯繫一下實際情況，就可以發現孟子這裡特別強調「盈科而後進」，這正是一個水先受到阻擋、抑制而後「放」的狀態，也可以說是先「收」後「放」，如果我們把它和人類社會聯繫起來，就會想到這種「坎」正如禮法制度一樣，對於人而言是一種束縛。水之終會「盈科而後進」，也正預示了這種「放」的發展狀態是事物發展的必然。「收」、「放」分屬於事物發展整體的不同的兩個階段，而「放」顯然是一個比較高級的階段，也就是朱熹所說的「極」，「放」的姿態以水爲喻，是一個很好的事物狀態。在《孟子》中，雖然「豪」和「放」這兩個概念還沒有結合到一起，但是作爲「豪放」整體意義的兩個部份，卻已經在這裡完全具備了。研究「豪放」這個概念或範疇，這裡就是一個非常重要的點，一個里程碑式的點。這種情況之所以發生，是歷史與個體的必然。歷史的必然就是周王朝的逐步衰落所形成的法度和人的對立因素的加強，而個體的必然卻不能不從孟子本人說起。我們知道，《孟子》之文氣勢充沛而磅礴，《滕文公下》記載孟子回答公都子「外人皆稱夫子好辯，敢問何也？」時說：「予豈好辯哉！予不得已也。」而「辯」正是《孟子》的特色，要達到「辯」，無疑需要具有充沛的氣勢。《公孫丑上》云：

> 「敢問夫子惡乎所長？」「我知言，我善養吾浩然之氣。」「敢問何謂浩然之氣？」曰：「難言也。其爲氣也，至大至剛，以直養而無害，則塞於天地之間……」

再聯繫前面孟子言水的重「本」，可以說這個養「浩然之氣」的過程，也就是「收」的過程，只有內在具有這種盛大的「氣」，才能表現爲「放」的狀態。而「氣」又與「志」密切相關，孟子特別重視「志」，同章云：

> 「……夫志，氣之帥也；氣，體之充也。夫志，至焉；氣，次焉。故曰：『持其志，無暴其氣。』」

也就是說，「氣」之所以產生的原因是人的「志」，《萬章上》裏又有「以意逆志」的話，因而「志」可以說是人的主體最重要的一點，包括「意」、「情」、「氣」等不同的層次，當然各個層次之間也是可以交融的。而「志」最重要的一點體現在其社會性上，它與人的本質屬性社會性相聯繫，對於社會的態度決定著「志」的「意」、「情」、「志」等方面的內容，而人的社會責任感越強烈，其「志」的主體性特徵就越突出，「氣」也就越盛大充沛。因此，從以

上兩個方面看來，「豪」和「放」在《孟子》那裡得到較充分的發展，是有其必然性的。對於這一點，宋代的理學家程顥有著深刻的體會，他特別讚賞《孟子·滕文公下》裡「得志，與民由之；不得志，獨行其道。富貴不能淫，貧賤不能移，威武不能屈。此之謂大丈夫」的話，在其詩歌《秋日偶成二首》（之二。這是程氏極其著名的詩作）裡讚揚說：

　　　　富貴不淫貧賤樂，男兒到此是豪雄。

由此可以看出程顥對這幾句話的讚賞程度，而他認為如果達到了這個境界就可以稱的上是「豪雄」，可以說這是對孟子重「氣」、重「志」而和「豪放」的意蘊相關的一個極其重要的證據。

　　此外《孟子》中還有幾處出現了「放」的概念，都和「豪放」關係不大，有關係的如《盡心下》裡有「如追放豚」的話，這個「放」正是「豚」的脫逸即不受圈欄拘束的狀態。《告子上》有兩節文字很值得注意：

　　　　孟子曰：「牛山之木嘗美矣，以其郊於大國也，斧斤伐之，可以為美乎？是其日夜之所息，雨露之所潤，非無萌蘖之生焉，牛羊又從而牧之，是以若彼濯濯也。人見其濯濯也，以為未嘗有材焉，此豈山之性也哉？雖存乎人者，豈無仁義之心哉？其所以放其良心者，亦猶斧斤之於木也，旦旦而伐之，可以為美乎？

　　　　孟子曰：「仁，人心也；義，人路也。捨其路而弗由，放其心而不知求，哀哉！人有雞犬放，則知求之；有放心而不知求。學問之道無他，求其放心而已矣。」

這裡「放」的對象是抽象化了的「心」，既然是「其所以放其良心者，亦猶斧斤之於木也，旦旦而伐之，可以為美乎？」那麼可見孟子是不贊成這種「心」的「放」的姿態的，這也反映了儒家思想的保守性，說明這種「放」的姿態在大部份人看來是不能接受的，能夠接受和表現的時代還沒有到來。但是這裡我們特別著重的是「放」的對象即抽象化了的「心」，它不是具體的，因而是在形而上的意義上來講的，這一點意義重大，前面我們在探討「豪放」的內涵的時候，還特別說到了這一點：即「放」既可以表現為外在的具體的形式形態，又可以表現為外在的形而上意義上的形式形態，而後者尤其是「豪放」之內涵的精義所在，它的最初源頭是《尚書》，但與「豪」同時並存於一部典籍中，這種情況至少是可以追溯到《孟子》這裡的。

（二）「豪放」在先秦的哲學意蘊萌芽

文化是社會活動積澱的產物，一般而言是後於社會活動的實踐的，尤其是在文化的生發性的原點那裡，「豪放」也不例外。那麼在確定了其生發的原點之後，我們還應該由之上溯，找出豪放的具體表現形態。先秦的兩大學派儒家和道家，其精神、學說建設和文化最具有特別重要的意義，是中國文化的兩大發源點。在《老子》中是以「自然」為核心義旨的，連所謂的「道」，也是「法自然」的。雖然《老子·第四十章》裏有「反者道之動」的思想，陳鼓應指出：

> ……不過老子還是主靜的，他說「致虛極，守靜篤」，「重為輕根，靜為躁君」。……有關動、靜的問題，無論是靜為動本，還是動、靜互涵等問題，孔子思想中都沒有涉及到。〔註10〕

正因為老子的哲學思想是主靜的，所以他強調「專氣致柔，能嬰兒乎？」（《老子·第十章》），講究「知其雄，守其雌」（《老子·第二十八章》），還特別重視「樸素」（《老子·第十九章》：「見素抱樸，《老子·三十二章》：「樸雖小天下莫能臣也。」）。和孟子的「盈科而後進」不同，老子認為「保此道者不欲盈。夫唯不盈故能蔽而新成。」（《老子·第十五章》）。孟子重視養「浩然之氣」，而老子卻要人「虛其心，實其腹，弱其志，強其骨」。老子並不是不重視內養，但他強調一種「虛」、「靜」、「守雌」的狀態，可以說這種狀態正是「收」的狀態，老子思想中沒有「放」的姿態，頂多是一種「和」或者是「自然」的狀態，「收」、「放」關係是一種充滿張力的即矛盾又調和統一的兩極致間的「場」，而老子卻將這種「場」靜化、虛化了而保持一種平和的狀態。因此在老子思想發展演變的這一段時期，「豪放」沒有在以道家思想為主導的社會形態中以具體的形式表現出來。同樣，在儒家的創始人孔子那兒，正因為他是以「仁」為指導思想來力圖恢復周「禮」，而強調「克己復禮為仁」（《論語·顏淵》），「克己」才是前提和最重要的，孔子對個體的重視遠遠不如對「禮」的重視，他在文論中極其重要的「樂而不淫，哀而不傷」的思想對中國古代文學影響至為深遠，對於「情」的克制使得孔子的思想裏不可能有人的主體性特別強烈的情況發生，「豪放」的意蘊沒有出現實屬必然。孔子本人及其弟子多以世事為務，表現出強烈的入世色彩。但也有例外，那就是曾點，《論語·先進》記載：

〔註10〕 陳鼓應：《老莊新論》，上海古籍出版社，1992年版，第83頁。

　　子路、曾皙、冉有、公西華侍坐。子曰：「以吾一日長乎爾，毋
吾以也。居則曰：『不吾知也！』如或知爾，則何以哉？」子路率爾
而對曰：「千乘之國，攝乎大國之間，加之以師旅，因之以飢饉；由
也為之，比及三年，可使有勇，且知方也。」夫子哂之。「求！爾何
如？」對曰：「方六七十，如五六十，求也為之，比及三年，可使足
民。如其禮樂，以俟君子。」「赤！爾何如？」對曰：「非曰能之，
願學焉。宗廟之事，如會同，端章甫，願為小相焉。」「點！爾何如？」
鼓瑟希，鏗爾，舍瑟而作。對曰：「異乎三子者之撰。」子曰：「何
傷乎？亦各言其志也。」曰：「莫春者，春服既成。冠者五六人，童
子六七人，浴乎沂，風乎舞雩，詠而歸。」夫子喟然歎曰：「吾與點
也！」

可以說曾點的境界是超逸的，而與前三者顯然有別，博得了孔子的認同。這
裡有幾點應該注意：一是曾點的境界確實已經初露「放」——並且是以個體
的存在姿態出現——的意蘊了，自由而無拘無束的狀態和人生境界契和到一
起了，而完全不考慮到禮法制度的束縛的因素，而是呈現出人的本真狀態，
突出的是人的主體性方面的自由自在。一是曾點的境界和前三者迥然不同，
也正因為和前三者關注社會積極進取的姿態不同，所以他在言說己志之時特
別先提出了這一點，可以說不無擔心老師是否會責備其和禮法偏離的意思。
再就是孔子的認同方式很有意思，是「喟然歎曰」，一是表明孔子非常嚮往這
種境界，一是他的「喟然」的狀態，實際上是一種悵惘的狀態，即不排除自
己也沒有想到或者達到這種境界的意味和可能，所以這種「喟然」的狀態實
際上又是一種消魂之貌、陶醉之狀。在這種狀態之中，潛伏著禮法制度對人
的束縛（即「收」）和對人的無拘無束的追求（即「放」）兩者之間的衝突，
在對曾點的肯定之中，孔子應該說是矛盾的，現實不容許他如此逍遙自在，
只不過是偶而發發「道不行，乘桴浮於海」（《論語·公冶長》）的牢騷罷了，
而「浮於海」正是一種「放」（就像今天人們所說的「老子不幹了」一樣，撒
手不管了）的姿態。建立「禮」的體制，在根本上是和「放」的姿態衝突的。
孔子的中庸之道是一種理想境界，實際上在現實中幾乎不能達到，對此孔子
也有著清醒的認識，他說：

　　不得中道而行之，必也狂狷乎！狂者進取，狷者有所不為也。

（《論語·顏淵》）

所以他又指出等而次之的「狂」、「狷」也是可以肯定的。周波在《論狂狷美》一文中認為，「狂狷」具有「特立獨行的本眞人格，逆乎流俗的人生態度」和「狂放不羈的行爲舉止」等表現形態〔註11〕，並以張旭、懷素、徐渭等人爲代表，可以說體現出了較爲明顯的「豪放」意蘊。對於「狂」，朱熹認爲：

> 狂者，志極高而行不掩。〔註12〕

所謂「行不掩」，即已經流露出了「放」的意味。「放」是一個結果，而「放」的內因是「豪」，這在孔子那裡已經具備了，他說：

> 見義不爲，無勇也。（《論語·爲政》）
>
> 朝聞道，夕死可矣。（《論語·里仁》）
>
> 士志於道，而恥惡衣惡食者，未足與議也。（《論語·里仁》）
>
> 子曰：「吾未見剛者。」或對曰：「申棖。」子曰：「棖也欲，焉得剛？」（《論語·公冶長》）
>
> 子曰：「三軍可奪帥也，匹夫不可奪志也。」（《論語·子罕》）

由上面所引我們可以看出，孔子是重視內養的。第一則中他對「勇」的契機歸結爲是由「義」而引發，而表現出來；第二則中表現了他爲求道的大無畏的精神和勇氣；第三則中形象地表明了內在的得道之人，不以惡衣惡食爲意；第四則中可見他對「剛」的重視，而剛與「豪放」是相通的，這點前文在討論「豪放」的義界和內涵時已經談論到了；第五則則可見他對「志」的強調，鮮明的對比的重心落實在「匹夫」即個體上，這裡的「志」具有強烈的主觀色彩。可以說在孔子那裡已經具備了「豪」的文化基礎，只是「放」還沒有得到表現，這和儒家思想的保守性有關。孟子繼承了這些因素而加以發展，他對此的突破應該歸結爲其個體特徵作用於儒家思想的結果，但也是有限的。孟子文風的「辯」的特點，卻可以說是在風格層面「放」的意蘊的先行，而比起《論語》來有顯著的差別。這種文風在縱橫家的言說那裡體現得相當充分，如鬼谷子兩個出色的弟子蘇秦和張儀，他們的風采在《戰國策》裏展現得相當精彩。「豪放」內涵和風格在這一歷史時期已經奠定基礎，它是眾多風格中的一種，只有到了宋代，詞的「收」和「放」的關係因爲與詞的文體有關而形成強烈的矛盾，它才被人們簡化爲和「婉約」對立的兩極的面目出現。

〔註11〕 周波：《論狂狷美》，載《文學評論》2007年第2期。
〔註12〕 朱熹：《論語集注》，齊魯書社，1992年版，第135頁。

在先秦諸子的典籍中，「豪」字還出現了許多，如《荀子》的《儒效篇》和《王霸篇》，《商君書·錯法第九》及《莊子》的《齊物論》、《秋水》、《知北遊》、《說劍》等，皆與「毫」通，不論。與「豪傑」之「豪」通的則有《管子·上編·七法》、《管子·中編·霸言》、《商君書·農戰第三》、《賞刑第十七》、《韓非子·孤憤》、《呂氏春秋·卷二·功名》及《卷三·論人》、《卷六·制樂》、《卷十二·誠廉》、《卷二十·達鬱》、《卷二十·知分》，語辭的組合有「豪傑」、「豪士」、「豪英」等，其中以「豪傑」出現的頻率最高，達數十次之多。關於「放」，《孟子》中尚有數處，唯《梁惠王·上》的「放辟邪侈」中的「放」是放縱之意。此外《荀子·子道篇》、《管子·下編·小問》、《呂氏春秋》的《卷十一·仲冬紀》、《卷十一·當務》、《卷十七·審分》、《卷十九·舉難》、《卷二十三·直諫》等篇章中也有不少，皆不與「豪放」相關，亦不論。在這些典籍中，《莊子》對於「豪放」具有特別重要的價值，它不但是繼《孟子》之後在文本中出現「放」這一語辭最多的先秦典籍，而且在整體精神上，《莊子》把「放」的意蘊向前推進了一大步，可以說「豪放」尤其是「放」的精神淵源，就是在《莊子》這裡。《莊子·馬蹄》篇說：

> 吾意善治天下者不然。彼民有常性，織而衣，耕而食，是謂同德；一而不黨，命曰天放，故至德之世，其行填填，其視顛顛。當是時也，山无蹊隧，澤无舟梁，萬物群生，連屬其鄉，禽獸成群，草木遂長。是故禽獸可係羈而遊，鳥鵲之巢可攀援而闚。夫至德之世，同與禽獸居，族與萬物並，惡乎知君子小人哉，同乎无知，其德不離；同乎无欲，是謂素樸。素樸而民性得矣。及至聖人，蹩躠爲仁，踶跂爲義，而天下始疑矣，澶漫爲樂，摘僻爲禮，而天下始分矣。故純樸不殘，孰爲犧尊！白玉不毀，孰爲珪璋！道德不廢，安取仁義！性情不離，安用禮樂！五色不亂，孰爲文采！五聲不亂，孰應六律！夫殘樸以爲器，工匠之罪也；毀道德以爲仁義，聖人之過也！」

在這裡莊子提倡「天放」，其批判的矛頭直指聖人的「禮樂」和「仁義」，在莊子看來，禮樂仁義和「放」構成了不可調和的矛盾，他所說的「素樸」是超越性的回歸，是對禮法制度的超越。正是在這一點上，「豪放」的意義就凸顯出來了。《莊子·天道》篇則假借老聃之口直接教育孔子說：「夫子亦放德

而行，循道而趨，已至矣；又何偈偈乎揭仁義，若擊鼓而求亡子焉？意，夫子亂人之性也！」老聃告誡孔子，禮法只能限制、破壞人的本性，對於主體精神自由的追求，無疑是莊子思想的核心，陳鼓應認為：

> 老子的「道」和莊子的「道」，在內涵上有著很大的不同。概略地說，老子的「道」，本體論與宇宙論的意味較重，而莊子則將它轉化而為心靈的境界。其次，老子特別強調「道」的「反」的規律以及「道」的無為、不爭、柔弱、處後、謙下等特性，莊子則全然揚棄這些概念而求精神境界的超昇。〔註13〕

可以說，莊子把老子的客觀唯心主義發展成為主觀唯心主義，因而具有強烈而鮮明的主觀姿態、主體性色彩，《莊子・齊物論》裏的「天地與我並生，而萬物與我為一」，以及「北冥有魚，其名為鯤。鯤之大，不知幾千里也。化而為鳥，其名為鵬。鵬之背，不知其幾千里也；怒而飛，其翼若垂天之雲」形象具體的描寫，就體現了莊子主觀上的極「大」的超越的特點，可謂將主體的精神的「放」發揮到了極點。而這種偉大氣魄的超越以個體的形式來完成，本身就是對儒家建立禮法制度思想的解構，這是因為：

> 孔子所創始的儒家，是魯文化的產物。魯文化歷史淵源最深，但也最保守。……儒家意識形態固然長期地維持了「超穩定的社會結構」，但也形成了十分深沉的墮（按：原文如此，疑是「惰」）性文化，因而成為中國現代化進程中最大的思想阻力。〔註14〕

不僅如此，在當時孔子的思想已經極其保守，在陳鼓應列舉的儒家思想不利於現代化的十大弊端之中，就有「壓抑個性」一條：

> 儒家的倫理絕對主義窒息了其學說中的主體性原則，不利於獨立人格的成長和個性的發展。《論語》講「君子之德風，小人之德草，草上之風必偃」。這就成了尼采所說的「羊群式道德」、「奴隸道德」，導致人們的生活缺少活力與衝創力，借用尼采的話，缺少「酒神精神」。〔註15〕

而莊子思想正是以鮮明的主體性為特色的，聯繫我們上文講到的不是儒家主流思想的曾點之「志」，就可以發現兩者之間大有相似之處。因此，可以說莊

〔註13〕 陳鼓應：《老莊新論》，上海古籍出版社，1992年版，第185頁。
〔註14〕 陳鼓應：《老莊新論》，上海古籍出版社，1992年版，第311頁。
〔註15〕 陳鼓應：《老莊新論》，上海古籍出版社，1992年版，第312～313頁。

子哲學奠定了「豪放」之「放」最深厚最精彩的基礎和意蘊，但於「豪」卻建樹不大，《莊子》中「大」的形象不如儒家的內養的「浩然之氣」更爲深厚博大，也就是底氣不足，莊子的「大」是一種姿態，而不重在是一種氣勢。《史記‧老子韓非列傳》太史公評價莊子說：「莊子散道德，放論，要亦歸之自然。」因此莊子的目的主要是把人從世俗的道德和禮法解放出來恢復到自然的狀態，這和「豪放」之「放」相比，是一種相對平和的狀態，即多偏於「達」。這一點上莊子不如儒家，內在的氣勢稱不上盛大，反而是一種「虛靜」的狀態。但即使如此，莊子之「放」在中國文化史上的影響也是極其深遠的。儒道和合而奠定了「豪放」的內涵和意蘊，就是在此意義上而言的。如果說在《孟子》那裡「放」的姿態已經躍躍欲試而初露氣象，那麼《莊子》則是先秦哲學、文化中最具有「放」的性質和姿態的偉大典籍，奠定了個體主體性得到充分重視和展現的深厚的哲學和文化淵源。

二、「豪放」在漢代文獻中的初步匯流

戰國是一個紛亂而動蕩不安的時代，又是一個思想文化極其活躍、各種思想文化激烈的互相碰撞互相融合的時代。名存實亡的周王朝已經無力在實質上統一統治全國，而各自爲政的格局爲各種思想文化的發展提供了非常有利的條件。這種條件首要地體現在人們不再必然地屈服於某種統一的正統的思想文化，而是以獨立的姿態投身於思想文化的洪流之中，從而發出自己獨具特色的聲音。由於這一時期戰亂不斷，戰爭成爲戰國時代的一個主題，與之相伴而生的是俠文化的興起。俠進入人們的視野，大約是從墨家開始的，馮友蘭認爲墨家源自武士，而戰國時代蓄養武士（區別於戰士，應該是戰士中的精英，多被以死士目之以備非常之用，如刺客即其一種），是統治階層貴族豪強日常生活的內容之一，如著名的戰國四公子，蓄養的質量，實際上直接影響到他們的地位及盛衰。「春申君既相楚，是時齊有孟嘗君，趙有平原君，魏有信陵君，方爭下士，招致賓客，以相傾奪，輔國持權。」〔註16〕《史記‧孟嘗君列傳》記載，「孟嘗君在薛，招致諸侯賓客及亡人有罪者，皆歸孟嘗君。孟嘗君舍業厚遇之，以故傾天下之士。食客數千人，無貴賤一與文等。」〔註17〕這些人中，不乏眞正的豪雄，即使是「雞鳴狗叫」之徒，也能得其所

〔註16〕 司馬遷：《史記》，甘肅文化出版社，1999年版，第423頁。
〔註17〕 司馬遷：《史記》，甘肅文化出版社，1999年版，第407頁。

用，無論其他人了。《史記·魏公子列傳》也記載，「公子爲人仁而下士，士無賢不肖皆謙而禮交之，不敢以其富貴驕士。士以此方數千里爭往歸之，致食客三千人。當是時，諸侯以公子賢，多客，不敢加兵謀魏十餘年。」〔註18〕「賢」恐怕不是諸侯不敢加兵於魏的原因，「多客」才是。既有「十餘年」不敢入侵的事情，則就有十餘年之後：「秦聞公子死，使蒙驁攻魏，拔二十城，初置東郡。其後秦稍蠶食魏，十八歲而虜魏王，屠大梁。」〔註19〕俠客之士最初寄生於統治階級的利益集團，但是形式上已經非常自由了，孟嘗君不敢以富貴驕士，正是其生存境界的生動寫照。由於他們生存狀態的特殊性，則寄託於下層民眾和統治階級集團之間，身懷絕技，享受著既相對超脫於統治階級嚴格的禮法制度，又超脫於世俗社會的庸俗生活的可能性。元人羅春伯有「任俠十三戒」，其中「十一曰樂」即俠客生涯之樂事：「三市鬥雞，五陵走馬，奇美衣服，酒肆結客。一言相合，繫千乘而弗顧，棄千金如脫屣。」可以說這是一種典型的豪放灑脫的生活，而「十三曰神」一條裏，則「以孟嘗、平原、信陵、田橫爲四神」，還體現了戰國時的這種意蘊。如果說《莊子》將個體的主觀精神提高到一個無以復加的水平，代表了思想文化的形而上的思索，從而對儒家思想形成反動的話，那麼「俠的出現，是現實生活的需要與理想化期待的綜合產物，歸根結底他是正義的體現者、不義的剷除者。」〔註20〕俠從實際行動上來消解現實生活的不平和不義，從而對統治階級的禮法制度和道德觀念形成反動，《韓非子·五蠹》有云：「俠以武犯禁」，正是代表了統治階級對他們的態度。俠文化的產生給「豪放」加入了狂放不羈的色彩，可以說其行爲是「豪放」在現實中的具體表現形態的極致，但還帶有非現實的色彩，因爲他們的生活狀態基本上是和常人不同的，而帶有奇詭的氛圍。我們來看一看著名的俠客荊軻的行爲：

> 荊卿好讀書擊劍……既至燕，愛燕之狗屠及善擊筑者高漸離。荊軻嗜酒，日與狗屠及高漸離飲於燕市，酒酣以往，高漸離擊筑，荊軻和而歌於市中，相樂也，已而相泣，旁若無人者。(《史記·刺客列傳》)〔註21〕

〔註18〕司馬遷：《史記》，甘肅文化出版社，1999年版，第416頁。
〔註19〕司馬遷：《史記》，甘肅文化出版社，1999年版，第420頁。
〔註20〕王立：《偉大的同情——俠文學的主題史研究》，學林出版社，1992年版，第61～65頁。
〔註21〕司馬遷：《史記》，甘肅文化出版社，1999年版，第463頁。

這種意態，正是典型的俠士的風采，可謂無拘無束而「旁若無人」，不願受世俗禮法的拘束，正突出地體現了俠客們強烈的主體性精神。一般說來，俠文化的產生和英雄豪傑的產生是分不開的，可以說它是英雄豪傑的次一等級的產物形態，而且，其存在形態是動態的，當社會趨於穩定，他們就會成為統治者不容的對象，如《史記・酷吏列傳》裏記載的官吏誅殺豪強（「夷其豪」）的事蹟，正是其「放」的存在姿態和統治階級的禮法不能兼容的一種表現。但是一旦遭逢亂世，俠和豪就有可能躍身而為英雄豪傑，「亂世出英雄」說的就是這個道理。豪強是介於俠和英雄之間的一種人生存在狀態，俠客是以自我本身的技藝造成其氣勢的，而豪強盤據一方，經濟實力、政治勢力往往是其氣勢的主導因素。俠、豪強和英雄這三類人物，是「豪放」這一概念在現實世界的具體體現者，他們在歷史上的第一次繁盛時期是戰國，而在《史記》中得到了集中的表現。「豪放」作為人的一種本質的屬性，在《史記》中被表現得淋漓盡致。自從孔子集先秦儒家思想之大成而正式使儒家成為與諸子百家並列爭衡的宗派以後，士幾乎成為儒家的代名詞。但就歷史上的實際發展情況來看，後世文人那種「豪放」的姿態，很大程度上是來源於由墨家發展演變而來的俠士，因此戰國以後中國歷史語境之中的「士」，其主要的思想來源是儒、道兩家，而其面對現實的外在精神姿態則主要來源於墨家的俠士，這些取長補短的綜合的合力，形成了士的超越的品格，正像余英時在《論士衡史》中論及知識分子的特性時說的，「知識分子有幾個重要的特性最值得注意。第一是他比較具有全面的眼光，因此能夠敏銳地察覺到整個社會在一定歷史階段中的動向和需要。第二是作為基本精神價值的維護者，他比較富於使命感和正義感，因此具有批判和抗議的精神。第三是他比較能夠超越一己的階級利害，因此而發展出一種犧牲『小我』的精神。」〔註22〕這種超越一己「小我」的精神，卻正是「豪放」精神的根本所在。秦漢時期俠義之士中豪傑英雄作為一個群體，因為《史記》這一偉大的歷史文本，而有了一個集中而精彩的呈現，從而給後世以深刻的影響。

據筆者統計，《史記》一書中「豪」這一語辭出現的頻率遠遠高過「放」，約有七、八十次，它和其他語辭組合的形態有「豪桀（通『傑』）」、「豪俊」、「豪吏」、「富豪」、「豪英」、「賢豪」、「大豪」、「豪猾」、「豪奸」、「豪強」、「暴豪」、「豪士」、「豪長」、「豪倨」、「豪奴」等，說明這時「豪」的意蘊已經成

〔註22〕 余英時：《論士衡史》，上海文藝出版社，1999年版，第1頁。

為一個重要的社會現實，並且在《史記》這樣經典的著作中以具體的歷史事實表現了出來。「豪」的對象的擴大，表明「豪放」的意蘊被接受的範圍的擴大，而且正是在這個時代，「豪」作為人物或階層，成為一種不可忽視的社會存在。司馬遷在《史記》中加上了《刺客列傳》和《遊俠列傳》，表明了其作為歷史事實和社會存在的不可抹殺和他本人對此種現象的接受。即如《項羽本紀》等王者傳奇，也是寫得大氣恢宏、豪氣干雲，千古之下，猶然令人讚歎不已！《史記》能夠精彩地再現歷史人物的「豪放」風采，正是由於對「豪放」的接受已趨於普遍，和當時漢代大帝國開放進取的時代精神取得了一致。周均平在《秦漢審美文化宏觀研究》一書「論漢代『開放進取的精神風貌』」一節中，指出了漢人這種開放進取的精神風貌的幾個特點：「建功立業的『大丈夫』氣概」、「任俠尚武的剛烈風氣」、「真率衝動的豪放性情」，這些特點，都直接和「豪放」之美有著密切聯繫。〔註 23〕從歷史事實和歷史文本的互動方式來說，文本是落後於歷史事實的，而且這種接受，是處於全盛時期的西漢王朝大一統的恢宏氣度的一個結果，而對於漢王朝的這種恢宏氣度的接受，卻不一定能產生「豪放」的意蘊，「豪放」密切聯繫於個體主體精神的狀況，在這裡再一次得到了證實。強烈的主體主觀精神的灌注，是《史記》能夠成為一個偉大的歷史文本經典的最重要的原因，正是在這一點上，它超越了二十四史裏的任何一部著作。對於歷史人物的愛憎之情的自然流露，是《史記》的鮮明特色。事實上，如果沒有他受宮刑的特殊人生經歷，是很難出現有名的「發憤」著述之說的，他所說的「昔西伯拘羑里，演《周易》……大抵賢聖發憤之所為作也。此人意有所鬱結，不得通其道也。」（《史記·太史公自序》）〔註 24〕已經表現了強調文學藝術之精華是主體內在影響外在的結果，是發主體之「憤」的結果。同是漢代這種恢宏氣度的接受者，被後人稱為「一代之文學」的漢賦，就缺乏這種內在的東西，漢賦的風格可謂氣勢恢宏、境界開闊，然而這種風格的出現，不是作者主體精神的結果，不是內在的，而多表現在文體本身風格的維度上，詞彙的繁麗華縟和鋪排渲染，描寫

〔註 23〕周均平：《秦漢審美文化宏觀研究》，人民出版社，2006 年版，第 72 頁。李澤厚《美的歷程》認為，漢代儒學雖行，然「漢代藝術的特點卻恰恰是，它並沒有受這種儒家狹隘的功利信條的束縛。」（李澤厚《美學三書》，天津社會科學出版社，2003 年版，第 66～67 頁），這種不受束縛的精神，是「豪放」意蘊產生的主要源泉。

〔註 24〕司馬遷：《史記》，甘肅文化出版社，1999 年版，第 685 頁。

的窮形盡致，也可以說是一種極為開放的氣魄，但正是因為這種「放」不是主要由作者內在的「豪」作用的結果，所以它就不是「豪放」的意蘊。從這個意義上來說，以「一代之文學」著稱的漢代大賦，固然體現了漢人開放進取、恢宏大氣的精神風貌，但是這種反映多還流露於表面，是遠遠不如《史記》更為豐富、精彩、深刻的。

西漢武帝時國力達到鼎盛，而經董仲舒的建言和運作將儒家定於一尊，是中國歷史和中國文化史上的大事件。雖然這統一了統治階級的思想意識形態，有利於統治，但是在思想精神上則從總體上對人的主體性形成了一定的桎梏，思想領域開始出現僵化，此後漢代極盛時期那種恢宏雄放的氣度，已經在不知不覺之中開始逐漸消失。陳獨秀指出：「竊以為無論何種學派，均不能定於一尊，以阻礙思想文化之自由發展。況儒術孔道，非無優點，而缺點正多。」〔註25〕蔡尚思也指出：「要認清儒學被尊與盛行於什麼時代，其原因何在。例如：為什麼漢高祖在野時要反儒，而到了在朝時就尊儒？為什麼漢武帝以後的王朝，一直都在尊孔而不反孔？為什麼元明清各朝代的科舉教育都推行尊孔讀經？為什麼梁啟超、章太炎等國學大師在清末不得志時就反儒反孔，而入民國較為得志時就尊儒尊孔？」「儒學是新不起來的。新來新去，仍然在舊儒學的範圍內做文章，不會有什麼『新』的創造」〔註26〕，這可以說是以儒家為主的封建社會統治階級思想意識的一個總體高度，蔡先生在這裡提出的一些問題是值得深思的。漢代恢宏大氣的氣度，很大程度上是秦代苛酷的統治之後，統治者在建國數代採取了「修養生息」政策，因而使國力逐漸自然上升的結果，但是在內在的思想精神上，卻是逐漸走向了封閉的。儒家思想在董仲舒那裡得到發展和改造，以適應漢王朝的封建集權統治，從此這一模式成為中國封建社會的典型，貫穿了以後的整個中國

〔註25〕 《陳獨秀書信集》，新華出版社，1987年1版，第69頁。對於「定於一尊」的問題，並非是新文化運動先鋒人物的專利，在這個問題上呈現出文化保守姿態的一些人物如陳寅恪，也都有此思想，余英時先生評價他說：「他把『士』所應當體現的價值概括成『獨立之精神，自由之思想』二語，更是畫龍點睛之筆這說明他在學術、宗教、思想、文化等方面毫不猶豫地採取了自由、開放、多元的立場，並堅決反對任何方式的『定於一尊』。從這一方面說，他和「五四「新文化運動在出發點上是一致的，即主張兼容並包。」（余英時《論士衡史》，上海文藝出版社，1999年1月第1版，第342～3頁）

〔註26〕 蔡尚思：《如何看待儒學的文化遺產》，載《文史知識》（「儒學與傳統文化專號」）1986年第10期，中華書局，1990年版，第6、7頁。

古代歷史。隨著封建集權的加強，禮法制度重新又得到鞏固，庸俗的思想精神勢力上升，而西漢武帝之後的國勢已日趨衰落。經歷了東漢讖緯神學的庸俗，人性中的主體性因素在這一時期又處於「收」（束縛）的狀態，而「收」一旦過度，「放」的到來也就不可避免了，這也可以說是一種自然規律。「儒學從漢代開始，被封建王朝尊為經學後，奉《五經》和《四書》為金科玉律，不可非議，儒家學者只有通過箋注的形式來表達自己的思想，這又是封建時代的一大特徵。此種尊孔讀經的傳統，具有厚古薄今的傾向，又對人們的思想起了禁錮作用。」〔註 27〕「儒學的嚴重缺點是沒有肯定『思想自由』的必要」〔註 28〕，人性是必將隨著歷史的進步而逐漸得到更大幅度的呈現的，人的主體性精神不可能永遠被抑制和壓抑，而根據中國傳統文化的特點，人性展現的這一歷史過程有可能在禮法制度得到極其加強的時候突發出來，而形成衝突，如東漢的黨禁，就是這樣一種情況。東漢末年，由於社會動亂導致的群雄蜂起，則長時間為僵化的儒家思想所束縛的士人，在很大程度上溢出了「豪放」之美的範圍，而呈現出「狂狷」之美的形態，在當時無疑具有極為鮮明的現實意義。〔註 29〕「狂狷」美在魏晉時期繼續有所發展，並貫穿了整個中國美學發展的歷史，可以看作是「豪放」範疇的一個支流。在兩漢時期，則「狂狷」美基本上不占「豪放」發展的主流。而我們探究這一歷史時期的人物之所以不以「豪放」顯明的原因時就會發現，作為「豪放」發展的主流，這時候的歷史人物對禮法制度的反動，是在儒家體制思想的框架之內進行的，強烈的社會責任感使得他們還對統治者抱有幻想，對民生充滿奉獻的深情，而沒有「獨善其身」的意願，不像後來魏晉士人援引老莊之學以自適和自我調節以見通達超然，因而「放」的姿態明顯不夠。「豪放」在這個時代是一個蘊積待發的狀態，是一個準備期，它的初步綻放，還要等到魏晉時期。

〔註 27〕 蔡尚思：《如何看待儒學的文化遺產》，載《文史知識》（「儒學與傳統文化專號」）1986 年第 10 期，中華書局，1990 年版，第 6、7 頁。

〔註 28〕 蔡尚思：《如何看待儒學的文化遺產》，載《文史知識》（「儒學與傳統文化專號」）1986 年第 10 期，中華書局，1990 年版，第 6、7 頁。

〔註 29〕 馬召輝：《試論魏晉士人的狂狷美》，濟南：山東師範大學碩士學位論文，2006 年。論文指出，「狂狷」是一種很高的人格境界，為孔子所推許，在文本語境中屬於褒義。

第二節　魏晉隋唐：「豪放」的凸顯和發展

一、「豪放」在魏晉主體意識自覺背景下的凸顯

東漢末年到魏晉南北朝，是中國古代社會發展過程中的一個極有特色的歷史時期，用宗白華的話述說就是：

> 漢末魏晉六朝是中國政治上最混亂、社會上最苦痛的時代，然而卻是精神史上極自由、極解放，最富於智慧、最濃於熱情的一個時代。因此也就是最富有藝術精神的一個時代。……這個時代以前──漢代──在藝術上過於質樸，在思想上定於一尊，統治於儒教；這時代以後──唐代──在藝術上過於成熟，在思想上有入於儒、佛、道三教的支配。只有這幾百年時間是精神上的大解放，人格上思想上的大自由。……八王之亂、五胡亂華、半輩子朝分裂，釀成社會秩序的大解體，舊禮教的總崩潰、思想和信仰的自由、藝術創造精神的勃發，使我們聯想到西歐十六世紀的「文藝復興」。這是強烈、矛盾、熱情、濃於生命色彩的一個時代。〔註30〕

總之，「大一統」的政教思想被腐朽紛亂的現實擊碎，以民生的苦痛為代價，思想精神領域的緊張氣氛得到緩解，對於人生意義的追問與參悟，人性的悄然覺醒，人的主體性精神得到強烈的綻露，是這個時代的突出特色。「魏晉人生活上人格上的自然主義和個性主義，解脫了漢代儒教統治下的禮法束縛」〔註31〕，在這種社會歷史文化背景之下，才導致了魏晉之人「精神上的大解放，人格思想上的大自由」。《世說新語‧品藻》云：

> 桓公少於殷侯齊名，常有競心。桓問殷：「卿何如我？」殷云：「我與我周旋久，寧作我。」〔註32〕

重視真實的自我而表現出強烈的主體性色彩，是魏晉士人的精神姿態。這是一個和戰國又不相同的時代，戰國時代的人們在思想上是豐富活躍的，主流思想態勢是發展的外向型的，但是東漢至魏晉，由於連年的戰亂，已經使人們感到了無限的厭倦，主流的思想態勢已然趨於守成的內向型，比如一些傷時憂生的慨歎、悲嗟大量出現在詩人的作品當中，如《古詩十九首》，對於人

〔註30〕宗白華：《美學散步》，上海人民出版社，1981年版，第208～209頁。
〔註31〕宗白華：《美學散步》，上海人民出版社，1981年版，第209頁。
〔註32〕劉義慶：《世說新語》，北京燕山出版社，1995年版，第220頁。

生意義的反思，使得人的主體性精神意識逐步得到發展和解放。因此，魏晉時期的「放」，基本上是在政治高壓下個體精神的一種消極的反抗、被動的表現，對於儒家思想的反撥和老莊思想的復興，是這一傾向的哲學背景。梁啓超曾經說：「要個性發展，必須從思想解放入手。」〔註33〕魏晉玄學的興起，就正是以道家思想的義理融入儒家思想之中，並借鑒了佛教思想的哲學思辯形式，儒家思想只是一個表面形式，爲了掩蓋其眞正的思想解放和以道家哲學爲主的實質，「魏晉的玄學使晉人得到空前絕後的精神解放」〔註34〕，從而爲當時的時代注入了新的活力，使人的主體性得到了一個寄託和表現的形態。儀平策以王弼爲例，從哲學的角度分析了中國美學史上的「壯美」形態中的主體性精神逐漸得到加強的情況：

> 王弼玄學在思維結構形式上的更新和重建，也成爲古代審美理想形態發生變易的一種歷史契機。在以和爲美的古代美學體系中，審美理想形態大體上表現爲兩種，一曰壯美，一曰優美。在中國，壯美和優美較明確的分界是在中唐時期。其後美和藝術充滿了陰柔之趣，其前的美和藝術則勃溢著陽剛之氣。但這一分界也是從總體上看的，實際上在中唐以前，壯美也有一個量變過程，這就是由偏於感性、實踐形態的壯美向理性、精神形態的壯美演化。感性壯美偏於外在的客體對象，理性壯美則偏於內在的主體精神。後者作爲美的理想向人的內在世界的歸聚，也同時開啓了後期優美形態的先河，成爲由壯美向優美過度的中介環節；而這一中介環節的形成，在思想的形式上正得力於王弼玄學的人格（理性）本體論。〔註35〕

內在的主體精神逐漸加強，它所導致的兩個後果，一是在中唐的時候中國美學史上由壯美占主導地位向優美占主導地位的轉變，二是在這個大趨勢、大轉折之中，主體精神的加強，卻導致了某些「壯美」範疇的成熟，其中最爲明顯的無過於「豪放」範疇了。在這個過程之中，「豪放」和總體風貌上的「壯美」逐漸分離了開來，並形成了自己的獨到特色：

> 魏晉以前的美學是在講究剛柔並濟的基礎上更強調剛，更強調壯美的。但從總體上看，這一壯美理想更充滿了濃厚的感性色彩和

〔註33〕 陳崧編：《五四前後東西文化問題論戰文選‧歐遊心影錄》，中國社會科學出版社，1985年版，第361頁。
〔註34〕 宗白華：《美學散步》，上海人民出版社，1981年版，第213頁。
〔註35〕 儀平策：《中國美學文化闡釋》，首都師範大學出版社，2003年版，第231頁。

對象特徵。主體對於崇高的道德境界和人格精神的追求（這是中國美學一以貫之的特點），不是在自身的內在世界中靜穆地完成的，而是在外向地追逐客體、法則天地的過程中實現的。……換言之，他們講的「大美」雖喻指一種人格或精神，但這種人格或精神卻是以感性的客觀對象來作喻體的，是展現和凝結在某種光遠巨大的感性形式之中的。……總之，先秦兩漢的壯美理想是人格摹法於對象，精神展現爲物質，理性比擬爲感性，因而是外在於主體的，是主體在追逐、佔有客體中所顯現的一種外化境界。因此我們說這是一種「形」的壯美，一種對象性的感性壯美。然而自王弼始，這種古典的壯美理想便發生了變化。王弼認爲，真正的「大美」不是感性的，有形的，……「大之極」者，就不是形，而是「用形者」，即以形爲用的「無」，「健也者，用形者也」，這個「無」能統御萬物，化生萬有，「統之者豈非至健哉！」……王弼的「無」，比老子的「道」更大，前者包含著後者，因而是無限之大，是「大之極」，是「至健」、「大美」者。〔註36〕

從追求外在的「形」的壯美到追求內在的「神」即主體精神的壯美，這正是「豪放」在以加強主體性精神爲總體傾向的發展之中，逐漸脫離了一般「壯美」的整體風貌，而形成自己獨有特色的一個過程。這個過程之中所得到加強的主體性精神，其實就是人的「個性」，它在文學藝術中佔據的地位越來越重要，從「物」、「我」關係上而言，就是「我」逐漸成爲文藝表現的中心和最重要之點，「我」是一切之中最光芒耀眼的因素，它和社會理想相關，則可將此個性昇華爲「大我」。這一趨勢，直接導致了魏晉時期「豪放」的初展姿容。「從中國古代審美理想的發展看，王弼所崇尚的大美人格也標誌著壯美形態從外在的『形』向內在的『神』，從感性對象向理性人格的一種歷史性轉折。所謂『魏晉風度』，也正是這種內在壯美理想的社會性體現。」〔註37〕對於宇宙人生的思考，在中國哲學史上第一次向純哲學形態的方向發展，宗白華指出：「我們說魏晉時代人的精神是最哲學的，因爲是最解放的、最自由的」〔註38〕，這種解放和自由，正源於時人對東漢時期以來極端僵化了的政教思

〔註36〕 儀平策：《中國美學文化闡釋》，首都師範大學出版社，2003 年版，第 231～232 頁。

〔註37〕 儀平策：《中國美學文化闡釋》，首都師範大學出版社，2003 年版，第 234 頁。

〔註38〕 宗白華：《美學散步》，上海人民出版社，1981 年版，第 215 頁。

想和以門閥制度爲代表的封建禮法制度的反動。如果說莊子的「放」體現爲一種無拘無束的「逍遙遊」，個體的精神彌漫掩蓋了一切並與之融合，那麼魏晉士人「放」的姿態則是以「曠達」甚至是「頹廢」的方式出現的，其間經歷了從莊子的個體精神的悠然忘我之「放」（自然的）到魏晉士人消極（但卻是盡情盡性盡興的，甚至是狂放的）的「放」的轉變，前者是處於「收」的對立面的「放」，後者是與「收」密切結合在一起的「放」，兩者對「收」形成的張力是不同的，後者顯然是大於前者的。前者有一定程度的積極因素，是自我的一種比較自由的選擇，後者則是一種不得已的消極。前者的「放」內養不是很盛大，後者則具備了盛大的內在氣勢。前者的放達是自然的，「收」和「放」的張力場雖緊張而總體未出於和諧統一之外的範圍，而後者的放曠則是無奈的或者說只能如此的人生選擇，「收」和「放」的張力場緊張至極，因而是不自然的，有時甚至是變形的，以至於超過「放」的極限而溢出美的範圍，如「狂放」、「狂狷」、「放肆」、「放蕩」、「放縱」等等，這些情況，在這一歷史時期的史書中有具體而詳細的記載，如《三國志》、《宋書》、《南齊書》等等，而其集中而精彩的展現，則多在《世說新語》一書，「豪放」意蘊在《史記》之後、隋唐以前在此書中得到了最爲集中的展現。外在的壓抑是導致魏晉豪放呈現這樣一個特點的原因所在，這種外在的壓抑主要是精神上的，禮法制度和個體主體性精神甚至形成了尖銳的對抗，如《世說新語・雅量》記載嵇康之事：

　　　嵇中散臨刑東市，神氣不變。索琴彈之，奏廣陵散。曲終，曰：

　　「袁孝尼嘗請學此散，吾靳固不與，廣陵散於今絕矣！」〔註39〕

這種姿態，眞可謂豪放之極！而且，這種豪放是以表面的和緩的淡定從容的形式表現出來的，體現了「豪放」意蘊的正色。嵇康是魏晉時期士人的典型代表，曾經提出了反對僵化的封建禮法制度的「越名教而任自然」的觀點，就在根本上體現了其思想精神中的「豪放」因素。戚良德分析說：

　　　玄學之所謂「自然」，與老莊的「自然」既有其聯繫，更有著重要的區別。玄學之「自然」，乃是與「名教」相對應以至對立的特殊概念。這種對應和對立，則是漢末之後儒學衰微而思想解放的結果。其與老莊思想有著不可分割的聯繫，乃在於道家尤其是莊子原本就有著對儒家仁義之道的批判，這是「自然」與「名教」相對立的思

〔註39〕劉義慶：《世說新語》，北京燕山出版社，1995年版，第143頁。

想基礎。但道家之批判仁義之道，最終是要回歸「無爲而無不爲」的小國寡民的狀態；而玄學家們之於「名教」，最終則是要徹底地超越，所謂「越名教而任自然」，這裡的「自然」也就與先秦道家之「自然」大異其趣了。雖然嵇康也說：「洪荒之世，大樸未虧，君無文於上，民無競於下，物全理順，莫不自得：飽則安寢，饑則求食，怡然鼓腹，不知爲至德之世也。」與老莊所描述的遠古洪荒之世頗爲相近，但嵇康卻並非要回到小國寡民的遠古社會；他的著眼點在於批判儒家「名教」，認爲其「造立仁義以嬰其心，制其名分以檢其外，勸學講文以神其教」，完全違背了人的自然本性，是對人性的束縛和壓抑，所謂「六經以抑引爲主，人性以從容爲歡；抑引則違其願，從欲則得自然」。所以，這個「自然」乃是人的自然本性，是人性的自由；所謂「越名教而任自然」，乃是追求人性的解放和自由，使人回到人本身。魏晉之人經常可見的那種任性放達、不拘於俗、率性而爲的種種舉動，正是這種「自然」思想的具體體現。魏晉時代被認爲是「人的自覺」的時代，這種「越名教而任自然」的思想和行動正是最爲集中的體現。〔註40〕

袁行霈也總結說：「以嵇康、阮籍爲代表的竹林七賢的言行成爲第一階段魏晉風流的標誌。他們的特點是『放』，也就是從儒家的『名教』中解放出來，過一種新的符合自己本性的生活。」〔註41〕這種追求自由、本然的人性的精神，正是「豪放」之所以呈現的一個內在基礎，這種「人」的自覺，成爲魏晉時期士人思想精神的共同追求。魏晉時期的豪放有兩大特點，一即上面所說的變形，可以謂之反抗之「放」，一是其豪放的成分總體上以「曠達」爲主。前者是豪放的非美的形態，後者表明「豪放」中「放」的意蘊還未能完善、盡善，而這又是和玄學的以老莊哲學爲指導分不開的。《世說新語》記載魏晉名士的風度，即以放達爲主，並單列《豪爽》這一品目爲一章，可以說此書是偏於曠放的「豪放」的一個集中體現：

> 王平子、胡毋彥國諸人，皆以任放爲達，或有裸體者。樂廣笑曰：「名教中自有樂地，何爲乃爾也？」（《世說新語·德行》）

〔註40〕 戚良德：《〈文心雕龍〉文學美學思想研究》，濟南：山東大學博士學位論文，2007年。

〔註41〕 袁行霈：《陶淵明研究》，北京大學出版社，1997年版，第33頁。

　　　劉伶恒縱酒放達，或脫衣裸形在屋中。人見譏之，伶曰：「我以
天地爲棟宇，屋室爲褌衣，諸君何爲入我褌中！」「張季鷹縱任不拘，
時人號爲『江東步兵』。或謂之曰：『卿乃可縱適一時，獨不爲身後
名邪？』答曰：『使我有身後名，不如即時一杯酒。』」「畢茂世云：『一
手持蟹螯，一手持酒杯，便足了一生。』」「衛君長爲溫公長史，溫
公甚善之。每率爾提酒脯就衛，箕踞相對彌日；衛往溫許亦爾。」

（《世說新語・任誕》）〔註42〕

正像宗白華分析的那樣，「漢代以來，孔子所深惡痛絕的『鄉原』支配著中國
社會，成爲『社會棟樑』，把孔子至大至剛、極高明的中庸之道化成彌漫社會
的庸俗主義、妥協主義、折衷主義、苟安主義，孔子好像預感到這一點，他
所以極力讚美狂狷而排斥鄉原。他自己也能超然於禮法之表去追尋活潑潑的
眞實的豐富的人生。……魏晉人以狂狷來反抗這鄉原的社會，反抗這桎梏性
靈的禮教和士大夫階層的庸俗，向自己的眞性情、眞血性裏撅發人生的眞意
義、眞道德。他們不惜拿自己的生命、地位、名譽來冒犯統治階級的奸雄假
借禮教以維持權位的惡勢力。」〔註43〕而魏晉時期如上所述這些人的人生意
態，都是相當豪放的，無拘無束的生活姿態無疑是他們所向往的。他們的這
種豪放，「豪」的內蘊多是體現在不願受禮法的拘束上，而盛大氣勢的「豪」
卻是積極入世即積極承擔社會責任引起的，內在的「情」的熱烈造成了外在
的「放」，而魏晉士人的消極出世色彩，淡化了「豪」的色彩而突出了「放」
的意蘊，因此有時便不免有如劉伶式的頹廢、王平子的流於表面形式的曠放，
個體的主體性精神突出的體現在文化的層面上，成爲特定文化的一個符號載
體，又顯示了「豪放」向形而上的回歸，表面上的豪放並不能抹去內心的痛
苦，例如阮籍，「志氣宏放，傲然獨得，任性不羈」〔註44〕，《世說新語・任
誕》篇記其事云：

　　　阮渾長成，風氣韻度似父，亦欲作達。步兵曰：「仲容已預之，
卿不得復爾！」〔註45〕

阮渾等後輩，眞是小兒女不曉世事，他們又哪裏知道這種「豪放」的眞正原

〔註42〕劉義慶：《世說新語》，北京燕山出版社，1995年版，第23、327、331、331、
　　　334頁。
〔註43〕宗白華：《美學散步》，上海人民出版社，1981年版，第222～223頁。
〔註44〕宗白華：《美學散步》，上海人民出版社，1981年版，第226頁。
〔註45〕劉義慶：《世說新語》，北京燕山出版社，1995年版，第329頁。

因呢！魯迅指出：「倘若阮籍自以爲行爲是對的，就不當拒絕他的兒子，而阮籍卻拒絕自己的兒子，可知阮籍並不以爲他自己的辦法爲然。」「阮籍嵇康……因爲他們生於亂世，不得已，才有這樣的行爲，並非他們的本態。但於此又可見魏晉的破壞禮教者，實在是相信禮教到固執之極的」〔註46〕，他們所反對的，只是統治者對禮教的歪曲和假借利用，本質上並不能脫出統治階級集團的整體意識形態。所以這種由外在壓力造成的人的主體精神氣質的豪放，可以說和因爲內在的「豪」的氣勢盛大而導致、呈現的「放」的姿態，是完全不同的，前者作爲「豪放」的非常態，並不是魏晉士人所眞正追求的。但是在此氛圍之中，畢竟也有體現著積極的「豪放」色彩的「壯美」：

> 枕戈待旦的劉琨，橫江擊楫的祖逖，雄武的桓溫，勇於自新的
> 周處、戴淵，都是千載下懍懍有生氣的人物。桓溫過王敦墓，歎曰：
> 「可兒！可兒！」心焉嚮往那豪邁雄強的個性，不拘泥於世俗觀念，
> 而讚賞「力」，力就是美。〔註47〕

這種「豪放」，正是當時處於頹廢狂放氛圍之中的時代的最強音，鮮明地體現了一種對於「壯美」的追求，而且是繼承著漢代閎闊的美學境界，且發展了主體性精神的「壯美」。

這一時期，突出的以抒發人的主體性精神氣質爲特徵的文學，正以不同於歷史上文學的嶄新面貌出現在世人面前，並匯成一股巨大的時代洪流，這就是建安文學。建安文學是「文以氣爲主」（曹丕《典論·論文》）的，風骨剛健、氣勢雄壯是其鮮明特色。因此魯迅在《魏晉風度及文章與藥及酒之關係》一文中讚揚曹丕說：「更因他以『氣』爲主，故於華麗之外，加上壯大」，又說：「與孔融一同反對曹操的尚有一個禰衡，後來給黃祖殺掉的。禰衡的文章也不錯，而且他和孔融早是『以氣爲主』來寫文章的了。故在此我們又可知道，漢文慢慢壯大起來，是時代使然，非專靠曹操父子之功的。」〔註48〕最早出現這種具有鮮明的「豪放」特點作品的是曹操、劉琨〔註49〕，以英雄而爲文，氣勢之「豪」可以想見；其次還有左思（如《詠史》：「長嘯激清風，志若無東吳」）、鮑照等人，即使以平淡爲特色的陶淵明，也有豪放之作，如

〔註46〕《魯迅雜文全集》，河南人民出版社，1994年版，第296頁。

〔註47〕宗白華：《美學散步》，上海人民出版社，1981年版，第218頁。

〔註48〕《魯迅雜文全集》，河南人民出版社，1994年版，第291～292頁。

〔註49〕朱恩彬主編：《中國文學理論史概要》，山東文藝出版社，1996年1月第2版，第168頁。

《詠荊軻》詩，朱熹評論說：

> 陶淵明詩，人皆説是平淡，據某看他自豪放，但豪放得來不覺耳。其露出本相者，是《詠荊軻》一篇，平淡底人，如何説得這樣言語出來。〔註50〕

說得很好。陶詩猶有豪放者如此，其他人就可想而知了。以左思為例，「『振衣千仞岡，濯足萬里流！』晉人用這兩句詩寫下他的千古風流和不朽的豪情！」〔註51〕這裡面最具豪放特色的是鮑照，他是第一個用七言（雜言）詩的形式來抒發強烈的抑鬱不平之氣的詩人，形成了慷慨激昂、悲壯激越的豪放風格，而單純從文體上探究詩歌五言到七言的演變，也體現了一種「放」的精神，七言（雜言）詩可以更好地表現作者雄放的風格和情感。鮑照的詩歌是李白豪放詩風的先聲，如《擬行路難》（其二）：

> 對案不能食，拔劍擊柱長太息。丈夫生世會幾時，安能蹀躞垂羽翼？棄置罷官去，還家自休息。朝出與親辭，暮還在親側。弄兒床前戲，看婦機中織。自古聖賢盡貧賤，何況我輩孤且直！

在鮑照的人生世界裏，對他形成「豪放」詩風具有重要影響的因素，主要是沉淪下僚抑鬱不得志等方面的原因，是魏晉南北朝時期門閥制度的直接產物，「安能蹀躞垂羽翼？」正是這種環境下個體豪放的一種姿態。宋人許顗《彥周詩話》中說：「鮑明遠《行路難》壯麗豪放，若決江河，詩中不可比擬，大似賈誼《過秦論》。」〔註52〕鮑照詩歌意象繁富壯麗，意態豪放，可謂兼有內外之蘊，為後世如辛棄疾的「豪放」詞能夠兼有「豪放」、「婉約」兩者之長，埋下了操作可能性的因子。在文學理論上，重視「放」的意蘊開始進入人們的視野，如南朝梁簡文帝蕭綱就說：「立身之道與文章異，立身先須謹慎，文章且須放蕩。」（《誡當陽公大心書》）〔註53〕「放蕩」在這裡基本上就是「放」的意思，而不是後世理解的日常話語中所說的那種貶義。提倡「放蕩」，也就是要求作文章要「放」得開，以形成搖曳的韻致和波瀾壯闊的境界，雖然「立

〔註50〕 《朱子語類》（十八冊卷一百四十），安徽教育出版社、上海古籍出版社，2002年版，第4323頁。

〔註51〕 宗白華：《美學散步》，上海人民出版社，1981年版，第226頁。

〔註52〕 《文淵閣四庫全書‧彥周詩話》（電子版），上海人民出版社、迪志文化出版有限公司，1999年版。

〔註53〕 《文淵閣四庫全書‧梁文紀‧卷二》（電子版），上海人民出版社、迪志文化出版有限公司，1999年版。

身之道」的謹慎與文章的「放蕩」僅僅是在形式上形成了對立的態勢，但是畢竟還可以看出「放」的意蘊。這種見解，「如後人所指斥的，助長了淫靡空浮的形式主義文風，但他注重文學作品形式的華美和作者性情的不受約束，也有一定的合理性。」〔註54〕也就是說，單純從形式的角度而言，這個道理是不錯的，但從內容方面來推敲，就可以看出其真正的用心之所在，蕭綱（時爲太子）的《與湘東王書》裏評價謝靈運說：

> 謝客吐言天拔，出於自然，時有不拘，是其糟粕。〔註55〕

這裡透露了一個很重要的信息：蕭綱對於謝靈運詩歌形式上的特點是讚賞的，但是認爲他思想內容裏的「時有不拘」，是其糟粕之處，可見蕭綱的「放蕩」之談，還是和「豪放」之「放」相去甚遠的，主要注重形式而非思想精神。由於東晉、南北朝時期士族文化文學主要成就是在南方，建安文學此時已逐漸衰落，而代之以形式主義的浮華文風詩風，偏安江南的社會無論是從思想精神上還是地域上都缺乏陽剛之氣，統治階級沉醉在浮豔淫靡的生活裏，因此「豪放」的意蘊又轉入低谷也就不可避免了。北方社會自漢以來即短於文章而長於經學，迭經戰亂之後，很長時間都是控制在北方少數民族建立的政權之手，而民族文化的融合需要一個較長的時間，因此文化建設基本處於一種停滯狀態，文學藝術以剛健質樸見長，缺乏文采。這是一段比較長的歷史時期，經過戰亂和時間的洗禮以及「合久必分，分久必合」的歷史趨勢的作用，中國古代最偉大的時代即將到來，「豪放」經過這一時期的沉潛，也必將得到更大的發展。

二、盛唐時期「豪放」的集中表現

隋代壽命短暫，李唐皇室出於隋之貴族，因此可以把它視爲唐代的一個前奏，其對「豪放」的發展並無顯著作用。唐代是中國古代歷史上的鼎盛時代，其恢宏開放的時代氣勢比起漢代來更加突出，這時候國內和國外的軍事、政治、文化、貿易的交流極其頻繁，使得唐代成爲中國古代歷史上最爲開放、最富有活力、最富有創造力的時代：

> （唐王朝）對外是開疆拓土軍威四震，國內則是相對的安定和

〔註54〕 朱恩彬主編：《中國文學理論史概要》，山東文藝出版社，1996 年 1 月第 2 版，第 87 頁。

〔註55〕 《文淵閣四庫全書‧梁書》（電子版），上海人民出版社、迪志文化出版有限公司，1999 年版。

統一。一方面，南北文化交流融合，使漢魏舊學（北朝）與齊梁新聲（南朝）相互取長補短，推陳出新；另方面，中外貿易交通發達，「絲綢之路」引進來的不只是「胡商」會集，而且也帶來了異國的禮俗、服裝、音樂、美術以至各種宗教。「胡酒」、「胡姬」、「胡帽」、「胡樂」……是盛極一時的長安風尚。這是空前的古今中外的大交流大溶合。無所畏懼無所顧忌地引進和吸取，無所束縛無所留戀地創造和革新，打破框框，突破傳統，這就是產生文藝上所謂「盛唐之音」的社會氛圍和思想基礎。如果說，西漢是宮廷皇室的藝術，以鋪張陳述人的外在活動和對環境的征服爲特徵（見第四章），魏晉六朝是門閥貴族的藝術，以轉向人的內心、性格和思辨爲特徵（第五章），那麼唐代也許恰似這兩者統一的向上一環：既不純是外在事物、人物活動的誇張描繪，也不只是內在心靈、思辨、哲理的追求，而是對有血有肉的人間現實的肯定和感受，憧憬和執著。一種豐滿的、具有青春活力的熱情和想像，滲透在盛唐文藝之中。即使是享樂、頹喪、憂鬱、悲傷，也仍然閃灼著青春、自由和歡樂。這就是盛唐藝術，它的典型代表，就是唐詩。〔註56〕

從漢代的恢宏大氣到建安時期的剛健質樸，再到唐代的豪放壯麗，即使是從整個中國古代歷史來看，「豪放」也在唐代這個最具陽剛之氣和陽剛之美的時代得到了最引人注目的發展，完成了其完美的發展軌跡——當然，這種「完成」，實際上還僅僅是「豪放」廣義即在「壯美」意義上的一個完成，之所以如此，是因爲此時的社會時代氛圍對於「豪放」的發展來說是極其有利的，而只有其發展遭受到巨大阻力的時候，它才會由其廣義發展到狹義。在這種氛圍之下，唐代在各個領域裏都顯得生氣勃勃。在政治上，「貞觀之治」和「開元盛世」名垂後世，「盛唐氣象」成爲中華民族賴以自豪的社會風標；在軍事上，唐王朝遠控西域，北遏大漠，武功偉烈，在朝的武將多有胡人，北地的豪放之風極大程度地得到渲染；在文化上，儒、道、釋三教融合互補，各發揮其長以爲王朝利用，李唐王朝以道家思想的創始人老子爲遠祖，以及佛教的極大發展，都給保守僵化的儒家思想帶來極大的衝擊，初步形成了思想精神上開放的格局；在貿易上，大批的西域及周邊國家的商賈成群結隊而來，對外聯繫的密切前所未有，都城長安的胡人聚居停留儼然大唐居民，也蔚爲

〔註56〕 李澤厚：《美學三書》，天津社會科學出版社，2003年版，第115～116頁。

一景。由於李唐皇室本出胡族，而胡兵的戰鬥力甲於天下，胡人粗獷豪放的習氣直接給唐代社會帶來了雄健壯大的氣息，文人亦受其影響，任俠之風盛於初唐，表現了士人報效祖國、建功立業的人生理想。俠文化之在初唐，是王朝開放恢宏氣象的一個具體表現，也是出現在文學中的「豪放」意蘊的重要源泉。例如李白，「遊俠思想又使他重諾輕物，輕視傳統，養成一種傲兀不屈和豪縱曠放的性格。」〔註57〕汪聚應指出：

> 初盛唐是唐人任俠的高昂期，「處於歷史又一個繁榮時期的地主階級，精力充沛，充滿自信。它的一部份成員，須要借助各種方式表現自己的英雄氣概，建立功業是一種適宜的方式，任俠也是一種適宜的方式，而且是一種更容易做到的方式」。任俠體現著以少年遊俠兒的形象和心境作為骨幹的「少年遊俠精神」，它充滿著青春的氣息、樂觀奔放的時代旋律和火一般的生活欲望、人生宣泄，是盛唐文化精神的一種表徵。……另一方面，國家的空前強盛，也使遊俠們試圖用一種英雄的行為和豪放無羈的方式將這種氣質呈現出來，崇高的責任感和人世的欲望並行不悖，理想的光輝和生活的情趣緊密相聯。〔註58〕

在時人看來，任俠顯然是一種生命激情的高揚和釋放。而從思想文化的角度來看，俠文化更有著極其深刻的社會思想文化淵源：

> 從思想文化淵源看，唐代社會思想活躍，儒、佛、道三教並存，且與俠相融。唐文化也在中外文化交流，南北文化的對立與整合中容納和吸取了許多有用的成分，尤其是關隴文化在胡漢雜陳的結構磨合中，多了一份剛健和豪放。唐人與魏晉人一樣，反對人生倫理化的違犯本性，而要求那種人生自然化的解放生活，這種人生觀的特徵，也是魏晉人性覺醒的影響和繼續。於是俠與儒的結合，促使儒家「濟蒼生」、「憂社稷」的思想充分展開，而任俠精神也藉此獲得了較為開闊的視野，忠臣義士的諫諍和功業追求便帶有鮮明的任俠色彩。俠與胡文化中尚武思想的合拍，又造就出英雄豪傑的感恩圖報、效命疆場，文人士子的冀求知遇、走出章句、效功當世。而與道家自由精神的融匯，又生發出放蕩不羈、推尊個性、不以禮法

〔註57〕周嘉惠：《唐詩宋詞通論》，中國文聯出版社，2001年版，第177頁。
〔註58〕汪聚應：《唐人詠俠詩芻論》，在《文學遺產》2001年第6期。

爲意的個性氣質。這一切，引起「封建禮教的束縛相對鬆弛和人的
主觀精神的昂揚奮發，使得人們偏於高估自身的價值，強調個性自
由，蔑視現存秩序和禮法傳統的束縛」，爲唐代詠俠詩的繁榮奠定了
思想基礎。〔註59〕

可見，俠文化內在的精神本質仍然是個體個性和禮法制度之間的矛盾。俠的
存在生活姿態是豪放的，這在前文中已經講到，而唐代的俠文化經過文學的
渲染，更加豐富多彩，「豪放」的意蘊也更加鮮明，據汪先生統計，唐人詠俠
詩有四百多首。任俠而豪放，是俠文化最突出的特點，吳兢《樂府古題要解》
卷上「劉生齋」條云：「右劉生不知何代人，觀齊梁已來所爲《劉生》詞者，
皆稱其任俠豪放，周遊五陵三秦之地。或云抱劍專征爲符節官，所未詳也。」
〔註60〕如果說在先秦及後來的魏晉時期俠還是一個處於「隱」狀態的社會群
體，那麼在唐代它則成爲了十分世俗化的一種社會現象。偉大的詩人李白，
可以說是「豪放」意蘊的一個典型代表。他的性情是豪放的，黃庭堅說：「太
白豪放，人中鳳凰麒麟，譬如生富貴人，雖醉著暝暗哼囈中作無義語，終不
作寒乞聲耳。」〔註61〕這是褒許的語氣，李白的這種氣質，是其內在「豪放」
的一個體現，也是這種內在的「豪放」促成的。同樣的「豪放」，蘇轍卻加以
貶斥：「李白詩類其爲人，俊發豪放，華而不實，好事喜名，不知義理之所在
也。語用兵，則先登陷陣，不以爲難；語遊俠，則白晝殺人，不以爲非；此
豈其誠能也。」〔註62〕這種情形的出現，一方面是由於蘇轍的思想保守程度
要遠遠大於黃庭堅，另一方面，蘇轍用「義理」來衡量文學，也體現了「義
理」和文學原則的一些衝突。李白的詩也是豪放的，如王安石說：「白之歌詩，
豪放飄逸，人固莫及；然其格止於此而已，不知變也。」〔註63〕朱熹說：「李
太白詩不專是豪放，亦有雍容和緩底，如首篇『大雅久不作』，多少和緩！」
〔註64〕「豪放飄逸」是李白詩歌最重要的藝術特點，其中「飄逸」是風格範
疇，包括他的詩和他的人，而「豪放」則不單是風格範疇，又是人的氣質、

〔註59〕 汪聚應：《唐人詠俠詩芻論》，在《文學遺產》2001年第6期。

〔註60〕 吳兢：《樂府古題要解》卷上，轉引自國學網「歷代詩話」系列。

〔註61〕 胡仔：《苕溪漁隱叢話》前集，人民文學出版社，1962年版，第28頁。

〔註62〕 胡仔：《苕溪漁隱叢話》前集，人民文學出版社，1962年版，第28頁。

〔註63〕 胡仔：《苕溪漁隱叢話》前集，人民文學出版社，1962年版，第37頁。

〔註64〕 《朱子語類‧卷一百四十》（十八冊），安徽教育出版社、上海古籍出版社，
2002年版，第4323頁。

性情的屬性範疇。之所以說李白是「豪放」意蘊的典型代表，是因為「豪放」在他身上體現了一種集合的特徵。李白的為人及其文學中的特色是「狂」、「俠」、「道」、「仙」、「酒」諸中因素綜合作用的結果，其中「狂」是儒家「狂者進取」（《論語・子路》）的意蘊，它既是李白本身骨子裏透露出來的一種氣質與個性（《將進酒》：「安能摧眉折腰事權貴，使我不得開心顏」），外在上又和其文學天才的特徵相吻合，並且適應了恢宏壯闊的時代氛圍。李白對「俠」的熱愛在唐代詩人中是最明顯的一個，魏顥《李翰林集序》云李白「少任俠，手刃數人」〔註65〕，蘇淵雷也說：「李白一生以任俠自許。他仰慕排難解紛的魯仲連、濟世安民的諸葛亮和抗暴卻敵的張良、謝安等人物。這四個人，在其詩中反覆出現，熱情洋溢，不勝異代知己之感。」〔註66〕李白的《白馬篇》是寫長安遊俠生活的，而其《俠客行》一詩，則是中國文學史上最為聞名的詠俠詩歌：

> 趙客縵胡纓，吳鈎霜雪明。銀鞍照白馬，颯沓如流星。十步殺一人，千里不留行。事了拂衣去，深藏身與名。閒過信陵飲，脫劍膝前橫。將炙啖朱亥，持觴勸侯嬴。三杯吐然諾，五嶽倒為輕。眼花耳熱後，意氣素霓生。救趙揮金槌，邯鄲先震驚。千秋二壯士，烜赫大梁城。縱死俠骨香，不慚世上英。誰能書閣下，白首太玄經。

這首詩比起陶潛的《詠荊軻》，可以說是豪放得多了，也更得「豪放」的神髓，體現了李白對於先秦俠文化的會心和傾慕。李白的仙氣體現在其超越人世的卓絕風姿，既積極進取又絕不同流合污的潔身自好的人格魅力，詩歌風格的飄逸不群，而且，他的這種氣質在很大程度上是天生的，李白對「仙」的詠羨，實際上是他對現實社會中醜惡現象的積極否定，因而又灌注著鮮明的理想色彩。李白和道士交往頗多，此外還有「處士」、「山人」等等，道家的自得悠然出世之想，也一直是他所夢寐以求的，「事了拂衣去，深藏身與名」式的功成而不居的行為，無疑是李白的最終理想之所在，也體現了其性情中桀驁不馴、不受塵世名繮利鎖束縛的豪放風度。至於「酒」，在中國古代簡直就是「豪放」的別名和符號、象徵，它是使人呈現外在「豪放」的一種動力和催化劑，尼采《悲劇的誕生》裏講到著名的「日神精神」和「酒神精神」，在他看來，「日神精神」是一種「驅向幻覺之迫力」，而「酒神精神」是一種「驅

〔註65〕《李太白集》，嶽麓書社，1989年版，第2頁。
〔註66〕《李太白集》，嶽麓書社，1989年版，第5頁。

向放縱之迫力」〔註67〕，可見「酒」確實是和「放」的意蘊密切地聯繫著的。「斗酒詩百篇」的形象，就是專門來形容李白的，《將近酒》裏的詩人姿態是相當豪放的，對此，杜甫《飲中八仙歌》「李白一斗詩百篇，長安市上酒家眠，天子呼來不上船，自稱臣是酒中仙」的描寫，是極其傳神的。以上所說的五個方面的因素，對於「豪放」意蘊的生成，具有至關重要的意義，其中「狂」、「俠」兼具「豪」、「放」的意蘊而「仙」、「酒」、「道」偏於「放」的意蘊，它們之所以在李白的身上得到發展並呈現出來，仍然主要是由於個體主體精神方面的作用，而且李白的主體性精神特別突出和強烈，超過了古今所有的詩人，其「豪放」的意蘊從總體上看來是稍偏於「放」的，無拘無束的自由揮灑的姿態，對於封建統治的禮法制度而言，是一個嚴重的挑戰，只是在唐王朝極其開放寬容的歷史背景裏，他還沒有爲當道者橫加摧殘而已，但是李白的政治理想之破滅，就說明了二者根本上的不可調和的矛盾。這就表明了，「豪放」既然是以個體主體性精神綻放的姿態存在的，即使是在開明的政治氛圍裏，也是不可能得到承認的，因而到了以內斂保守爲色的宋文化環境下，蘇轍對李白具有進步積極意義的「豪放」橫加斥責，也就可以理解了。「豪放」之作爲一個範疇的意蘊，在李白那裡的成熟是相當完美的，然而卻是一個孤獨的早熟狀態，作爲文化的重要載體統治階級和士人階層，從唐王朝立國之初即是嚴守封建禮法的，像杜甫詩歌的氣魄要盛於李白，但是他的「放」的姿態卻不如李白，其他的人就更不用說了，因此，盛唐氣象主要是體現在比較外在的雄大壯闊上，這種雄大壯闊並不能使人的主體性精神得到完美的發展，這可以說是盛唐的悲哀之處。「豪放」之在李白是一個異數，並且「豪放」雖然在他那裡得到了完美的早熟，但是從「豪放」的社會價值來說，李白式的「豪放」在價值上還不是最高的境界，這一點在後文中論及辛棄疾時還會述及。李白式的「豪放」由於其個體的稟賦在外在形式上達到了一個巔峰狀態，一般士人根本無法企及。

除固守封建禮法的士人以外，從科舉出來的士人以不同於以往統治者的面目出現了，這一個過程是從唐高宗朝武后逐漸主政後慢慢展開的，科舉至此獲得了眞正的意義，並成爲武則天打擊傳統門閥貴族勢力的重要途徑。以詩文取士的負面影響是文士漸趨浮華，爲盛唐轉衰奏響了先聲，對此陳寅恪有精彩的論述：

〔註67〕　（德）尼采：《悲劇的誕生》，周國平譯，三聯書店，1986年版，第2頁。

　　唐代士大夫中其主張經學爲正宗、薄進士爲浮冶者，大抵出於
北朝以來山東士族之舊家也。其由進士出身而以浮華放浪著稱者，
多爲高宗、武后以來君主所提拔之新興統治階級也。其間山東舊族
亦有由進士出身，而放浪才華之人或爲公卿高門之子弟者，則因舊
日之士族既已淪替，乃與新興階級漸染混同，而新興階級已取得統
治地位，仍未具舊日山東舊族之禮法門風，其子弟逞才放浪之習氣
猶不能改易也。

　　然則進士之科其中固多浮薄之士，李德裕、鄭覃之言殊未可厚
非，而數百年社會階級之背景實與有關涉，抑又可知矣……如牛黨
之才人杜牧，實以放浪著稱。唐語林七補遺所載杜少牧登第恃才喜
酒色條，杜舍人牧恃才名頗縱酒色條，及其樊川集中遣懷七絕「十
年一覺揚州夢，贏得青樓薄倖名」之句等皆是其例證。〔註68〕

盛世氣象易致奢華，才子新進易爲淺薄，原不足怪，二者合流，亦屬際會。
這些人以放浪爲特徵，可以說已經相當偏離了「豪放」的核心意蘊（以美爲
衡量標準），「豪」氣不足而「放」之太甚，但這種以才氣爲色的放浪，較之
南北朝的淫靡放蕩，還是有很大的區別的。而經歷了從盛唐到中唐轉變的大
詩人杜甫，卻是盛唐、晚唐轉變之際的一個代表性的集大成式的人物，並在
「豪放」上達到了一個新的境界，這是因爲，杜甫既有初、盛唐積極進取、
獻身生命的思想精神，又在藝術上精益求精，成爲唐代文藝充分掌握了藝術
規律而達致不受拘束的自由境界的最有成就者。杜詩的「豪放」境界勿庸置
疑，歐陽修曾說：「唐之晚年，詩人無復李、杜豪放之格，然務以精意相高。……」
（《六一詩話》）可見在歐陽修的心目中，李、杜的「豪放」之格是盛唐詩歌
的最高處和理想境界。宋人俞文豹也說：

　　近世詩人好爲晚唐體，……局促於一題，拘攣於律切，風容色
澤，輕淺纖微，無復渾涵氣象。求如中葉之全盛，李、杜、元、白
之瑰奇，長章大篇之雄偉，或歌或行之豪放，則無此力量矣。（《吹
劍錄》）〔註69〕

杜詩中有很多以「豪放」爲特色的篇章，後文在論述「豪放」在人生藝術中

〔註68〕陳寅恪：《唐代政治史述論稿·政治革命及黨派分野》，上海古籍出版社，1997
　　　年版，第71、90頁。
〔註69〕轉引自張海鷗，《宋詩「晚唐體」辨》，載《中山大學學報（社會科學版）》2003
　　　年第3期。

的表現之時，還將有詳細的探討。需要特別指出的是，杜詩的豪放已經昭示了「豪放」的中心意蘊「不受拘束」及其內涵的三種層面，尤其是技巧表達一層次，更爲後世所津津樂道，其具體表現是由於人掌握了事物的規律而呈現出來的技藝純熟的狀態，如《莊子·養生主》裏的庖丁，對於一定規律的掌握的同時亦即意味著對它的超越，而這種超越又必須是結合個體強烈的主體精神的表現而產生的，強烈的主體性精神是一種衝動式的創造力，可以想像，在掌握規律之前，人的主體性精神受到規律的束縛而被規律所奴役，人是不自由的，而一旦掌握了規律，人擺脫束縛而主體性精神得到了一種釋放的狀態，這就是「豪放」之所以產生的原因之一；何況，進入自由表現、表達境界的主體，往往又在創新的意義上，建立了新的藝術規律或原則。杜甫的情況是在歷史上第一次兼三者而有之而又取得了偉大成就的詩人，尤其是藝術表現這個層面，更具有代表意義。在這個層面上，從思想淵源上講，杜甫的思想雖然是傳統儒家的，但他在文學上突破了「哀而不傷」、「怨而不怒」的傳統，詩歌中的個體主體性精神因素極其明顯，對於社會的高度責任感和對於苦難民生的真誠歌哭，充斥在他的詩歌作品之中。從詩歌文體自身的發展演變的歷史來看，杜詩對於律詩的純熟掌握及得心應手的運用與突破，其成就是千百年來人們所公認的一個不可超越的高峰。律詩是很束縛詩人的創作的，尤其是排律，更是這種文學形式對人束縛的極致，而杜甫的排律最長的達一百韻，他也是第一個大量創作排律的詩人，這除了表明杜甫的才力之外，還可以想像到他在嫻熟地掌握了這種詩體以後在創作時所顯示出來的「豪放」自由的氣度。因此，在「豪放」的意蘊裏，人的主體精神對於外在於「我」的「物」（形式也是「物」的表現形式之一）的壓倒性的超越之要求和表現，是「不受拘束」的真正意義之所在！「豪放」的狀態，是人佔據了美的中心（「highlight」and「spotlight」）並成爲最有價值、最富於魅力的狀態，這種價值判斷不是「人類中心論」，只是人作爲萬物之靈的一個自然而然的表現，也是藝術之美比生活中的美要高和集中的一個典型體現。

　　除了以詩歌爲代表的「豪放」境界，盛唐時代在文學藝術中以諸如繪畫、書法等爲代表的「豪放」藝術也完全成熟，和詩歌一起共同標誌著盛唐氣象和精神的高度。「盛唐精神最輝煌的一面是由李白詩歌、張旭書法、吳道子繪畫來表現的。盛唐精神以及唐人的藝術活動呈現了什麼樣的審美觀念呢？司空圖《詩品》是對唐代詩歌，也是對唐代審美類型的經典總結，裏面有三品

是與豪放精神相關的（雄渾、勁健、豪放）。」〔註70〕時代的氣息是現實的深厚基礎，由之激起作者的內在之「氣」，外化為深具「豪放」意味的藝術形式，其典型的代表如吳道子的繪畫，郭若虛的《圖畫見聞志》云：

> 唐開元中，將軍裴旻居喪，詣吳道子，請於東都天宮寺畫神鬼數壁，以資冥助。道子答曰：「吾畫筆久廢，若將軍有意，為吾纏結，舞劍一曲，庶因猛屬，以通幽冥！」旻於是脫去縗服，若常時裝束，走馬如飛，左旋右轉，擲劍入雲，高數十丈，若電光下射。旻引手執鞘承之，劍透室而入。觀者數千人，無不驚慄。道子於是援毫圖壁，颯然風起，為天下之壯觀。道子平生繪事，得意無出於此。

聲氣相通而激起內心之「氣」，而且必須仰賴於這氣勢的盛大，是創造達到「豪放」的前提條件，在這裡十分鮮明地體現了出來。由於原作失傳，我們今天已經不能見識到此畫的面貌了，只能從這些文字之中領會吳道子精神氣質上和藝術表現上的「豪放」，但是我們可以從相似題材的繪畫中略微想像一下吳道子的「豪放」氣度，如著名的《天王圖》：

（吳道子《天王圖》）

〔註70〕 張法：《中國美學史》，上海人民出版社，2000年版，第166頁。

這幅畫線條恢宏，色彩奇炫，人物形象是當時武將形象的一個翻版，不但虎虎有生氣，而且姿態豪放，氣勢盛大沛然。對於吳道子的繪畫，徐復觀在《中國藝術精神》一書中評價說：「以豪放之氣寫人物，這是人物畫的一大發展，正是吳道玄（筆者按：即吳道子）度越前人之所在」〔註71〕，指出了「豪放之氣」對吳畫乃至中國繪畫的貢獻和價值。同樣的情況也發生在大詩人杜甫那裡，其《觀公孫大娘弟子舞劍器行》一詩，乃是年輕時目睹公孫大娘舞劍器的雄姿，到了晚年又睹其弟子舞劍器，回憶五十多年前觀公孫大娘舞劍器後，「撫事慷慨」而作的詩篇，可見當時印象是何等的深刻。此詩序云：「……觀公孫氏舞劍器渾脫，瀏漓頓挫，獨出觀時……昔者吳人張旭善草書、書帖，數嘗於鄴縣見公孫大娘舞西河劍器，自此草書長進，豪蕩感激，即公孫可知矣！」詩云：「昔有佳人公孫氏，一舞劍器動四方。觀者如山色沮喪，天地為之久低昂。爁如羿射九日落，嬌如群帝驂龍翔。來如雷霆收震怒，罷如江海凝清光。……」劍舞這種藝術「豪放」的風采和氣勢，可以說是唐代所獨有的。又如顛張狂素的草書：「以張旭、懷素為代表的草書和狂草，如同李白詩的無所拘束而皆中繩墨一樣，它們流走快速，連字連筆，一派飛動、『迅疾駭人』，把悲歡情感極為痛快淋漓地傾注在筆墨之間。」〔註72〕顛張狂素的狂草藝術，已經達到了草書的極致，也只有盛唐這樣的時代氛圍才能產生這樣的藝術，才能達到這樣的藝術境界。「其實在張旭的同時代人中，狂草是詩人們揮寫豪放詩篇的理想形式。著名詩人賀知章，即以草書名世。」〔註73〕詩酒風流、琴劍炫異的「豪放」意蘊，其間所蘊藏的盛大的不可遏制的內在之氣和外在氣勢，絕非是僅僅在極端的個性上下工夫所能窺測其氣象和境界的。

正因為唐代以「豪放」為特色的文學藝術已經鮮明地凸顯了出來，所以它在理論上得到反映乃是遲早的事情，而且唐代是詩歌理論的成熟期，意境理論在託名王昌齡的《詩格》中已經得到初步總結，在風格論意義上的「豪放」亦是隸屬於意境理論的。從對人物的品評到文學理論上的總結，這時的條件已經成熟，並且以風格論的面目迅速反映到理論上來。對於「豪放」這個範疇而言，晚唐司空圖的《二十四詩品》是一個里程碑式的理論文本，這

〔註71〕 徐復觀：《中國藝術精神》，華東師範大學出版社，2001年版，第156頁。

〔註72〕 李澤厚：《美學三書》，天津社會科學出版社，2003年版，第124頁。

〔註73〕 洪再新編著：《中國美術史》，中國美術學院出版社，2000年版，第144頁。

是自「豪放」在歷史上作爲一個概念出現以來第一次在文論中得到深刻而全面的認識和總結，並且從中國古代文論的範圍來說，《二十四詩品》中的「豪放」一品是中國古代對於「豪放」這一範疇認識和理論闡述最爲深刻和最爲全面的，後世對於「豪放」的認識和闡述可以說都沒有超過《二十四詩品》，對於《二十四詩品》，研究者認爲：

> 《二十四詩品》出現在唐末並非偶然。唐朝是中國詩史上的黃金時代，唐初到唐末的詩歌創作繁花似錦，呈現出變化萬千、空前繁榮的景象。梳理歸納這些優秀之作，詳細的加以分類，以便進一步地研究和總結，就成爲當時文學理論與批評的一項基本任務。……《二十四詩品》在詩歌分類上不僅更趨細緻，而且「所列諸體畢備，不主一格」（《四庫提要》），可謂集唐詩風格意境之大成，顯示了作者開闊的藝術視野。〔註74〕

應該說，「豪放」作爲非常重要的一品出現在《二十四詩品》之中，充分表明了「豪放」在現實實踐和存在中的重要地位，表明了司空圖對於這個事實實事求是的態度和重視程度。「豪放」的代表性詩人是李、杜，因此它在唐代詩歌中的主流地位或者說是最高位置是不言而喻的，這和司空圖本人對「豪放」的重視程度沒有其他諸如「自然」、「沖淡」等品爲大，並沒有直接的矛盾衝突。這是因爲，把「豪放」納入詩品的視野是求是而科學的態度，但是對於「自然」、「中淡」的好尚，卻是他自己的個人趣味，前面講到的蘇軾對「豪放」的保守態度，可以說在司空圖這裡就已經形成了，只是他還沒有蘇軾那樣明目張膽的破口大罵，而是很自然地將褒貶寓於個人趣味的好尚之中，而且這一傾向是和當時的社會現實分不開的：

> 可以看出，沖淡、自然的審美情趣是《詩品》美學思想的一個突出方面。這和當時的時代狀況以及司空圖的思想是分不開的。晚唐之後，社會的動盪使文人仕子的兼濟之志難以實現，他們便轉而寄情山水田園，尋求寧靜、和諧的生活情調。另一方面則在思想信仰上投向佛老的懷抱，參禪悟道，這對文學思潮和審美情趣的發展

〔註74〕　朱恩彬主編：《中國文學理論史概要》，山東文藝出版社，1996年第2版，第202頁。也有學者提出《二十四詩品》非司空圖所作，如馬茂軍、張海沙《〈二十四詩品〉作者考》（《中國社會科學院研究生院學報》2006年第2期）一文認爲乃盛唐李嗣眞作，雖尚非定論，卻極有道理。但此論對於《二十四詩品》乃唐代美學風格、意境之集大成的結論，並無妨礙。

有著直接的影響。另外，還有文學自身的原因。魏晉以後，特別是
盛唐時期，出現了以王維、孟浩然爲首的大批山水田園詩人，他們
的詩作清新、質樸，追求淡泊情理和淡泊境界，《詩品》對自然、淡
泊審美情趣的追求即是這一派創作在理論上的自覺總結。〔註75〕

也就是說，司空圖的詩學理論主要是以王、孟一派爲趣向的，那麼「豪放」
不被置於最重要的位置，也就可以理解了。而「王維和杜甫相比，只能算『小
的大詩人』」。〔註76〕我們在這裡強調這一點，不爲別的，只是爲了更好地審
視司空圖對「豪放」的認識和闡述，既然他是立足於這樣一個基礎之上，那
麼他的認識和闡述是否有片面和不確切的可能。前文中在探討「豪放」的內
涵時已經從這一角度對其做了觀照，現在讓我們把它放在「豪放」的歷史之
流裏對它加以全面的研究。「豪放」一品的全文是：

> 觀化匪禁，吞吐大荒。由道反氣，處得以狂。天風浪浪，海山
> 蒼蒼。眞力彌滿，萬象在旁。前招三辰，後引鳳凰。曉策六鼇，濯
> 足扶桑。〔註77〕

對於詩句的解釋，筆者認爲張國慶的文章最具代表性：

> 「觀化匪禁，吞吐大荒」，主要說的是「放」。「觀化」，觀察萬
> 物變化，洞悉宇宙造化。詩人若能做到「觀化」而無滯礙（「匪禁」），
> 自然能夠擺脫種種局限而自由地舒展其廣闊胸襟，吐納宇宙，揮灑
> 萬物，形成創造的氣勢和偉力。這是何等的開放無羈！「由道返氣，
> 處得以狂」，主要說的是「豪」。「由道返氣」，近似老子「道生一」
> （《老子·四十二章》）的說法，意即由宇宙本體之「道」向物質世
> 界（「氣」的世界）落實。此句意在引出作爲宇宙本體的「道」以爲
> 根據，而對「氣」給予充分的肯定。「處得」之「得」即「得道」「得
> 氣」之「得」，那麼「處得」即是說豪放之人處於得道稟氣的境地。
> 豪放之人所稟之氣，當爲一種最爲淳厚的、飽滿無缺的陽剛之氣，
> 此氣根於「道」，內充於人，乃令豪放之詩人眞力充滿，自足自信，
> 昂然向上，豪情似狂（此即「處得以狂」）。「眞力彌滿，萬象在旁」，

〔註75〕 朱恩彬主編：《中國文學理論史概要》，山東文藝出版社，1996年第2版，第
204頁。
〔註76〕 錢鍾書：《錢鍾書散文》，浙江文藝出版社，1997年版，第221、212、213頁。
〔註77〕 祖保泉、陶禮天箋校：《司空表聖詩文集箋校》，安徽大學出版社，2002年版，
第166頁。

　　詩人因為既豪且放而內蓄浩浩真力，遂使宇宙萬象，奔湧於其眼前腦際，任其揮灑驅遣於內，而浩浩真力，宇宙萬象，又復瀰漫奔湧於詩人所創造的藝術世界之中。「天風浪浪，海山蒼蒼」，境象闊大，內蘊巨力。「前招三辰，後引鳳凰。曉策六鼇，濯足扶桑。」，更顯出鮮明的「豪放」個性。楊廷芝《詩品淺解》說：「前招三辰，玩一『招』字，則聲撼霄漢，手摘星辰。鳳凰，不與群鳥伍，而今無不可引，則進退維我，不可方物矣。策六鼇，豪之至。濯扶桑，放之至。亦其胸懷不啻雲開日出，海闊天空，故曉策六鼇，濯足扶桑。」豪情萬丈，狂放不羈，天地星辰可驅，神鳥異木可遣，宇宙萬物，盡為所用，悉聽揮斥，此四句之所寫，真是和其豪放之至也！這裡，我們看到了伴隨胸襟的徹底開放無羈而來的解放了的想像力，伴隨豪氣奔湧而霞光四射似的想像噴發，以及隨之而從天地四方奔來筆底的瑰偉奇幻的宇宙萬象。〔註78〕

大體上說來，「豪放」一品的首二句是次二句「由道返氣」的條件，而次二句又是「豪放」的內因（呂漠野認為「豪放」的關鍵在於「由道返氣」〔註79〕），第七至十句寫達到「豪放」時的狀態，而末四句則是對「豪放」的具體的行動的描寫。呂先生認為「道」是二十四詩品的中心，而這個「道」具有濃厚的老莊思想的意蘊，並探討了其原因：

　　　　從二十四詩品的解釋詞中可以看出，司空圖最欽佩的人是所謂畸人、幽人、可人、高人，他最崇仰的品德是真、素、古、淡，他最嚮往的生活是茅屋、金樽、脫帽看詩、杖藜行歌。具有老莊式的品質和處世態度的人物和他們所處的生活和環境構成了他欣賞的詩境。

　　　　司空圖之所以具有特別深厚的老莊思想有其多重原因。

　　　　儒道同源。儒家以修齊治平為事業，但是從孔子的「道不行乘桴浮於海」，孟子的「達則兼善天下，窮則獨善其身」開始，就含蘊著老莊思想的基因。唐代帝皇由於道家祖師李耳是他們的同姓，特別提倡道家。唐末的戰亂時代更是滋長老莊思想的土壤。

〔註78〕張國慶：《中國美學對「雄偉」、「秀麗」的體系式研究》，載《文藝理論研究》2005 年第 3 期。

〔註79〕呂漠野：《司空圖〈詩品〉釋論》，載《杭州大學學報》（哲社版）1994 年第 4 期。

再從司空圖本人的身世經歷來看。他作爲士大夫階層的一員，儒家入世思想當然是他的思想的主心骨，可是整個思想免不了也是儒家和道家以至佛家思想的混合體。他一生中安安穩穩做官只有第一次共三年，以後幾次或是不久就丟，或是推辭不做，過的基本上是「遭亂竄伏」和屈辱隱遁的生活。他在《香岩長老贊》文中把「禪」放在儒老之上；在《文中子碑》文中竟説：「道，制治之器也；儒，守其器者耳。」明明白白把道家放在儒家之上。固然他最後因爲唐代廢帝被弑，憂鬱不食而死，還是根深蒂固的儒家忠君思想，但是道家思想特別深厚卻是十分顯著的事實。〔註80〕

「由道返氣」是「豪放」的關鍵，「氣」的來源是「道」，聯繫司空圖的詩學理論及其生活背景和上面所引的資料表明，這個「道」是偏於老莊之道的，這一點的得失且置不論，而且《二十四詩品》中的其他品類也是以「道」爲率的，這也暫且不論，單是他把諸品的根源追溯到「道」那裡這樣一種方式，就是極其可貴的，尤其是「豪放」一品，「道」直接是「豪放」之「氣」的原因之所在，由「道」而「氣」這樣一種思路，是典型的中國古代哲學思想中老莊哲學的思想，帶有明顯的唯心主義特徵。但是這裡的情況又不是這麼簡單的，因爲司空圖強調「觀化匪禁」這樣一個前提，「化」既然是造化，造化又是包含宇宙中的萬物的，可以說是一個現實基礎，觀化而體道，是和由「道」而「氣」的思想方法根本不同的，只有這樣理解，才能明白「豪放」一品中「氣」的來源，它是品悟現實萬物悟「道」後的結果。這一點還不是最重要的，最重要的是司空圖在這樣一種思想方法下來認識「豪放」，從一開始他就不是僅僅在風格論的意義上來闡述「豪放」的，而是指出了「豪放」的成因及其深厚的哲學基礎，這和後世尤其是宋代詞學視野中「豪放」主要是在風格論的意義上來進行，有著很大的不同。可以說，「豪放」之所以能夠從認識論過渡到風格論（併兼有其內涵的三個層次），司空圖是一個關鍵人物。一方面，他對「豪放」的這種解釋理路即聯繫到哲學的高度上來認識「豪放」，後人無從再加以超越，因此便不再做此方面的努力；另一方面，他的這種努力也是一種完善的鋪墊，爲「豪放」從認識論轉向風格論奠定了良好的基礎。當「豪放」作爲一個概念進入風格論的層次參與到現實的文學及其理論的綜

〔註80〕 呂漢野：《司空圖〈詩品〉釋論》，載《杭州大學學報》（哲社版）1994 年第 4期。

合運動中去，並以嶄新的姿態去承擔新的任務和解決新的問題的時候，它就由一個概念變成了一個範疇，就有了自己直接的對立面並與之相互影響、相互聯繫、相互矛盾、相互轉化，這一轉變雖然是在宋詞的領域裏實現的，但是司空圖無疑從理論上為這種轉變奠定了最堅實的基礎。

　　《二十四詩品》中的「豪放」是一個分水嶺、里程碑，由之上溯，我們可以找到它的根源，由之下瞰，則可以清晰地看到「豪放」轉化為風格論以後在文學及文學理論中演進的軌跡。在唐代的詩歌及《二十四詩品》之中，「豪放」是眾多風格中的一種，唐代的多元文化和開放盛大的國勢提供了之所以如此的原因，隨著宋代國勢上的逐漸衰落和文化上的逐漸保守，「收」和「放」的矛盾日益發展、加劇，因而在文學中與之相應的，就是「豪放」和「婉約」這兩大主流風格的矛盾也日益發展、加劇，最後以對立的形式和面貌體現了出來。這兩對範疇的矛盾充分體現了唐宋之際民族審美意識中「收」和「放」的關係，因而超越了其他一切風格而成為宋詞的代表性風格。「豪放」能夠成為一個範疇，就是在這樣的歷史時代背景之下成就的。

　　在這裡特別要指出的是，「豪放」在唐代得到了最自然的發展條件，在文學意識中達到了極其成熟的狀態，但是從「收」、「放」的關係上而言，它還沒有達到最完善、完美的境界、狀態，「收」和「放」之間的張力還沒有達到最大、最佳的狀態，還沒有從廣義的範圍發展到狹義，而只是眾多風格形態中的一種。經過安史之亂後唐王朝迅即衰落，「豪放」也隨之衰落，以至於歐陽修在《六一詩話》指出了「唐之晚年，詩人無復李、杜豪放之格」的事實。因為「豪放」在唐代還沒有達到那種最為豐富飽滿的狀態，所以它的生命力還沒有完結，它的繼續向前發展並成為一個美學範疇而引領一個時代的審美風潮，是在宋代完成的。

第五章 「豪放」形成與嬗變的歷史考察(下)

第一節 宋元明清:「豪放」的成熟和盛極而衰

一、宋人審美理想影響下「豪放」美學範疇的成熟

(一)宋代重文抑制武制度,導致國勢衰弱,士人精神逐漸內傾化並影響審美理想

宋代是中國歷史上的一個特殊時期,從經濟文化上來說,它繼承唐代而真正達到了中國封建社會的頂峰:「華夏民族之文化,歷數千載之演進,造極於趙宋之世」(陳寅恪《鄧廣銘〈宋史・職官志〉考證序》)。〔註1〕由於宋太祖趙匡胤有黃袍加身而取得帝位的經歷,使得宋代從開國之始就對武人極為戒備,而士人在宋代則大受優待。宋人王栐《燕翼詒謀錄》云:「國朝待遇士

──────────

〔註1〕 陳寅恪:《金明館叢稿二編》,三聯書店,2001年版,第277頁。鄧廣銘《關於宋史研究的幾個問題》一文也指出:「宋代是我國封建社會發展的最高階段,其物質文明和精神文明所達到的高度,在中國封建社會歷史時期之內,可以說是空前絕後的。」載《社會科學戰線》1986年第2期。劉方認為,鄧氏這一說法「雖然秉承師說,卻未能準確把握師說。把文化的範圍,擴大到物質文明和精神文明,以此評論宋代文化,恐與事實不符。因為我們從歷史研究和考古研究可以知道,元、明、清的物質文明是超越了宋代的,雖然發展的速度上不如人意。因此,談宋代文化發展的登峰造極,應當限定於精神文化的領域和層面才能更為準確和符合歷史的實際」,見《宋型文化與宋代美學精神》,四川出版集團巴蜀書社,2004年版,第17頁。

大夫甚厚，皆前代所無」〔註 2〕，趙彥衛《雲麓漫鈔》也說：「本朝待士大夫有禮，自開國以來，未嘗妄辱一人」〔註3〕，孔平仲《珩璜新論》裏比較了唐宋兩代士人所受禮遇的區別：

> 待士大夫有禮，莫如本朝，唐時風俗，尚不美也。《張嘉貞傳》：姜皎爲秘書監，至於杖死。《張九齡傳》：周子諒爲監察御史，以言事杖於朝堂。……張廷珪執奏，御史有譴，當殺之，不可辱也，士大夫服其知體。〔註4〕

「士可殺不可辱」，宋代對士人的優待政策，使得他們重現以天下爲己任的思想精神和雄心。然而，抑武崇文的治國策略，卻導致了軍事上的積弱，給宋代的政治、經濟、文化帶來了深刻的影響，最終造成了宋代士人柔弱的文化心理和思想精神狀態——其中也包括統治者，張再林在《唐宋士風與詞風》一書中，詳盡論述、比較了唐宋兩代君主的精神風貌，指出宋代的皇帝較之唐代，要「怯懦柔弱」得多，「……各種因素的綜合作用，就使得宋代士人的文化心理傾向越發向柔弱的方向發展。蘇軾曾感慨道：『宋興七十餘年，民不知兵，富而教之。至天聖、景祐極矣……士亦因陋守舊，論卑而氣弱。』程頤對宋代士人的這種文化心理傾向則更爲乾脆地一言以蔽之曰：『今人都柔了。』」〔註5〕陳人傑《沁園春》序也說：「誦友人『東南嫵媚，雌了男兒』之句，歎息者久之」，並在詞中發出「諸君傅粉塗脂，問南北戰爭都不知」的感慨。從上層到下層的這種精神風貌和柔弱心理，擴散到整個社會的各個方面，總體上造成了宋代文化的「內傾」化、保守化和柔弱化。宋人在這種情況之

〔註 2〕 《文淵閣四庫全書‧燕翼詒謀錄》（電子版），上海人民出版社、迪志文化出版有限公司，1999 年版。

〔註 3〕 《文淵閣四庫全書‧雲麓漫鈔》（電子版），上海人民出版社、迪志文化出版有限公司，1999 年版。

〔註 4〕 《文淵閣四庫全書‧珩璜新論》（電子版），上海人民出版社、迪志文化出版有限公司，1999 年版。

〔註 5〕 張再林：《唐宋士風與詞風研究》，人民文學出版社，2005 年版，第 235～238 頁。其中所舉邵伯溫《邵氏聞見錄》卷六載「中令（趙普）從祖宗定天下，尚以取幽、燕爲難」及方勺《伯宅編》卷一載「韓忠獻公之子粹彥帥定武，或勸取幽、燕者，粹彥折之曰：『國家奄有四海，寧少詞一彈丸之土耶？』」之例，尤足爲證宋人於武事之懼、不思進取之心，亡國根本，乃在於此。然今日觀之，在民而爲有益，不可獨以不知恥辱爲責也。邵氏所云「近時小人竊大臣之位者，乃建結女眞滅大遼取幽、燕之議，卒致天下之亂，悲夫」之論，亦頗有見。取之不以正道，而以外力，則其取也爲貪乎小利，而未變其根本，此宋之悲也。

下，處於一種矛盾的狀態和心態之中，儒學思想家吸收道、佛二家的思想，催生了理學這種「向內轉」的獨特的哲學形態。如宋代理學的奠基者周敦頤在《太極圖說》說：「聖人定之以中正仁義而主靜」〔註6〕，《朱子語類》卷一百十三里說：「問：當官事多，膠膠擾擾，奈何？曰：他自膠擾，我何與焉！濂溪云：『定之以中正仁義而主靜』，中與仁是發動處，正是當然定理處，義是截斷處。常要主靜，豈可只管放出不收斂。『截斷』二字最緊要。」〔註7〕這種「主靜」的思想，正是宋人思想內傾化的一個表現，朱熹所謂的「豈可只管放出不收斂」，也正表現出十分明顯的保守傾向。理學家們的這種傾向，就其對於中國美學史上的發展而言，體現在審美理想上，則在實際上促成了宋代由「壯美」向「優美」轉變。儀平策曾分析了宋代士人當時的思想精神狀況和內心世界：

　　宋明理學的產生根源於儒學本身的危機。宋明理學家所關注的是佛學那種直達主體內心的深層哲學精神，……與傳統儒學偏重外向的、感性現實的倫理行為和功利實踐不同，而主張以「正心」為本，而所謂「正心」也就是強調「無欲」、「無為」、「無思」、「主靜」、「性定」等等。……可以看出，這一「主靜」理論雖然歸根到底是為挽救封建政治秩序和倫理文化的危機服務的，但與前期儒學比起來，那種面對客體世界雄心勃勃的開拓精神萎縮了，那種強烈的外向追逐的實踐衝動和事功意識淡漠了，那種以自強不息、積極入世的動態行為特徵的理想人格模式化解了，那種對外部現實不可過止的征服與佔有欲望及由此帶來的矛盾、亢奮、動蕩、憂患等社會心態也都冷卻和消逝了。一種主觀的、內向的、自足和靜態的文化模型成為時代的主導。從社會根源上說，這種將儒家的治平思想和倫理抱負同靜泊無為、寂寞清脫的禪味佛境凝為一體的哲學，也正是宋明士大夫們為安身立命、踐世順勢、適應封建社會後期的生存環境而不得已作出的惟一選擇。他們雖然仍固守著「濟世」、「安邦」、「拯民」的儒家人格理想，但對內專制集權和對外妥協退讓的社會政治現實使他們無法實現這一理想。宋明理學亦儒亦佛的精神結

〔註6〕　《文淵閣四庫全書・周元公集》（電子版），上海人民出版社、迪志文化出版有限公司，1999年版。

〔註7〕　《文淵閣四庫全書・朱子語類》（電子版），上海人民出版社、迪志文化出版有限公司，1999年版。

構，無爲而有爲，無思而思通，無欲而欲得，無聞見而聞見生，以
內禦外，以靜見動的理性體系，恰好可以慰藉和平衡因這種深刻的
人生矛盾而出現的傾斜搖擺的內在心態，從未爲士大夫們提供了一
種新的進退有方、應付裕如的生存和行爲模式，一種自由伸縮的富
有彈性的人生哲學。……這樣，個體在理想與現實的衝突中就可以
化內在的強烈不安和痛苦而爲精神上的平和與寧靜，人生濃厚的悲
劇意味被隨遇而安、逐命順時的主觀超脫深深掩埋了。〔註8〕

以上分析對於全面掌握「豪放」在宋代的發展，具有重要的參考意義，在當
時政治、經濟、文化環境的影響之下，文藝和美學自然也不能不受到理學的
深刻影響，例如即使是辛派詞人，也和理學關係極爲密切，他們有很多人本
身就是理學家〔註9〕，而不可能置身事外。在這種情形之下，宋代的審美理想
也發生了轉變：

宋明理學通過這種自由伸縮的人格無衝突狀態而間接地滲透到
同時代美學中。這種滲透主要體現在審美理想的變化上。這種變化
是，隨著主體感覺體驗上內在矛盾因素的趨於消解，一方面，那種
傳統的，在動蕩中求均衡的雄大遒勁、亢揚奮進的陽剛之美開始遭
到人們普遍的疏淡，另一方面，寬和閒靜、溫婉纖媚的陰柔之美卻
成爲時人趨之若鶩的最高審美境界。美的理想由壯美向優美的轉
化，就是和宋明理學所反映出來的時代價值觀念的蛻變同構同步
的。〔註10〕

應該說，「溫婉纖媚」尚是宋初的情形，而「寬和閒靜」則是成熟的宋人的審
美理想。「宋代詩歌一改唐人的豪放剛健而追求平淡閒遠的意境之美。首先奠
定這一審美傾向的是歐陽修、梅聖俞。」〔註11〕從前者到後者的過程之中，
則文學上表現在詞的領域裏，是從「婉約」到「豪放」的發展，這個過程的

〔註8〕 儀平策：《中國美學文化闡釋》，首都師範大學出版社，2003年版，第263～
264頁。

〔註9〕 張春義：《「辛派」與理學瑣議》，載《山東師範大學學報》（人文社會科學版）
2006年第51卷第1期。

〔註10〕 儀平策：《中國美學文化闡釋》，首都師範大學出版社，2003年版，第264～
265頁。另汪湧豪《範疇論》（復旦大學出版社，1999年版，第124～141頁）
對宋人「平淡」審美理想的確立，亦有精到的闡述。

〔註11〕 李凱：《「怨而不怒」的詩學精神及其內涵——兼及該命題的再評價》，《西南
民族學院學報》2002年第2期。

完成者是蘇軾，歐陽修的詞尚在整體上呈現爲柔媚清麗的風格。而正是在蘇軾前後，宋人的這種審美理想逐漸的建立起來了，並貫徹了宋代始終：「優美則往往和主體的內向自守相一致，主體以主觀內在的形式實現了同客體世界的兩忘合一，因而就避免了同外部世界的直接摩擦和對抗，表現爲一種『澄然無事』的靜閒狀態。在這種狀態中，主體彷彿再也不願欣賞那些難於爲感官自由把握的巨大浩邈的時空物象，即使面對這樣的對象，也要在想像中做盡量適意於感覺的柔化處理，他們更喜歡的是賞心悅目、纖小溫柔的優美形態，因爲這樣的優美形態同他們無衝突的人格理想和寧靜平和的生存方式是相契合的。這也就是宋明之際的藝術，包括建築、雕塑、繪畫、書法、詩詞、散曲等大都以纖柔、閒靜、平和、澹淡、溫潤、含蓄等特徵見長的深層原因。在美學思想上，二程崇尚的是『溫潤含蓄氣象』，朱熹標榜的是『沉潛溫厚之風』，歐陽修以『蕭條淡泊』、『閒和嚴靜』爲繪畫至境，蘇東坡則視『蕭散簡遠』、『簡古澹泊』爲藝術高風，黃庭堅認爲『怨忿』、『怒罵』，『失詩之旨』；張戒則講究『詩貴不迫不露』、『溫潤清和』，姜夔主張詩貴『含蓄』、書貴『飄逸』，嚴羽則強調詩忌『淺露』和『迫促』。」〔註12〕從審美理想的高度來看，宋代只有「豪放」派藝術能夠對宋人的這種保守的審美理想形成突破，這也是爲什麼「豪放」在宋代之後的元代，元曲繼承了「豪放」的精神而成爲其主流風格的根本原因。

　　值得注意的是，宋人這種審美理想的形成，甚至在其關鍵人物蘇軾身上，也留下了不易察覺的矛盾痕跡——最爲典型的莫過於他對懷素「豪放」風格草書評價的前後矛盾。如他的《跋王鞏所收藏眞書》云：

　　　　僧藏眞書七紙，開封王君鞏所藏。君侍親平涼，始得其二。而兩紙在張鄧公家。其後馮公當世，又獲其三。雖所從分異者不可考，然筆勢奕奕，七紙意相發生屬也。君鄧公外孫，而與當世相善，乃得而合之。余嘗愛梁武帝評書，善取物象，而此公尤能自譽，觀者不以爲過，信乎其書之工也。然其爲人倜蕩，本不求工，所以能工此，如沒人之操舟，無意於濟否，是以覆卻萬變，而舉止自若，其近於有道者耶？〔註13〕

〔註12〕儀平策：《中國美學文化闡釋》，首都師範大學出版社，2003年版，第265頁。
〔註13〕舒大剛、曾棗莊主編：《三蘇全書》，語文出版社，2001年版，第13冊第608頁。

在這裡蘇軾對懷素是持肯定態度的，所謂不求工而自工，正和他自己所體會的「吾文如萬斛泉源，……」(《文說》)的話差不多，可以說在創作體驗的角度上，蘇軾是能夠理解懷素的，但是在個人的好尚或者說個人文化思想的歸屬上，就不認同懷素的書風了，《題王逸少帖》云：

> 顛張醉素兩禿翁，追逐世好稱書工。何曾夢見王與鍾，妄自粉
> 飾欺盲聾。有如市倡抹青紅，妖歌嫚舞眩兒童。謝家夫人淡豐容，
> 蕭然自有林下風。天門蕩蕩驚跳龍，出林飛鳥一掃空。爲君草書續
> 其終，待我他日不匆匆。〔註14〕

在文化價值的取捨上，蘇軾的思想體現了「以道爲核心的人生哲學」，尤其是在其文藝思想和美學理想上，更多的是體現了道家思想觀念。蘇軾的文藝思想體現了向傳統的復歸，如論畫主「傳神」，論書尚「蕭散簡遠」，「嘗評魯公書與杜子美詩相似」〔註15〕，其中把顏眞卿的書法和杜甫的詩歌放在一起，已經又和上面所引《書吳道子畫後》中的觀點有所矛盾了，因爲這個結論預設的前提是《書黃子思詩詞集後》裏的觀點，綜蘇軾一生最後的思想來看，這是他文藝思想裏的代表觀點：

> 予嘗論書，以謂鍾、王之跡，蕭散簡遠，妙在筆畫之外。至唐
> 顏、柳，始集古今筆法而盡廢之，極書之趣，天下翕然以爲宗師。
> 而鍾、王之法益微。

> 至於詩亦然。蘇、李之天成，曹、劉之自得，陶、謝之超然，
> 蓋亦至矣。而李太白、杜子美以英瑋絕世之姿，凌跨百代，古今詩
> 人盡廢；然魏、晉以來，高風絕塵，亦少衰矣。……〔註16〕

可以說，蘇軾的思想淵源是老、莊，而文藝的典範、理想是魏晉時以「蕭散簡遠」、「高風絕塵」爲特色的作品，他偏重於老、莊之中的「曠達」，而不是「放」的意蘊，這和他的向「自然」、「絢爛之極歸於平淡」等思想是一脈相承的。如此看來，詩人中認爲李杜不如陶潛，書家中顏柳不如鍾王，張旭懷素的「豪放」至極而被詈，也就不足爲奇怪了。如果說對李杜顏柳的評價是建立在蘇軾自己文化思想的好尚取捨上，而只能視爲他的一家之言的話——

〔註14〕 舒大剛、曾棗莊主編：《三蘇全書》，語文出版社，2001 年版，第 8 冊第 281 頁。

〔註15〕 楊存昌：《道家思想與蘇軾美學》，濟南出版社，2003 年版，第 14～36、60～ 61 頁。

〔註16〕 郭紹虞主編：《中國歷代文論選》，上海古籍出版社，2001 年版，第 300 頁。

趙旗從禪學對意境理論影響和發展的角度上探討了宋人文學審美風尚的轉移，並認為：

> 宋人對陶潛、王維等詩人的推崇，無非是在展示他們自己的審美風尚。由《詩品》對情深意切、詞采華美風格的肯定轉變到宋人對蕭散澹泊風格的推崇，其哲學基礎已由老莊走向了禪學。〔註17〕

可見，宋人在文藝思想中對某些作家、藝術家的推崇，也就代表著他們自己的審美風尚和審美追求，和理論的科學性還是有一定距離的，是兩回事。蘇軾對「顛張」、「狂素」的破口大罵，一方面表明了他的確是在個人情感上極其排斥二者的，另一方面也表明了這絕非一種科學的或者是學術應有的客觀公正態度。宋人的文化收斂態度，導致了他們的保守性，而無法在氣魄上追攀唐代的雍容大度開放的姿態。事實上「豪放」既是個體主體性精神的突出表現，而直接植根於作者的性情和氣質、理想等主體性的因素，那麼能夠欣賞「豪放」意蘊的人，至少其在性情、氣質等方面有著共通之處，李白之所以能夠欣賞懷素，就很好地說明了這一點。蘇軾的這種非學術、非科學的態度招致了後世許多人的反對，對此東麓以蘇軾論陶潛為視角，探討了這種做法的偏頗：

> 毋庸諱言，藝術上的偏好以及對不同風格美不適當的軒輊，也導致了東坡之說的偏頗。南宋張戒已表示不滿，清代何焯等在批校《陶淵明集》時更力斥其非，可供參酌：「曹、劉以下六人，豈肯少讓淵明哉！欲推尊淵明而抑諸人為莫及焉，坡公之論過矣。夫亦曰以諸人之詩較之淵明，譬之春蘭秋菊，不同其芳；菜羹肉膾，各有其味，聽人之自好耳，如此乃為公論。坡公才情飄逸豪放，晚年率歸平淡，乃悉取淵明集中詩追和之，此是好陶之至，不自知其言之病也。〔註18〕

蘇軾尚「曠達」的人生觀使得他必然對極其豪放的「顛張」、「狂素」極為反感，或許有人要問：「蘇軾不是以豪放詞著稱於世的嗎，怎麼能說他對『豪放』極為反感呢？」實際上如宋人俞文豹《吹劍錄》中關於蘇詞、柳詞對比「柳郎中詞，只合十七八女郎，執紅牙板，歌『楊柳外曉風殘月』。學士詞，須關西大漢，銅琵琶，鐵綽板，唱『大江東去』」的記載，主要是從蘇詞打破詞自

〔註17〕趙旗：《禪境與藝境》，載《文藝理論研究》1999年第6期。
〔註18〕東麓：《東坡論陶述評》，在《鹽城師專學報》（哲社版）1996年第1期。

唐、五代以來的香豔纏綿的柔弱詞風的角度，亦即是在柔美和壯美對比的意義上而言的，這裡所冠以對蘇詞「豪放」的認識，是後人的一個認識結果，是「豪放」詞蔚成大觀之後追溯其源的結果，在當時還並沒有形成「婉約」、「豪放」的對立，如果有的話，也是在風格論的基礎上即「豪放」的廣義上進行的，而上面我們所論述的「豪放」，則主要是牽涉到作者的性情等主體性的因素，是在狹義的基礎上來論述的。實際上蘇詞雖開豪放詞之源，但卻不是豪放詞的標準形態，這一點王國維的觀點最有權威性：

> 東坡之詞曠，稼軒之詞豪。無二人之胸襟而學其詞，猶東施之效捧心也。(《人間詞話》)〔註19〕

蘇詞「曠達」而辛詞「豪放」，這是二者的根本區別。兩人都有非凡的氣度和胸襟，為什麼蘇軾的詞甚至於稱不上「豪」呢？這是因為，「豪」主要是一種內在氣勢的盛大，是一種氣勢沛然欲溢的狀態，可以說就是瀕於「放」的邊緣，它和「放」的關係主要體現在「收」和「放」這一對辯證的範疇上，這是研究「豪放」的邏輯起點，而蘇軾胸襟的闊大是沒有問題的，問題在於他內在的氣是一種「潛氣內轉」的趨勢，是「向內轉」而不是向外放溢，這種「向內轉」的任知和情感傾向，是宋代理學確立起來的，並影響了宋人的審美境界〔註20〕，從而促成了唐宋之際中國美學史由壯美向優美轉變的大格局，例如理學的奠基者程顥、程頤，就起到了先導作用，程頤就認為並主張：

> 感而遂通，感非自外也。〔註21〕

> 寂然不動，萬物森然已具。感而遂通，感則只是自內感，不是外面將一件物來感於此也。〔註22〕

〔註19〕 王國維：《人間詞話》，上海古籍出版社，1998 年版，第 11 頁。

〔註20〕 「向內轉」的思想傾向，實際上是隔絕世俗、脫離社會現實生活的一種方式，它在佛教思想中最具有代表性。宋人的這種傾向，以理學為例，由於理學在哲學的體系構建上借鑒並融合了佛教尤其是禪宗的一些思想，因此就不能不受到它的影響。而禪宗「向內轉」的傾向，非常明顯，如禪宗六祖惠能言：「性在身心存，性去身心壞。佛向性中作，莫向身外求。自性迷是眾生，自性覺即是佛。」見《白話壇經》，魏道儒注釋，三秦出版社，1992 年版，第 76 頁。同樣，宋代詩學受禪宗的影響也是非常明顯的，例如宋人大談特談的「以禪喻詩」及「活法」論。

〔註21〕 《二程集》，中華書局，2004 年版，第 1261 頁。

〔註22〕 黃宗羲：《宋元學案》，中華書局出版社，1986 年版，第 616 頁。

又問：「喜怒出於外，如何？」曰：「非出於外，感於外而發於中也。」〔註23〕

程頤非常具體而明確地提出了「內感」理論，同時，他還從人內在的「眞元之氣」的角度，論述了「氣」源於內的道理：

眞元之氣，其之所由生，不與外氣相雜，但以外氣涵養而已。若魚在水，魚之性命非是水爲之，但必以水涵養，魚乃得生爾。人居天地氣中，與魚在水無異。至於飲食之養，皆是外氣涵養之道。出入之息者，闔辟之機而已。所出之息，非所入之氣，但眞元自能生氣，所入之氣，止當辟時，隨之而入，非假此氣以助眞元也。〔註24〕

對於孟子所說的「浩然之氣」，二程是不讚賞的，如：

問：「橫渠之書，有迫切處否？」曰：「子厚謹嚴，才謹嚴，便有迫切氣象，無寬舒之氣。孟子卻寬舒，只是中間有些英氣，才有英氣，便有圭角。英氣甚害事。如顏子便渾厚不同。顏子去聖人，只毫髮之間。孟子大賢，亞聖之次也。」或問：「英氣於甚處見？」曰：「但以孔子之言比之，便見。如冰與水精非不光，比之玉，自是有溫潤含蓄氣象，無許多光耀也。」（《二程集・伊川先生語四》）〔註25〕

而「豪放」正是由於「氣盛使然」，「放」也是「氣」的疏散，可見，這種哲學思想，是和「豪放」格格不入的。這種哲學產生的背景，最根本的當然是因爲在中國古代封建社會歷史這一整體背景下，從綜合國力高度體現出來的國家、民族精神姿態在唐宋之際達到一個轉折點——由開放到採取守勢，而迅速影響到民族審美意識，進而更具體地影響到文學藝術理論的結果。正是在這種情況之下，因而蘇軾「放」的姿態就大大不足，而只是一種「曠達」，蘇軾內斂的人生態度使得他不可能把張顚狂素的作品視爲書法藝術中草書的極則。即使是這樣，程頤還是對蘇軾的保守認爲過於「放」了：

劉剛中問：「程伊川粹然大儒，何故使蘇東坡竟疑其奸？」朱子答曰：「伊川繩趨矩步，子瞻脫岸破崖。氣盛心粗，知德者鮮矣，夫

〔註23〕《二程集》，中華書局，2004年，中華書局，2004年版，第204頁。
〔註24〕《二程集》，中華書局，2004年，中華書局，2004年版，第165～166頁。
〔註25〕《二程集》，中華書局，2004年，中華書局，2004年版，第196～197頁。

子所以致歎夫由也。」〔註26〕

當然，這種情況，也可以使我們更好理解，爲什麼蘇軾對「豪放」詞及「豪放」範疇有所貢獻，從思想境界來說，他顯然不具備這種素質，但從個人氣質而言，他是具備的。從歷史上對張顛狂素的評價來看，像蘇軾這樣貶低「顛張」、「狂素」的人沒有第二個，而基本上是眾口一詞對兩人的書法藝術表示了無限的肯定和傾慕，尤其是唐人。〔註27〕

　　因此，從宋人的審美理想來看，「豪放」範疇在宋代成熟，可以說絕非偶然。之所以說宋、元、明、清是「豪放」臻於成熟的時期，是因爲：其一，如上文中所言，「豪放」作爲一個概念存在在歷史裏，它的含義到唐代的《二十四詩品》已經完備，如果就其在文學藝術中的表現而言，那麼唐代才是「豪放」發展得最爲充分自由的時期（和後世的元曲相比，唐代的文學藝術「豪放」的姿態是充分的，但是「豪」的內在積聚尚不如元曲，因爲唐代開放的外在社會環境對於人性的壓抑遠沒有元代爲烈，這就造成了「豪」與「放」之間的張力既不如元，也不如宋。如果做一個區別的話，那就是唐代對於「豪放」的貢獻主要是外在的，而宋代對於「豪放」的貢獻則主要是內在的），但是直到宋代它才發展爲一個美學或者說審美的範疇，以新的面貌出現並解決新的問題，它的內涵才真正完善並凸顯出來。其二，「豪放」在司空圖那裡雖然是以風格論的面目出現的，但是這種風格論的論述還是相當模糊的，這一方面和司空圖寫作《二十四詩品》的方式有關，另一方面也和「豪放」的地位有關——雖然李、杜使得「豪放」一時甚爲矚目，但這是一種相當特殊的歷史情形，是成就最高，它和別的風格並沒有形成什麼衝突、矛盾，各種風格都有存在的充分理由，「盛唐氣象」也鮮明的表現在對各種風格的包容性上，創作成就的大小顯然在本質上並不能提升哪一種風格的地位，各人可以根據自己的稟賦自然而然的形成自己的風格。而到了宋代，風格的衝突、矛盾直接以「婉約」和「豪放」這兩大風格對立的面目出現了，同樣，正同於創作成就並不能提升風格的本體地位一樣，對於詞的體認不論是否「婉約」爲其本色、正宗，處於其對立面的風格「豪放」，在風格本體上的地位、意義至少是和「婉約」等同的。其三，如果說宋詞中還存在著「婉約」是詞的本

〔註26〕黃宗羲：《宋元學案》，中華書局出版社，1986年版，第650頁。
〔註27〕唐人對懷素草書的評價請參看本書《「豪放」在文藝中的表現及其美學風格特點》一章之有關內容。

色或正宗而「豪放」詞長期得不到承認的事實，那麼在元曲中則是以「豪放」為風格和特色的作品毫無疑問的佔據了最主要的位置，這對於「豪放」而言，又是一個里程碑式的事件。最後，也是極其重要的一點，是「豪放」在唐代及其以前的歷史時期中出現在歷史文本中的頻率不是很大，僅僅有數處而已，還沒有普遍被運用為文論批評的範疇，但在宋代及以後它的出現頻率大大提高了，涉及到它的文獻篇目有數十種，並且談論者多是像蘇軾、歐陽修、黃庭堅、沈義父、朱熹、陸游、王若虛、朱權、王士禎、蒲松齡等這樣一些在各個領域裏都取得卓越成就的大家。因此以上所論各點，已經足以說明「豪放」是在這一歷史時段裏達到成熟狀態的。

（二）宋型文化精神的發展：對晚唐浮華的救贖及在新的道德束縛下宋代審美理想的建立

宋代「豪放」的發展主要是在詞和詞學的視野中進行的，並主要是在詞學的領域中得到了實質性的發展。在其他領域裏，比如史傳中對人物的描寫，仍然基本同於古代「豪放」的內涵而沒有多大的發展，並且仍然是偏於貶義的，史傳正統的性質決定了這一點，如《新唐書・崔琯傳》裏有「瑊子澹，舉止秀峙，時謂玉而冠者。擢進士第，累進禮部員外郎。當時士大夫以流品相尚，推名德者為之首，咸通中，世推李都為大龍甲，涓豪放不得預，雖自抑下，猶不許，而澹與焉」的記載，《新唐書・李邕傳》裏有「邕資豪放，不能治細行，所在賄謝，畋遊自肆，終以敗云」的記載，范百祿《宋故尚書司封員外郎充密閣校理新知湖州文公墓誌銘》裏有「調邛州軍事判官，更攝蒲江大邑，繩治豪放」〔註 28〕的記載。此外，書畫批評中也有不少內容涉及到「豪放」，「豪放」已經成為一個專門的較為寬泛的批評範疇，這個我們將在後文中有所論述。「豪放」從一個文學理論的概念轉變為一個審美範疇，主要是詞學的推動和詞的創作實踐的要求，但是要深刻理解這一過程，則不能不對宋代的社會歷史文化和文學有一個大體的瞭解，這是這種轉變之所以產生和完成的深層次的原因。而要探究這個原因，就不能不從中國古代歷史的一個轉折點說起，這個轉折點，就是整個中國封建社會由前期到後期也是由極盛而漸衰的一個標誌性的點，這就是中唐。中唐以前的盛唐，封建社會的進取姿態達到了極點，由此而後的社會因此而受到的影響是巨大的，封建社會

〔註28〕轉引自涂茂齡《古代文人的良吏形象對「生命道業」的啟發》（第三屆提升職業倫理與職業道德教育研討會論文），見 http://www2.ctu.edu.tw/chienmu/。

的文化在中唐到宋代這一歷史時期中達到了十分的繁榮、成熟的境界，同時也漸漸呈現出了衰老的氣息，外在形式上的極大開放之後必然的就是收縮，在文化上就表現爲保守的氣息越來越濃厚，並在文藝領域內得到了鮮明的體現。周然毅指出：「在中國美學史上，唐代是壯美盛極而衰和優美確立的時代。」〔註29〕用「收」和「放」的關係來觀量，中唐恰恰是極放而將收的一個臨界點，「豪放」的發展也不能不受這種歷史趨勢的影響。

劉方在《宋型文化與宋代美學精神》一書中認爲，「宋型文化作爲文化的類型其實不是始於宋，而是在中唐時期已經開始了。安史之亂是歷史的分水嶺，此前，是滿懷民族自信、坦蕩地吸收胡風胡氣，以開放性、外傾性爲主要特徵的唐型文化，相關的審美觀念則表現出雄壯、熱烈色彩，洋溢著生命力和強烈動感。此後，帶著被傷害的民族隱痛，逐漸轉爲懷疑、排斥外來干涉，以固守本土文化爲志向，以相對的封閉性、內傾性爲主要特徵的宋型文化逐漸形成，相關的審美觀念則表現出溫靜、舒徐色彩，透露著思辨性和沉潛思緒。『安史之亂』以後，作爲唐型文化與宋型文化的分界點，自此開始了由外而內的變化的文化過渡」〔註30〕，這種思想文化精神和審美意識的大轉折，雖久爲學界所熟知，但其間的關係是極爲微妙的，尤其在審美意識上不易識別，爲了更好地說明「豪放」在這一臨界點所發生的微妙的變化，我們可以對比以下二者的不同之處。盛唐氣象，用李澤厚的話說就是：

> ……這是空前的古今中外的大交流大融合。無所畏懼無所顧忌地引進和吸取，無所束縛無所留戀地創造和革新，打破框框，突破傳統，這就是產生文藝上所謂「盛唐之音」的社會氛圍和思想基礎。〔註31〕

用「無所畏懼無所顧忌地引進和吸取，無所束縛無所留戀地創造和革新，打破框框，突破傳統」這樣一些字眼詞句來規定盛唐的品格，正好說明了盛唐氣象和「豪放」（「豪放」的核心內涵就是不受拘束）的不可分割。這個時候的知識分子，誠如李先生指出的那樣：

> 他們要求突破各種傳統的約束和羈勒；他們渴望建功立業，獵取功名富貴，進入社會上層；他們抱負滿懷，縱情歡樂，傲岸不馴，

〔註29〕周然毅：《論中國美學範疇的邏輯發展》，載《學術論壇》1995年第2期。

〔註30〕劉方認爲，而其原因則在於送《宋型文化與宋代美學精神》，四川出版集團巴蜀書社，2004年版，第20～21頁。

〔註31〕李澤厚：《美學三書》，天津社會科學出版社，2003年版，第116頁。

恣意反抗。而所有這些，又恰恰只有當他們這個階級在走上坡路，
整個社會處於欣欣向榮並無束縛的歷史時期中才可能存在。〔註32〕
唐代既不同於西漢「以鋪張陳述人的外在活動和對環境的征服為特徵」，也不
同於魏晉的「以轉向人的內心、性格和思辨為特徵」，而是「這兩者統一的
向上一環：既不純是外在事物、人物活動的誇張描繪，也不只是內在心靈、
思辨、哲理的追求，而是對有血有肉的人間現實的肯定和感受，憧憬和執
著。」〔註33〕可以說，盛唐在「內」、「外」的關係上達到了最自然最自由的
狀態，自然自由的舒展和收放自如的狀態，尤其是外在的無拘無束的開放的
姿態，對於內在的無拘無束的抒發和表現，是一種最佳的狀態。僅僅是從「豪
放」內在結構構成的角度來看，「收」和「放」之間的張力還沒有達到最大的
程度。體現在文藝領域裏的以「豪放」為特色的，正是李白的詩歌、張旭的
草書。「並非偶然，『詩仙』李白與『草聖』張旭齊名。」「以張旭、懷素為代
表的草書和狂草，如同李白詩的無所拘束而皆中繩墨一樣，它們流走快速，
連字連筆，一派飛動，『迅疾駭人』，把悲歡情感極為痛快淋漓地傾注在筆墨
之間。」〔註34〕「豪放」的無拘無束的意蘊充分地體現在他們的作品之中，
而和後來的中唐及其以後有著微妙的區別。李澤厚還精闢地分析了盛唐兩種
不同性質的氣象，表明中唐及其以後的這種發展趨勢，在盛唐就已經微妙地
存在著了：

> 拿詩來說，李白和杜甫都稱盛唐，但兩種美完全不同。拿書來
> 說，張旭和顏真卿都稱盛唐，但也是兩種不同的美。從時間說，杜
> 甫、顏真卿的藝術成熟期和著名代表作品都在安史之亂後；從風貌
> 說，他們也不同前人，另開新路。這兩種「盛唐」在美學上具有大

〔註32〕 李澤厚：《美學三書》，天津社會科學出版社，2003 年版，第 121 頁。
〔註33〕 李澤厚：《美學三書》，天津社會科學出版社，2003 年版，第 116 頁。
〔註34〕 李澤厚：《美學三書》，天津社會科學出版社，2003 年版，第 124 頁。筆者按
——此處「懷素」後李澤厚原注：「懷素是中唐人，但其藝術仍可列入盛唐。」
把懷素列入中唐，似乎不妥。懷素生於公元 737 年，而歷史上一般把唐玄宗
即位到唐代宗大曆初年的約半個世紀稱為中唐，大曆初年第一年為公元 766
年，這時候懷素已經年近而立，聯繫李白《草書歌行》中對少年懷素的推崇
甚至超過了張旭的事實，就可以知道在盛唐時期懷素的藝術已經能夠代表和
體現盛唐氣象，因而被李白大為讚賞的了。實際上聯繫懷素一生前後期的書
法風格也可以得出相同的結論，其草書前期豪放雄秀、淋漓盡致，後期則漸
趨平淡之趣，實際上代表『狂素』這一稱書法風格的，正是其前期的書法，
這樣說來，把懷素視為盛唐藝術的代表，也就順理成章了。

不相同的意義和價值。如果說，以李白、張旭等人爲代表的「盛唐」，是對舊的社會規範和美學標準的沖決和突破，其藝術特徵是內容溢出形式，不受形式的任何束縛拘限，是一種還沒有確定形式、無可仿傚的天才抒發；那麼，以杜甫、顏眞卿等人爲代表的「盛唐」，則恰恰是對新的藝術規範、美學標準的確定和建立，其特徵是講求形式，要求形式與內容的嚴格結合和統一，以樹立可供學習和仿傚的格式和範本。如果說，前者更突出反映新興地主知識分子的「破舊」、「沖決形式」；那麼，後者突出的則是他們的「立新」、「建立形式」。……那麼，這些產生於盛（唐）中（唐）之交的封建後期的藝術典範又有些什麼共同特徵呢？它們一個共同特徵是，把盛唐那種雄豪壯偉的氣勢情緒納入規範，即嚴格地收納凝煉在一定形式、規格、律令中。從前，不再是可能而不可習、可至而不可學的天才美，而成爲人人可學而至、可習而能的人工美了，但又保留了前者那磅礴的氣概和情勢，只是加上了一種形式上的嚴密約束和嚴格規範。〔註35〕

指出這一點是非常重要的，因爲它給宋代文化和文藝思想的產生提供了一個解釋和參考的可能。李先生所說的後一種「盛唐」，正因爲有了形式上的規範，所以它的「豪放」的「放」的意蘊不如前一種「盛唐」，但是這樣一種趨勢，卻恰恰表明了「豪」和「放」之間的收放關係正逐步進入另一種調整之中，這就是隨著外在束縛的加強，這種「收」、「放」之間的內在張力正在逐步得到加強、緊張，這種趨勢可以說是對「豪放」意蘊防止其過於「放」的一種制約和反撥，對於「豪放」從一個普通的文論概念上升到一個範疇，具有積極而明顯的意義。這樣一種趨勢是符合歷史發展潮流的，因此它才能成爲整個封建社會後期審美理想的一個起點、一個標準。盛唐氣象的「豪放」姿態雖然可以產生偉大的藝術作品，但它在構成「豪放」的機制上，還存在著不完善的特點。盛唐時期只有短短的半個世紀，在這種社會文化氛圍和背景之下所產生的都是廖廖幾個天才式的文學家和藝術家，就說明了這一點。以杜甫、顏眞卿爲代表的後一種盛唐開啓了「豪放」的「收」、「放」關係的一個新的起點，深刻的影響著後世的人們，李先生特別指出，這後一種盛唐的審美理想是在宋人那裡得到讚賞和定位的：

〔註35〕李澤厚：《美學三書》，天津社會科學出版社，2003年版，第126～128頁。

　　一個很有意思的情況是，杜、顏、韓的眞正流行和奉爲正宗，其地位之確立不移，並不在唐，而是在宋。有唐一代直至五代，駢體始終佔據統治地位，其中也不乏名家如陸宣公的奏議、李商隱的四六等等，韓、柳散文並不流行。同樣，當時杜詩聲名也不及元、白，甚至恐不如溫、李。李、杜都是在北宋經歐陽修（尊韓）、王安石（奉杜）等人的極力鼓吹下，才突出起來。顏書雖中唐已受重視，但其獨一無二地位之鞏固確定，也仍在宋代蘇、黃、米、蔡四大書派學顏之後。這一切似乎如此巧合，卻非純爲偶然。它從美學這一角度清晰地反映了當時社會基礎和上層建築的變化。新興的士大夫們由初（唐）入盛（唐）而崛起，經中（唐）到晚（唐）而鞏固，到北宋，則在經濟、政治、法律、文化等各個方面取得了全面統治。杜詩顏字韓文取得統治地位的時日，正好是與這一行程相吻合一致的。如開頭所說，世俗地主（即庶族、非身份性地主，相對於僧侶地主和門閥地主）階級比六朝門閥士族，具有遠爲廣泛的社會基礎和眾多人數。它不是少數幾個世襲的門第閥閱之家，而是四面八方散在各個地區的大小地主。他們歡迎和接受這種更爲通俗性的規範的美，是完全可以理解的。雖然這一切並不一定是那麼有意識和自覺，然而，歷史的必然經常總是通過個體的非自覺的活動來展現。文化史並不例外。〔註36〕

在這種情況下，宋人對後一種盛唐的推崇是完全可以理解的，當然，這些只是一個開始，因爲中唐以後到北宋這一段歷史，只是整個封建社會前後期轉型的一個過渡時期，外部的社會發展並沒有取得定型而繼續前進發展，宋人的審美理想如果是停留在中唐或者後一種盛唐的水平上，那就不可能在各個領域到達中國封建社會的成熟狀態。從這個意義上來說，用詞的文體的特點來論證詞的以婉約爲本色或正宗的思路——這種思路受到唐末、五代穠豔柔弱詞風的影響，顯然是不正確的，也是徒勞無益的。在歷史上此類聲音一直不斷，根本原因就是他們不明白這一點，而這卻不過是一個十分簡單的道理而已！宋人的審美理想，肯定不會停留在這樣一種膚淺的層次上，因此田耕滋在《詞分豪放與婉約的詩學意義》一文中才說道：「然而，宋代畢竟是『新儒學』（理學）盛行的時代，它不可能長期容忍作爲『豔科』的詞去專抒『樽

〔註36〕李澤厚：《美學三書》，天津社會科學出版社，2003年版，第131～132頁。

前花下』之情，也不會長期滿足於『詩莊詞媚』的畛域劃分。所謂開創了北宋新詞風的蘇軾，就是有意識地要將『筆頭千字、胸中萬卷、致君堯舜』之志寫進詞中去的一人……蘇軾既創作豪放詞，又不廢棄婉約之作，他革新詞風的意義，決不僅僅只是拓寬了詞的題材、擴大了詞的境界；同時也未必就是士大夫意識與市民意識的調和；而是要在詞的形式中求得『詩言志』與『詩緣情』兩種詩學傳統的並存與統一，求得儒家功利主義文學與道家非功利主義文學的統一與互補。」〔註37〕而這，正體現出蘇軾在審美理想高度上對詞的創新和突破所做出的歷史貢獻，儒、道互補，正是「豪放」範疇的社會歷史文化基礎和根本思想精神，這我們在後面第六章還會有詳細的論述。而實際上，扭轉唐末五代士風萎靡淫冶的意識，在宋太祖那裡已經很明確了：「作為新的統一帝國的開國之君，趙匡胤自然不能坐視士人身上那種足以導致國家敗亡的浪子習氣繼續流行下去，他在開國後不久即有意著力重塑士人的人格觀念。《續資治通鑑》就記載了五代時的兩位詞人遭趙匡胤貶斥之事。……趙匡胤對歐（陽炯）、陶（穀）的疏離反映出他是有意要改變士人身上所浸染的晚唐、五代時期的種種陋習的。……經過幾代皇帝的努力，至眞、仁兩朝之際，趙宋王朝逐漸實現了儒家政治所期望的那種『政治領袖和文明領袖的一致化』，士人的人格觀念也由中唐時期的『才子』和晚唐、五代時期的『浪子』而轉變為『官僚、學者、才子』三位一體；而如前所述，詞在宋代的確興盛也是從眞、仁兩朝之際開始的。」〔註38〕而作為「宋代士大夫文人人格觀念的典型代表人物蘇軾」〔註39〕，也在《謝歐陽內翰書》一文中有過總結：

> 軾竊以天下之事，難於改為。自昔五代之餘，文教衰落，風俗靡靡，日以塗地。聖上慨然太息，思有以澄其源，疏其流，明詔天下，曉諭厥旨。於是招來雄俊魁偉、敦厚樸直之士，罷去浮巧輕媚、叢錯采繡之文，將以追兩漢之餘，而漸復三代之故。〔註40〕

〔註37〕 田耕滋：《詞分豪放與婉約的詩學意義》，載《西安交通大學學報（社會科學版）》2000 年 6 月第 20 卷第 2 期（總 52 期）。

〔註38〕 張再林：《唐宋士風與詞風研究》，人民文學出版社，2005 年版，第 111 頁。

〔註39〕 張再林：《唐宋士風與詞風研究》，人民文學出版社，2005 年版，第 122 頁。該書以蘇軾為中心來研究對唐代白居易人格及生存狀態的繼承，以論述宋代士風對詞的發展的影響。

〔註40〕 《文淵閣四庫全書‧東坡全集》（電子版），上海人民出版社、迪志文化出版有限公司，1999 年版。

可見，蘇軾是明瞭統治者的意圖的，並且對當時「士大夫不深明天子之心，用意過當，求深者或至於迂，務奇怪者，怪僻而不可讀。餘風未殄，新弊復作。大者鏤之金石，以傳久遠；小者轉相摹寫，號稱古文。紛紛肆行，莫之或禁」（《謝歐陽內翰書》）的情況，表示了極大的憂慮。作爲一個在中國古代美學史上的重要人物，蘇軾的思想可以說是中國審美意識由「壯美」向「優美」轉變的轉折點，這個是大局面所致，蘇軾也無力改變，但是在大局之中做出最大限度的趨於「壯美」而糾正唐末、五代詞風的浮豔，卻也正是他的審美理想所在。其打破「婉約」詞一統天下的局面，開拓詞的表現領域的功績是有目共睹的，這在胡寅的《題酒邊詞》裏說得很明白：

> （詞）方之曲藝，猶不逮焉，其去曲禮則益遠矣。然文章豪放之士，鮮不寄意於此者，隨亦自掃其跡，曰謔浪遊戲而已也。唐人爲之最工者。柳耆卿出，掩眾製而盡其妙，好之者以爲不可復加。及眉山蘇氏，一洗綺羅香澤之態，擺脫綢繆宛轉之致，使人登高望遠，舉首高歌，而逸懷浩氣超然乎塵垢之外。於是《花間》爲皁隸，而柳氏爲輿臺矣。〔註41〕

「豪放」詞最爲豐富飽滿的發展和「豪放」範疇的成熟是在辛棄疾那裡完成的〔註42〕，而要達到這種境界，就必須充分發展「豪」的一面，而發展「豪」的關鍵，則是一個「氣」字。雖然蘇軾的豪放詞也很有氣勢，但那是偏於壯美意義上的氣勢，是一種雄壯曠達之氣。而辛詞則不然，「辛棄疾的詞都是激情在心裏再也憋不住了，只得吐之爲快，全是眞性情的自然流露。」〔註43〕而「『以氣爲詞』的集大成者是辛棄疾」〔註44〕，這種源於性情並與其人生抱

〔註41〕 郭紹虞主編：《中國歷代文論選》（第2冊），上海古籍出版社，2001年版，第360頁。

〔註42〕 jiuguiwangxuan《豪放詞之眞僞》（見「http://jiuguiwangxuan.bokee.com/2003984.html」）比較蘇、辛「豪放」之不同云：「豪放詩詞的作者當中其實有所不同，可能造成眞僞之分。比如說東坡詞，雖然膾炙人口，我總懷疑是一種僞豪放，即豪放的本質是思想感情上的豪放，遂演化成一種純文學上的豪放，李白等均可歸於此類。另外還有少數人，以稼軒詞爲代表，恐怕是眞豪放，雖然也許從文字角度看沒有僞豪放作品看起來過癮和有氣勢，但是給人的感覺卻更有金屬般的質感。其實道理很顯然，只有歷經軍旅生涯打磨的思想才可能有更深厚和蒼涼的領悟。」

〔註43〕 楊信義：《辛詞藝術風格獨特與多樣的統一》，載《鹽城師專學報（哲社版）1995年第1期。

〔註44〕 胡遂：《論唐宋詞創作旨趣的發展演變》，《文學遺產》1999年第3期。

負與社會理想聯繫在一起的「氣」，才是真正的「豪放」之氣！因爲辛棄疾在現實中的理想抱負得不到實現，心情是極端鬱悶苦惱的，所以「在蘇軾、辛棄疾爲代表的『豪放』派那裡，也已沒有了李白式的無拘無束，英豪狂放，其壯豪之氣總是籠罩在沉厚的抑鬱傷感之中。」〔註45〕可以說，也正是由於這種原因，辛詞就更爲豪放，這是一種內在精神上的豪放，而不拘束於外在的形式——實際上，辛詞比起李白的詩歌在外在形式上的豪放有所不如，最大的原因還是詩體形式方面的原因，是詞的體制比較短小限制了作者盡情發揮的緣故。但是辛詞和李詩「豪放」的內在精神是一致的，甚至可以說有著一種自覺的繼承性：「作爲唐詩的峰巔，李白的詩成爲盛唐的象徵，作爲宋詞的峰巔，稼軒的詞涵蓋了宋詞之精神，故江順詒『以辛擬太白，以蘇擬少陵』。近人劉師培對稼軒詞『遠法太沖，近師太白，此縱橫家之詞』的論斷即基於稼軒詞中的太白俠客精神。凡斯種種，皆說明『稼軒風』與李白精神的血脈相通，即『稼軒風』受到了盛唐精神尤其是李白的深遠影響。」〔註46〕後來稼軒詞又成爲開創元曲精神的主要思想因素，詩、詞、曲緣「豪放」而一脈相承，可以說絕非偶然。

本來，詞是作爲詩體的解放的形式取代詩歌成爲「一代之文學」的，但它所取代的是唐代——即前文中我們所提到的後一種盛唐——成熟起來而造成了極大的束縛的律詩，而李白那些形式上極其豪放的詩歌，卻是七言古詩，不是律詩，就是因爲律詩在形式上對作者束縛太大〔註47〕，那些在內在精神上尤其氣勢盛大的詩人，在骨子裏就具有天生的叛逆精神如李白者，根本不可能喜歡創作這種束縛極大的律詩。〔註48〕究其根本原因，還是由於李白不

〔註45〕 周然毅：《論中國美學範疇的邏輯發展》，載《學術論壇》1995 年第 2 期。

〔註46〕 朱麗霞：《清代辛稼軒接受史》，齊魯書社，2005 年版，第 6 頁。

〔註47〕 胡適《文學改良芻議》「七曰不講對仗」明確指出律詩形式「束縛人之自由過甚」，在此方面用力，乃屬「文學末技」。載 1917 年 1 月 1 日「新青年」2 卷 5 號。陳獨秀《文學革命論》「齊、梁以來，風尚對偶，演至有唐，遂成律體。……」一節，也有批評。見《陳獨秀著作選》，上海人民出版社，1993 年版，第 261 頁。

〔註48〕 需要特別指出的是，格律詩束縛太大，是從其整體的所有因素來說的，比如除了單純的格律，還有與之相應的文本的容量（太小）；而單純就格律來說，它並非是多難的事情，而只是屬於格律詩入門基礎的層次，只不過今人習慣了並不太嚴格講求外在的格律的新詩樣態，相對來說覺得舊體詩的格律有些艱難而已。因此，本書並非是以格律艱難爲理由來闡釋格律詩對作者束縛太大這一論題的。而筆者迄今爲止創作舊體詩已逾 20 年，對於格律是嫻熟掌握

拘束於儒家的正統思想，而具有極大的道家思想精神色彩，這一點他和杜甫顯然是有所不同的。內在的極端「豪放」和外在形式之間仍然有著矛盾，並在辛詞那裡達到了「豪」與「放」二者之間一個最大的張力，而這也就是「豪放」這一範疇最為完美的發展的頂點——就「豪」與「放」之間的張力而言，元代和宋代仍有差別，在元代由於士人參政的機會大大減少，使得他們出現了消極反抗的姿態，而宋代尤其是豪放派詞人，他們的姿態在總體上還是積極進取的，其社會人生理想和這種理想不可實現的矛盾引發的「豪」與「放」之間的張力，要比元代大一些，這是由於他們積極進取的社會人生理想對於「豪」的建樹特別大的結果——而「豪放」派詞人的這種情形，是在整個宋學思想背景之中凸顯出來的，對於一般士人而言，他們所處時代的學術背景「與子學時代的學術話語比較，宋學毫無疑問是缺乏那種否定精神與社會批判意識。宋代士人不像前秦士人那樣生活在一個政治多元的亂世中，因而也就不像他們那樣毫無顧忌、痛快淋漓」〔註49〕，在總體精神姿態上，宋代士人的思想精神遠遠沒有先秦諸子的開放，也沒有唐代士人的那種精神氣質上的開放，「宋人所處的政治環境和生活環境是寬鬆的，但受到的思想束縛和精神又是沉重的」〔註50〕，作為宋代士人的傑出代表，「豪放」詞的開創者蘇軾顯然也沒有脫出這個範圍，而帶有很大的局限性，「他缺少作為豪放詞思想基礎的積極進取、鍥而不捨、頑強鬥爭的精神，而充滿作為曠達詞思想基礎的超脫、開朗、樂天知命、聽任自然的精神。」〔註51〕因此，嚴格說來，蘇軾對「豪放」詞的作用，僅僅是開風氣之先，而未能上升到範疇意義上的「豪放」即我們前文中所論述的狹義的「豪放」，蘇軾所論述的「豪放」也其「豪放」詞的實質，「都屬於廣義的古之豪放，其基本概念乃在於打破法度傳統，落實到詞，即是打破了傳統的婉約風格，和我們今天所說的豪放風格並不是一個概念。」〔註52〕因此，「豪放」也只有在辛棄疾那裡才達到了狹義的「豪放」即具有美學範疇意義的「豪放」的高度，如此他才能把詞「推向南宋的

了的，故此處所言亦是實踐經驗之談。

〔註49〕李春青：《宋學與宋代文學觀念》，北京師範大學出版社，2001 年版，第 33 頁。

〔註50〕劉方：《宋型文化與宋代美學精神》，四川出版集團巴蜀書社，2004 年版，第 204 頁。

〔註51〕趙仁珪：《論宋六家詞》，北京師範大學出版社，1999 年版，第 128 頁。

〔註52〕趙仁珪：《論宋六家詞》，北京師範大學出版社，1999 年版，第 131 頁。

最高峰，甚至是兩宋詞的最高峰」。〔註53〕但是，不能不承認，宋代士人在向
內拓展的方面，取得了前所未有的成就，李春青在《宋學與宋代文學觀念》
一書中指出了「宋學精神之特質」，其中之一就是「對個體精神自由的追求」，
而蘇軾也正是其中的代表人物：

> 宋學以心性義理爲核心，其所標榜的最終目標乃是所謂「治國
> 平天下」，但實際上宋學的主要價值指向卻是指向人的內心世界的，
> 而且也主要是實現於人的內心世界的。宋學的實際效果是拓展了人
> 的精神空間，爲心靈找到了駐足之所，從而使之通過自律而達於自
> 由。這種自由當然不是政治意義上的……這是一種主體心靈的無限
> 拓展，以至於包容宇宙、與萬物同體（像馮友蘭先生歸納的所謂「天
> 地境界」那樣）。宋儒常常斥佛釋之徒爲「自了漢」，其實宋學，即
> 使是道學，就實際效果而言，也只是起到了「自了」的作用罷了。
> 宋儒對自由的追求主要不是表現在對外部世界的要求上，而是表現
> 在對內在世界的自我調節上。……因爲在宋儒看來，只有有效地擺
> 脫了物欲的纏繞，避免「心隨物轉」，人的心靈才能最大限度地獲得
> 自由。〔註54〕

在這種思想精神的背景和旨趣之下，蘇軾可以說是這種精神發揮的最佳代表
人物，因此他才能拓展詞的表現空間，開創「豪放」詞。但是由於他本身還
缺乏一種眞正的「豪放」的思想基礎（政治上偏於保守，精神上仍未超出士
的範圍），因此，「蘇軾開創了豪放詞風後，在北宋並沒有什麼繼承者……發
展到辛棄疾……豪放才蔚然成風，別爲一宗，豪放也才成爲一派。可以說，
沒有辛棄疾，只會有個別的豪放之作，而不可能有豪放派，而且辛詞的豪放
比蘇詞的豪放，不管在數量上、程度上、成就上又有程度不同的發展，登上
了豪放的最高峰。」〔註55〕「豪放」詞達到最高峰和「豪放」成爲一個眞正
的美學範疇，都是在這個頂點上完成的，也就是順理成章的了。

在達到這個頂點之後，一方面，它的發展就要不可避免地盛極而衰，另
一方面，它的盛極而衰是以解決這個矛盾爲前提的，即必須在詩歌的體制即
「豪放」所表現的外在形式上繼續突破，由於「豪放」在詞這種文體中的發

〔註53〕趙仁珪：《論宋六家詞》，北京師範大學出版社，1999 年版，第 4 頁。
〔註54〕李春青：《宋學與宋代文學觀念》，北京師範大學出版社，2001 年版，第 68～
　　　69 頁。
〔註55〕趙仁珪：《論宋六家詞》，北京師範大學出版社，1999 年版，第 178 頁。

展已經達到了一個最佳狀態，發展的空間就幾乎是沒有了，要在詞的範圍內
繼續發展下去，幾乎是不可能的了。因此，伴隨著「豪放」在宋詞中的成熟
完善，是詞這種文體的旋即衰落。「豪放」要繼續發展並主要是在形式上突破，
這就是元曲體制建立的內在原因，也是元曲取代宋詞成為元代「一代之文學」
的原因。

（三）「豪放」在藝術領域的廣泛呈現

除了詞學的領域，「豪放」這一範疇還比較廣泛地運用到了繪畫和書法批
評的領域，從文學理論與批評的角度來說，這種現象比「豪放」在詞學詩學
中的整理，說明至少是同步進行的，因此這是很有意義的。例如《宣和畫譜》
裏記載並評價：

> 孔琳之，字彥琳，會稽山陰人。……王僧虔亦謂琳之書天然絕
> 逸，極有筆力，蓋其所養豪放，恥事遲拙，故筆端流暢快健，若不
> 凝滯於物者。（卷八）

> 孫可元，不知何許人，好畫吳越間山水，筆力雖不至豪放，而
> 氣韻高古。（卷十一）〔註56〕

第一則是說東晉的孔琳之因為「所養豪放」，所以書法也「流暢快健」，這和
遲重古拙的書法風格是大異其趣的，內決定外，這裏說明的就是這個道理。
第二則乃評價山水畫家孫可元，從作者文字的語氣來看，作者顯然是推崇「豪
放」的筆力的，因為這種筆力代表著一種鮮明的個體風格和創造力。這些資
料，顯示「豪放」在山水畫之中的理論認識和闡述，已經有了初步的規模。
鄧椿（北宋、南宋之交人）《畫繼》，也在理論上涉及到了山水畫的「豪放」
問題：

> 江參，字貫道，江南人，長於山水……有《泉石五幅圖》一本，
> 筆墨學董源，而豪放過之。（卷三）

> 瀟湘劉堅，頗柔媚，師范寬，樓閣人物種種皆工，多作小圖，
> 無豪放之氣。（卷六）

> 畫之六法，難於兼全，獨唐吳道子、本朝李伯時始能兼之耳。
> 然吳筆豪放，不限長壁大軸，出奇無窮，伯時痛自裁損，只於澄心
> 紙上運奇布巧，未見其大手筆，非不能也，蓋實矯之，恐其或近眾

〔註56〕 《文淵閣四庫全書·宣和畫譜》（電子版），上海人民出版社、迪志文化出版
有限公司，1999年版。

工之事。（卷九）〔註57〕

第一則是比較五代南唐畫家董源和宋代畫家江參的山水畫的，董源在畫史上地位極高，後來中國山水畫分「南宗」、「北宗」，且以「南宗」高於「北宗」，而董源正是開創「南宗」山水畫的宗師（「南宗」畫風由唐代大詩人王維開創，但其畫較爲簡逸），他的《瀟湘圖》，被視爲「南宗」的開山之作。元人湯垕《畫鑒》中說：「董源山水有二種：一樣水墨礬頭，疏林遠樹，平遠幽深，山石作披麻皴；一樣著色，皴文甚少，用色濃古，人物多用紅青衣，人面亦有粉素者。二種皆佳作也。」〔註58〕照今天流傳下來的畫作看，董源的山水畫以「平遠幽深」爲主，風格上高古簡澹，而江參雖然學的是董源的山水畫，但是卻比董源「豪放」，我們可以來對比看一下兩人的畫作：

（五代南唐董源《龍袖驕民圖》）

〔註57〕 《文淵閣四庫全書・畫繼》（電子版），上海人民出版社、迪志文化出版有限公司，1999 年版。

〔註58〕 《文淵閣四庫全書・畫鑒》（電子版），上海人民出版社、迪志文化出版有限公司，1999 年版。

（宋代江參《千里江山圖》）

從作品中可以看出，同屬於「南宗」畫風的繪畫，江參的「豪放」主要表現在在繪畫中融入了更多的主體性精神因素，作者滲透在作品中的自我意識更爲明顯，是一種內在精神意蘊層次上的「豪放」。能夠在內在和外在層次上都兼有「豪放」意味的，則是和「南宗」相對照的「北宗」畫風，明人韓昂《圖繪寶鑒續編》評價李在「山水細潤者宗郭熙，豪放者宗夏珪、馬遠」〔註59〕，正是在「南宗」、「北宗」對照的意義上來說的。以馬遠爲例，其畫山水形貌剛健挺拔，恰恰與董源、巨然等「南宗」大畫家的秀逸簡澹形成了鮮明的對比，我們來看馬遠的繪畫：

（南宋馬遠《踏歌圖》局部）

〔註59〕 《文淵閣四庫全書・圖繪寶鑒續編》（電子版），上海人民出版社、迪志文化出版有限公司，1999年版。

（南宋馬遠山水畫）

　　如果說馬遠的《踏歌圖》是在一種極其幽逸秀麗的環境之中，表現了人物的一種「豪放」，那麼他的山水畫則顯然是其內在氣蘊的一種外在表現，是已經對象化了的主體和自我，覽之使人覺得非常有生氣，氣蘊極為「豪放」。

從吳道子到馬遠，山水畫的「豪放」一脈，顯然並未斷絕，尤其是在南宋國勢孱弱的氛圍之中，這種畫風就更爲難能可貴。

從《畫繼》這裡所引的第二和第三則可以聯繫來看，說的都是畫家內在的氣度和「豪放」的表現問題。劉堅之所以不能「豪放」的原因是「無豪放之氣」，這種氣度使得他雖然「種種皆工」，但是只能「多作小圖」。吳道子和李伯時的對比也是這樣，吳豪放，故多作巨製，而李伯時不能豪放，故不能作「大手筆」的繪畫。「大」和「小」只是一個相對的尺度，並無優劣之分，但是在精神氣度的層次上，則可以看出一個人的內在境界，顯示出一個畫家內在的創造力和潛力如何。

宋高宗趙構所撰《思陵翰墨志》評價唐末五代大書法家楊凝式的爲人及書法時，也涉及到了「豪放」：

> 楊凝式在五代，最號能書，每不自檢束，號楊風子，人莫測也。
> 其筆箚豪放傑出，風塵之際，歷後唐、周、漢，卒能全身名，其知
> 與字法亦俱高矣。〔註60〕

這種評價是比較全面的，符合「知人論世」的批評規則。楊凝式的書法，從傳世作品來看，以謹嚴精麗爲風，宋高宗能夠從其隨手所作的筆箚中看出他的書法「豪放傑出」，也算是識者了。這種情況，到了宋人米芾那裡可謂青出於藍，宋代董更《書錄》卷中記載：

> 石林《過庭錄》云：「米元章近世實未有比，少時筆力豪放，多
> 出繩墨之外，人或謂之顚。」〔註61〕

岳柯在《寶眞齋法書贊》一書裏，也很自覺地運用「豪放」範疇來品評書法，如卷十四里評黃庭堅「體質老健而豪放，韻益奇」，卷二十一評蔡京「今驗其字體，則豪放而具骨力，激越而競波瀾」，卷二十五《虞允文〈萬里帖〉贊》云：「贊曰：方長鯨之幹誅，駭百川之騰浪。撼坤軸其欲裂，有雍公之忠壯。策數船之奇勳，射天狼於北向。既旄頭之夜殞，窘紛披而投仗。歎微管其左衽，曾垂褒於素王。凜百年而若存，耿英氣於江上。攬遺帖以在手，並風雲而獻壯。斂胸中之掘奇，爲筆下之豪放」。〔註62〕這些評價，都是在「壯美」

〔註60〕《文淵閣四庫全書·思陵翰墨志》（電子版），上海人民出版社、迪志文化出版有限公司，1999年版。

〔註61〕《文淵閣四庫全書·書錄》（電子版），上海人民出版社、迪志文化出版有限公司，1999年版。

〔註62〕《文淵閣四庫全書·寶眞齋法書贊》（電子版），上海人民出版社、迪志文化

的意義上來使用「豪放」的，同時也兼顧到了這種「豪放」乃是由於作者主體內在素養所造成的，這就不單純是對於外在的「壯美」風格的描述了。

宋代文學及批評之中也對「豪放」有所關注，如米友仁《醉春風》一詞裏有「月夕風前，依舊須豪放」的句子，他是米芾的長子，能夠吟到「豪放」，可以說並不偶然。戴復古《石屏集》裏有「我翁有遺跡，數紙古田樣。彷彿鍾王體，吟句更豪放」的詩句，是說他父親戴敏的。南宋張端義《貴耳集》卷上有云：

> 朱希眞南渡，以詞得名，月詞有「插天翠柳，被何人推上，一輪
>
> 明月」（筆者按：此出朱氏《念奴嬌》詞）之句，自是豪放。〔註63〕

朱希眞的這首《念奴嬌》，從所引的這幾句來看，尚不能明顯看出「豪放」的痕跡，如果就全詞來看，則是明顯的「豪放」風格了，不過仍然偏於豪曠超逸的風格。

（四）南宋詞的「雅化」導致詞體衰落，「豪放」進入俗文學領域 ——元曲

從「豪放」這個範疇的發展歷史來看，宋代無疑是最重要的一個時期，但是，這並不意味著「豪放」的腳步已經止此不前。前文中已經論述過，由於「豪放」在宋代一開始就是以「婉約」的對立面的姿態出現的，雙方矛盾的衝突在宋人的詞中是極其明顯的，雖然最後是以「豪放」兼「婉約」而有之的情況（如在辛棄疾、蘇軾那裡都是如此）做了一個比較完美的結局，但是，從詞史上來說，還有兩方面的原因促使「豪放」這個範疇繼續向前發展，做最後的善後工作，以徹底完成其歷史使命。一個方面是豪放詞至蘇、辛已經至於極境，再無向前發展和超越的可能，因此南宋詞人姜夔既不尊奉婉約派的詞風，也不尊奉豪放派的詞風——前者之所以如此是因為婉約詞已經被豪放詞取得了實質性的突破，對此姜夔不可能沒有清醒的認識；後者之所以如此是因為姜夔的思想精神在本質上只是一個流落江湖的沒落文人，過著寄人籬下的生活，內在並沒有豪放的精神和氣度，因此豪放詞他是做不來的——因此，姜夔走的是一條中間路線，以「雅正」的風格為主導，這條路線為後來影響較大的詞人張炎等人繼承（《白雨齋詞話》指出姜夔此「開玉田一

出版有限公司，1999 年版。

〔註63〕《文淵閣四庫全書‧貴耳集》（電子版），上海人民出版社、迪志文化出版有限公司，1999 年版。

派」〔註64〕），並在理論上得到了整理：

> 古之樂章，樂府、樂歌、樂曲，皆出於雅正。

> 詞欲雅而正，志之所之，一爲情所役，則失其雅正之音。〔註65〕

所謂「雅正」，主要是講格調。此外，張炎還從風格的層次強調「清空」：

> 詞要清空，不要質實。清空則古雅峭拔，質實則凝澀晦昧。姜
> 白石詞如野雲孤飛，去留無跡。吳夢窗詞如七寶樓臺，眩人眼目，
> 碎拆下來，不成片段。此清空質實之說。〔註66〕

清代詞所謂的中興，除了不占主流的以陳維崧爲主的陽羨派之外，其餘的浙西派（清前期詞壇居於「正宗」的是浙西派。浙西派統治清代前期詞壇一百多年，代表人物有朱彝尊、汪森、郭麔等人。他們觀點因爲所處時代略有變化，但都尊奉「雅正」「清空」。所以，「雅正」、「清空」集中地反映了他們詞學的審美觀念。〔註67〕）和後來的常州詞派，都對以姜、張兩人爲代表的「雅正」詞風極爲推崇，中興局面得以形成（朱彝尊《靜惕居詞序》云「數十年來，浙西塡詞者，家白石而戶玉田」〔註68〕，《曝書亭集》卷四十《黑蝶齋詩餘序》云：「詞莫善於姜夔，宗之者張輯、盧祖皋、時達祖、吳文英、蔣捷、王沂孫、張炎、周密、張翥、楊基，皆具夔之一體。」〔註69〕《詞綜發凡》云：「世人言詞，必稱北宋。然詞至南宋，始極其工，至宋季而始極其變。姜堯章氏最爲傑出，惜乎《白石樂府》，今僅存二十餘闋也。」「塡詞最雅，無過石帚」〔註70〕，儼然以姜爲宗而成一流派，尊祖之意甚明），姜、張正是其精神支柱。陳廷焯在《白雨齋詞話》中盛讚張炎「有長於論詞，而不必工於作詞者。未有工於作詞，而不長於論詞者。古人論詞之善，無過玉

〔註64〕陳廷焯：《白雨齋詞話》，人民文學出版社，1959年版，第30頁。

〔註65〕陳良運主編：《中國歷代詞學論著選》，百花洲文藝出版社，1998年版，第207、209頁。

〔註66〕陳良運主編：《中國歷代詞學論著選》，百花洲文藝出版社，1998年版，第208頁。

〔註67〕賈宗普：《簡論清代詞學審美觀念的演進》，載《廊坊師專學報》1999年第1期。

〔註68〕陳良運主編：《中國歷代詞學論著選》，百花洲文藝出版社，1998年版，第422頁。

〔註69〕郭紹虞主編：《中國歷代文論選》（第3冊），上海古籍出版社，2001年版，第391頁。

〔註70〕郭紹虞主編：《中國歷代文論選》（第3冊），上海古籍出版社，2001年版，第392頁。

田」〔註71〕，他也以「雅正」之目來評價南宋的一些詞人，如評價著名詞人王沂孫：

> 碧山南浦《春水》云：「簾影蘸樓陰，芳流去，應有淚珠千點。滄浪一舸，斷魂重唱蘋花怨。」寄慨處，清麗紆徐，斯爲雅正。〔註72〕

> 詞法莫密於清眞，詞理莫深於少游，詞筆莫超於白石，詞品莫高於碧山。皆聖於詞者。而少游時有俚語，清眞、白石，間亦不免。至碧山乃一歸雅正。後之爲詞者，首當服膺勿失。一切遊詞濫語，自無從犯其筆端。〔註73〕

評價張炎則說：

> 玉田感傷處，亦自雅正，總不及碧山之厚。〔註74〕

他認爲，填詞工麗非難，雅正爲難。〔註75〕其實，這種所謂詞的中興，並不能挽救詩歌的總體衰落，而只是一種迴光返照而已。並且這種中間路線，雖對詞仍然有所發展，但是這種發展在歷史的形態上是落後的，它所填補的眞正是一個「歷史的空白」，是回過頭去走歷史的路，而不能對現實的創作之理想（包括審美理想）有何最高意義上的那種裨益，因此吳熊和指出：

> 「重周、姜而薄蘇、辛，反映了宋末詞風之弊」，「《詞源》論詞，唯重雅正，取徑已經十分狹窄……因此《詞源》的清空之說，是宋末詞風之弊在理論上的表現之一。而崇尚清空的結果，詞的最終衰落，就愈發不可避免了。」（吳熊和《唐宋詞通論》）〔註76〕

可見，在宋代這種路線就已經落伍了——連豪放詞都已經不能阻擋元曲的興起，何況是落伍更甚的姜、張詞風呢！導致這種情形出現的原因，是因爲張炎的詞學思想，乃是「由於狹隘的審美偏見所致，使其未能從宋詞發展過程的意義來評價豪氣詞。張炎對俗詞和豪氣詞的否定評價，說明了其雅正的審美理想是有很大局限性的，使他的批評陷於主觀和片面」。〔註77〕

〔註71〕陳廷焯：《白雨齋詞話》，人民文學出版社，1959年版，第213頁。

〔註72〕陳廷焯：《白雨齋詞話》，人民文學出版社，1959年版，第42頁。

〔註73〕陳廷焯：《白雨齋詞話》，人民文學出版社，1959年版，第46頁。

〔註74〕陳廷焯：《白雨齋詞話》，人民文學出版社，1959年版，第45頁。

〔註75〕陳廷焯：《白雨齋詞話》，人民文學出版社，1959年版，第195頁。

〔註76〕吳熊和：《唐宋詞通論》，浙江古籍出版社，1989年版，第307～311頁。

〔註77〕謝桃坊：《中國詞學史》（修訂本），巴蜀書社，2002年版，第132頁。

二、「豪放」在元代文學中主流地位的確立

由於「豪放」在詞這種文體中的發展在南宋已經達到了一個最佳狀態（「收」、「放」之間的內在外在張力達到極致），因此其後續發展的空間就幾乎是沒有了，要在詞的範圍內繼續發展下去，已經幾乎是不可能。因此，伴隨著「豪放」在宋詞創作實踐中的成熟完善及南宋詞「雅化」的潮流，是詞這種文體的旋即衰落——也就是說，在其他的文體之中，「豪放」仍然可能具有發展的餘地。事實上正是如此，如果說「豪放」在唐代所面臨的社會外部現實環境是一種開放、包容的氛圍，「豪放」所要超越的是與封建社會根深蒂固的那種禮法制度對人的主體精神的壓抑（唐代的開放、包容姿態是封建社會發展高峰時刻的必然產物，但是它並不能消解封建社會禮法方面對人性的壓制的本質，反而依靠它作爲封建統治的哲學文化基礎，開放、包容的姿態不過是封建社會在積極上升的過程中所表現出的一種仍具生命力的狀態，它在一定程度上是對於封建禮法壓制本質的淡化或反動，但是這種程度是極其有限的），而在外部環境上顯示出一定的自由，那麼在宋代，連這種基本的外部環境的自由也大大減縮了，這和封建社會開始衰落、收縮的進取姿態有關。又由於詞還是一種相對來說比較束縛人的創作的文體，所以「豪放」本身內部及其和「婉約」之間的矛盾的張力，就達到了一個最飽滿的狀態，也是最緊張的狀態。到了元代，這種外部環境所帶來的自由可以說是達到了最低點，這是因爲元代是異族入主中國，由於宋亡較晚，漢人（尤其是南人）地位居統治階級所劃分的四種人（蒙古人、色目人、漢人、南人）之末，元興之初又廢除了科舉，才人、文人之流無用武之地，元曲的興盛，這是一個很重要的原因——王國維《宋元戲曲史·元劇之時地》云：

> 余則謂元初之廢科目，卻爲雜劇發達之因。蓋自唐宋以來，士之競於科目者，已非一朝一夕之事，一旦廢之，彼其才力無所用，而一於詞曲發之。且金時科目之學，最爲淺陋（觀劉祈《歸潛志》卷七、八、九數卷可知）。此種人士，一旦失所業，固不能爲學術上之事，而高文典冊，又非其素習也。適雜劇之新體出，遂所從事於此；而又有一二天才出於其間，充其才力，而元劇之作，遂爲千古獨絕之文字。〔註78〕

元代粗暴簡單的統治方式，對漢人的壓制排斥，導致元曲的主流作家、主體

〔註78〕 王國維：《宋元戲曲史》，上海古籍出版社，1998年版，第77頁。

群體基本上游離於傳統的輔助統治階級的「士」的政治身份之外，從而一度在意識形態上遠離了束縛極大的統治階級意識，形成了對它的一種反動，這就將人的主體性精神解放出來，達到了一種極端壓抑狀態下的「豪放」。元人雖在外部環境上較宋人爲不自由，然而在文體上，他們卻比宋人爲先進。這是因爲，從外部環境的不自由來說，基本上達到了一個無以復加的地步，從文學的大視野來看，元人要想在文學上繼續開拓詩歌的活力和空間而突破宋詞的衰落，就不能在詞體的範圍之內來進行。實際上，外在的環境造成的「收」的姿態，有可能導致兩種後果：一是元人在解放文體上繼續努力而望有所突破──這就是從詞到曲的演變，這個問題我們將在第九章「『豪放』與詩體變化（詩、詞、曲）」一節中詳細論述；一是在精神意態上更加「放」而達到「狂放」、「頹放」的地步。

元曲作家精神層次的「豪放」意蘊，具有鮮明的時代特色。先從雜劇來說，我們就以關漢卿的傑作《救風塵》爲例。《救風塵》是關漢卿的喜劇代表作，內容是寫趙盼兒爲救助風塵姐妹宋引章，機智地鬥垮了花花公子周舍。此劇反映了元代下層婦女在權豪勢要的邪惡勢力壓迫下敢於抗爭的無畏精神，具有鮮明的時代特徵和鮮活的生活氣息。關漢卿是「驅梨園領袖，總編修師首，撚雜劇班頭」的書會才人，他衝破了傳統文人狹隘的生活圈子，走向市井，深入民間，採取了與傳統文人不同的姿態來觀察社會人生，所以能寫出《救風塵》這樣切合元代特殊的社會形態和曲體體性「豪放」本色的雜劇。在關漢卿現存的劇作中，以青樓女子爲主角的且本戲有《救風塵》、《謝天香》和《金線池》三種，其中塑造了趙盼兒、謝天香和杜蕊娘三個妓女形象，而以趙盼兒的形象最突出、最生動、最成功。趙盼兒這一人物形象的突出特點是精神上的豪邁不羈，行爲上的隨機應變和靈活，這得力於她的社會身份──妓女，這樣的社會身份一方面可以使她有機會接觸到複雜骯髒的社會最下層的生活狀態，對「人」的生活境遇有著與眾不同的深刻理解，能夠洞察所謂社會上層人物的醜惡嘴臉和虛偽、變態而糜爛的心靈，另一方面，又可以使她在這樣一個世界和生活狀態裏無拘無束、毫無顧忌地展現自己的一切，展示作爲人的那些美好特性的眞實光彩，而不用顧忌現實社會強加給人的那些虛偽而腐朽的禮法制度，而在深心裏對這些禮法制度的束縛產生自然的反抗。可以說這種社會身份，對於禮法制度而言，是一個把人逼向非人的境遇的過程之中顯示出來的對於束縛人的一切現實事物的一個很好的「掩

護」，因此，她所顯示出來的「豪放」的精神及審美意蘊是極其驚麗人心的。陸力的《趙盼兒形象散論》一文還指出關漢卿在中國文學史上首次「將妓女作爲正面人物予以肯定和謳歌」，描寫塑造了趙盼兒「深沉剛毅」的「豪俠」的一面，「趙盼兒最終以勝利者的姿態屹立於舞臺，其行爲之壯，人格之美不但別於文學史上其他妓女形象，也別於他本人創造爲謝天香、杜蕊娘等妓女形象。在我國戲劇人物的畫廊裏，趙盼兒是最富個性的妓女形象，她宛如一朵沾滿朝露的鮮花純美而動人，正如前人所云：『小說家所載諸女子，有能識別英雄於未遇者，如紅拂之於李衛公，梁夫人之於韓薪王也；有成人之美者，如歐彬之歌人，董國度之妾也；有爲豪俠而誅薄情者，女商荊十三娘也。劇中所稱趙盼兒，似乎兼擅眾長。』這一形象的成功塑造，足以表明作者的思想已經達到了當時時代的最高水準。」〔註79〕而沒有思想精神上的「豪放」，要塑造這樣一個深具「豪放」審美意蘊的「俠妓」（「俠」本身就具有「豪放」的精神意蘊）形象，是不可能的。從作者的思想精神到劇中人物形象的行動、語言到思想精神，從內在的性情到外在的處世姿態，再加上元曲體制本身形式上的「豪放」，就把「豪放」的意蘊推向了極致。這種「豪放」在精神的層面上是極其本色的，那種無拘無束的人生存在的姿態，在《救風塵》裏得到了淋漓盡致的表現。不過，由於雜劇代言體的性質，而和散曲不同，作者主體性的精神只能間接地表現出來，所以在「豪」的方面，就比不上宋人「豪放」詞的境界，至少是在氣勢上，沒法和「豪放」詞相比，或者說只能通過人物形象間接地表現出來，這種表現如果不能超越一般史傳上的人物形象的「豪放」，那就不能在根本上推進「豪放」的發展。元人主體性精神方面的「豪放」，主要是通過散曲這種體制呈現出來的，由於元人的主體性精神已經有了新的發展，因此表現在散曲之中就是很自然的事情了。元人由於時代的原因而多數絕意仕進之途，因此身處社會下層的他們倒和趙盼兒的境遇不無相似之處：社會的價值（以統治階級的價值爲價值）在他們的眼裏已經變得不甚重要，自我人生的價值和存在的姿態成爲其精神和理想中占主導因素的一面。放棄了社會價值，也就放下了現實社會和世俗世界的各種束縛，甩開了各種禮法制度的羈絆，從而以眞正「放」的姿態存在於人世，自適自樂成了他們人生價值體現的一個十分重要的方面。這是一種無奈的「放」，因而具有

〔註79〕陸力：《趙盼兒形象散論》，載《泰安師專學報》1995 年第 2 期。筆者按：作者注釋引文出自《曲海總目提要》卷一。

一種「曠達」的色彩，而不是在精神上與曲體體性「放」至極致的特色相應而達到「狂放」的地步。「狂放」是人和禮法制度極端對立下的精神風貌的體現，既然在元人那裡已經不將社會價值放在心上，那麼這種「狂放」的意蘊就不會發生和表現在他們身上，一如魏晉的名士一樣。也就是說，相對於曲體形式上的極其之「放」，元人在精神的層次上並沒有採取過激的方式，他們和現實的矛盾極大的被他們的「曠達」之情消解了，如果說宋人（以蘇軾為代表）還在人生存在的姿態上保留了儒家「入世」的形式，那麼元人則沒有採取這種形式的理由了。宋人的「豪放」盛於「豪放」詞人那裡，在蘇軾的思想裏已經將這種「豪放」染上了一種消極避世的色彩，到了元人，則將這種消極避世發展到了極致，並且可以不用為消極頹廢負責，從而呈現了一種頹廢消極而「豪放」的風采，一種墮落到泥淖之中而又顯示出人的自尊和精神力量的風采。李昌集指出：

> ……元散曲「豪放」的深層底蘊乃是一種悲劇意識，其「徹底」放脫的超塵避世之情，只是經歷了人生失敗而絕望後的自我解脫。被稱為元散曲「豪放」之風代表的馮子振，在高度「豪辣灝爛」之中，亦免不了透出一絲感慨個人身世的悲劇情調……可以看出，元代散曲文學新興的豪放之潮，根本的出發點在於個體遭受社會巨大壓力的心理反彈，而所以產生這種壓迫感，恰又在散曲家心中有一個「用世」之心在。「豪放」，正是以一種極端相反的方式企圖消釋、泯滅這顆令歷代文人不得安寧的「心」，而惟是此心不滅，其所受的壓力又如此沉重，只有在極度的「豪放」才能熨平極度受壓的心靈。因此，其「豪」、其「放」便不同歷代詩詞的「豪放」，它不作「壯志」的詠歎高歌，而恰恰是以「自棄」為形式的「豪」，是嘲弄譏笑傳統「豪情」的「放」。〔註80〕

這是徹底解脫了人世人為的外在束縛的結果，是類似《莊子》中所說的樗樹一樣的境界，「樹之於無何有之鄉，廣莫之野，彷徨乎無為其側，逍遙乎寢臥其下。」（《莊子‧逍遙遊》）不過《莊子》中所說的這種境界是一種自然的狀態，還不能和「豪放」相提並論，「豪放」是特指人的一種主體性精神特別突出的狀態。李先生還以范康〔仙呂‧寄生草〕《酒》（「長醉後方何礙」）為例分析說：

〔註80〕李昌集：《中國古代散曲史》，華東師範大學出版社，1991 年版，第 332 頁。

明人將此曲稱爲「渾中奇語」（明・王世貞《藝苑卮言》），其「豪」其「放」，在元人小令中堪稱絕作，極典型地體現了散曲文學以「自棄」爲「用世」之反面形態的「豪」風「放」情。

「自棄」，並不是人格的泯滅，而是特定歷史環境中對自我價值不能實現的解脫。因此，由「自棄」導向的「避世」、「玩世」便成了文人心靈上的「自贖」，「泉石之志」、「山林之興」與「市隱」之趣，便成了「豪放」之情最直接的表現形態。……「豪放」之風最終從道家的「無爲」之「志」、「無累」之情中找到了歸宿，「自贖—自棄」繫成的心理情結由之而昇華爲一種自由人格的舒展，一種超越一切塵世羈絆的心靈解放。「用世」之心最終在社會現實的壓迫下走向其反面，形成一種特殊的包涵著肯定的否定。在這種矛盾的否定中，文人們以「避世—玩世」哲學爲自身找到了新的肯定形式，眞正被否定的是時代的社會現實，豪放之潮的根本意味即在此。〔註81〕

不僅如此，元人的豪放之潮還在文化意蘊的基礎上增加了一絲理性的意義和色彩。也就是說，和宋人深沉的人生哲思不同，元人在精神意態上是激情洋溢的（和晉人的放達相比，晉人在姿態上是無奈的，元人則是激情萬丈，內在的世界光芒四射的），這是因爲：

豪放之潮是元代散曲文學第一次捲起的情感大潮，同時也是元代散曲文學理性潮流的第一個浪峰。散曲之「豪放」以一種高度超脫、「放倒」的形式表現了強烈的情感色彩，與傳統詩歌不同的是：傳統詩歌表現超塵脫世情懷的對應風格對爲「淡」和「靜」，而散曲文學卻表現出一種情感的激流，又是一次時代的人生哲思匯成的浪潮，其情感的激越色彩恰恰是由透徹、尖銳的理思多表現的。……由於這種理思有著強烈的情感性和明確的針對性，其「理」才顯得尖銳而透闢，散曲文學所以形成「豪放」之特色，這是最關鍵之所在。散曲往往並無廓大的境界，更無壯闊的情懷，其所以「豪放」，理思的尖銳與透闢是最主要的因素。……這（筆者按：指馬致遠的〔雙調・夜行船〕《秋思》）是散曲文學「豪放」風格在藝術上最典型的形式之一：清悠深遠之意境與尖銳透辟之理思交相輝映，理四

〔註81〕 李昌集：《中國古代散曲史》，華東師範大學出版社，1991年版，第333頁。

之「豪」爲清悠之情染上一層極「放」的色彩，從而使「豪放」顯
得血肉豐滿。〔註82〕

這種激情來自於主體內在的深深的壓抑和不甘遭受這種壓抑的抗爭，在抗爭
的過程之中，「豪放」的精神意脈充分展現出來了。李先生在這裡指出了這種
「豪放」理思的藝術境界和追求，即是意境，而從上面我們分析的曲體體性
特色來說，敘事的作品不應該以追求「意境」爲主，意境本身即是一個偏
於「淡」和「靜」的審美範疇和藝術境界，這是由它所依託的哲學文化基礎
——老莊思想所決定的，因爲，「我們從根本上誤讀了老莊。老莊所向往、所
論述的那個社會，那種自由，從本質上說還屬於主客體意識尚未分明的天人
混一階段，莊子的自由就個人的精神來說也許是眞實的；但就群體而言，則
談不上什麼主體性。」〔註83〕而「豪放」正是以強烈的主體性精神出現在我
們面前的。徐復觀則在《中國藝術精神》一書中指出，這種「淡」的思想的
來源是「莊學與禪學」〔註84〕，陳傳席在《中國繪畫美學史》一書中肯定了
范文瀾《中國通史》裏「禪宗南宗的本質是莊周思想」的觀點。〔註85〕這種
老莊之學和禪學的意蘊在後世詩學理論上的影響，十分典型地是那種消極的
色彩，尤其是在唐末司空圖的《二十四詩品》和宋代蘇軾的文藝思想影響下
的後期中國詩學史。不過元人的處世態度雖然是消極避世的，但是在情感上
卻比以蘇軾爲代表的宋代文學思想要激情得多了，這是受俗文化的影響而產
生的自覺反應，也是元人在「豪放」的面目之下所進行的，對於自我人生價
值的肯定和不屈不撓的人生存在姿態的展露，是元人對「豪放」意蘊的新發
展。這種情感上的東西是可貴的，它昭示了元人「豪放」的姿態絕不是虛假
的、浮華的，因爲情感層面的東西往往是極其眞實的，情動於中而發之於外，
是一種情不能自己的宣泄。不過，需要指出的是，元人這種「豪放」風采裏
的情感，仍然是一種脫離了現實社會和世俗世界的情感，是一種傳統的貴族
化了的情感，至少是古代文人作爲統治階級的附屬階層自然而然流露出來的
一種「精英意識」式的情感，它和雜劇作者對現實世界的直接關注、體驗得
來的世俗化情感，有著王國維在《人間詞話》中所說的「隔」與「不隔」的

〔註82〕 李昌集：《中國古代散曲史》，華東師範大學出版社，1991 年版，第 333～335
頁。
〔註83〕 薛富興：《東方神韻——意境論》，人民文學出版社，2000 年版，第 286 頁。
〔註84〕 徐復觀：《中國藝術精神》，華東師範大學出版社，2001 年版，第 254 頁。
〔註85〕 陳傳席：《中國繪畫美學史》，人民美術出版社，2002 年版，第 446 頁。

－264－

那種區別。因此，這種「豪放」裏的情感，只不過是對蘇軾那種「豪放」的一個反彈而已，在根本上還達不到辛棄疾「豪放」的程度，也和雜劇裏人物的「豪放」，有著不小的距離。在元曲之初始階段，「豪放」之潮還未被雅化，「豪放」在此時達到其發展的高峰，而不可能在雅化之後再達到高峰，這是一定的。「元散曲中的豪放一格是由北籍散曲家們所創建的，在第二代散曲家的手中，豪放一格已臻極致。」〔註 86〕而所謂的極致，也只是在這個意義上而已。

李昌集在《中國古代曲學史》一書中認爲：

> 元代曲學對「內容」的關注遠遠不及對「樂府」形式本體的關心，元代的曲體文學風格論的中心，主要圍繞的是語文的形式以及由之昇華的「文品」，平民文人的風格論尤其如此。從前述元人曲家評中的風格論可以看出，其偏重的主要是「形式」而不是「內容」，因此，傳統詩詞中關於「意境」的重要命題恰恰是元人無心提起的話題。這樣，傳統與「豪放」相對應的風格概念「含蓄」，在元人的風格概念中從來沒有得到眞正的重視，與宋代「豪」、「婉」的尖銳對峙恰成鮮明的對照，即使有張小山頗爲「婉約」的散曲出現，人們也僅注意他的「醇而麗」，更奇怪的是也不稱其「雅」，劉致贊其爲「食肴之將」（將，將軍也，首領也），「味道好極了」，試問：對李、杜之詩，他會作這樣的「俗喻」麼？楊維楨謂「今樂府」乃「文墨之士之遊也」，實是元文人共同的觀念，它不像「豪」與「放」既可「大雅」，亦可「大俗」，元人的風格觀只提「豪辣」、「豪爽」、「灝爛」而不云「含蓄」，這是重要的原因之一。〔註87〕

其實，宋詞和元曲中豪放、婉約（或清麗）所面臨的狀況是不一樣的，在宋代，經過文人選擇之後的詞出現在詞壇之上的時候，它的正宗或本色一致被認爲是「婉約」，但是這實際上是對於詞的一種片面的不良發展，因而在「豪放」代表先進的力量向「婉約」發起進攻的時候，就不能不發生尖銳對峙的局面。但在元曲之中情況並非如此，「豪放」一開始就佔據了元曲正宗或本色的主流位置，而雖然在現實之中也存在著以清麗爲面紗的「雅化」勢力，在

〔註86〕李昌集：《中國古代散曲史》，華東師範大學出版社，1991 年版，第 335 頁。
〔註87〕李昌集：《中國古代曲學史》，華東師範大學出版社，1997 年版，第 207～208 頁。

一直對以豪放爲代表的俗文學趨勢進行反攻，但是它們不代表進步的力量，不可能起到「豪放」經過了由詞到曲的形式發展轉變之後就易主的現象了，要知道，明代民歌作爲繼承了曲而繼續發展的中國古代詩歌詩體變化形式，它的主要精神仍然是「豪放」的，熱烈的，而不是清麗的，即使是有清麗的氣息，也是沒有佔據了主流地位的。

問題的關鍵在於，對「形式本體」的嚴重關注，導致了元人在「豪放」上的建樹，只能是在宋代「豪放」詞所建立起來的詩歌形式變化由詩而詞，由詞而曲的過程之中，順利自然地完成了這一過程中屬於自己應該完成的部份，因此元曲在體制上以「豪放」爲本色或主流，在古代曲學史上一直不存在問題。而當這種詩體變化因爲在形式上的發展已逐漸趨於沒落而喪失了內在的動力，曲的體制形式變化也已經到了盡頭之後，就出現了一個後果——曲體的逐漸被「雅化」，逐漸向詞回歸，這種現象不單見於散曲，雜劇中的劇曲也是如此。正因爲曲在元代即已經迅速走上了「雅化」的道路，曲的發展趨勢是每況愈下，明不如元，清不如明。詞還有所謂的清代的「中興」，曲則是在迷失了自己的特色以後，基本上就再也沒有什麼起色了。當然，雜劇之後的戲曲發展因爲有著敘事（即分享了小說的部份功能）的助力而在明、清得到了完善的趨勢，但是從根本上說來，也是越來越雅化，並逐漸成爲一種實踐性越來越差的「案頭文學」，而眞正在戲劇實踐上越來越興盛的戲曲，如京劇，則基本上沒有在文學上足以堪稱經典的文學劇本，余秋雨指出：「京劇在音樂唱腔上值得稱道，但在文學等級和精神內涵上一般都比較簡陋，更不必說現代人文理想了」。〔註88〕尤其是在文字上，它們已經和元劇文字的「豪放」本色（主要區別的標誌是俗語白話的運用）相去甚遠，這就是王國維爲何不屑明、清之曲的原因，即使在結構等因素上，元劇無法和明清之劇相比。余先生還認爲：「城市中的市民口味曾對戲劇藝術的成熟作了關鍵性的催發，那麼，戲劇以後發展的主體航道，也還是在城市中。最重要的戲劇現象，最傑出的戲劇作品，都無法離開熱鬧街市中各色人等的聚合；即便是在鄉間阡陌間孕育的曲調和故事，即便是在遠村貧舍中寫出的劇本和唱詞，也需要在人頭濟濟的城市顯身，才有可能成爲一種有影響的社會存在，留之於歷史。但是，另一方面，我們又應正視散佈在廣闊原野間的戲劇品類的存在，它們

〔註88〕轉引自郭珊、陶紅靈、袁秀麗《傳統戲曲告訴我們自己是誰》，載《南方日報》
2006 年 10 月 25 日 A15 版。

在某種意義上一直在與城市演出競爭。流浪戲班並不拒絕向風靡都市的一代名劇學習，又以自己獨特的辦法維繫著廣大的農村觀眾，到一定的時候，它們的作品，就向城市進發了。原先佔據著都市舞臺的戲劇品類，未必永遠具有抵擋它們的力量。鄉村和城市，本應擁有不同的文化方式，不必『農村包圍城市』。但是，即使在鄉村，地方戲曲也應不斷創新。」〔註89〕而這，正是元曲之所以興盛並取得輝煌成就的社會現實層面（當然更重要的是思想精神層面），也是明清戲曲逐漸沒落的根本原因。

三、明代文藝境界對「豪放」的消解

元曲之後，明代民歌以其熱辣開放的姿態，繼續在「豪放」的領域裏扮演角色，但僅僅是在個性開放的層次上——這個問題對於「豪放」來說，在魏晉時代已經解決——而沒有深廣的社會現實內容，因而就不可能走得太遠。清代詞出現了所謂「中興」的局面，但是對於「豪放」的繼承，在文學史上較有影響的，也只有一個陳維崧爲領袖的「陽羨」派而已，也已經不能給「豪放」範疇增加實質性的內容。文學中的情況如此，「豪放」意蘊尚有如許發展演變的空間，若他種藝術，如繪畫、書法，其情形又如何呢？在這裡，我們不妨站在後世的位置上，來審視一下藝術中「豪放」的發展。陳傳席指出：

> 藝術是一個民族的象徵。它既是民族意識的反映，又能反過來影響民族的意識。秦以力健聞名，漢以氣厚著稱，秦碑、詔版、兵馬俑等皆可證：秦之藝術和秦一樣力健，漢碑皆以氣厚感人，以霍去病墓前的石刻爲代表的漢代石刻等藝術也都是深沉雄大的，漢朝也是朝氣蓬勃深沉雄大的。……大漢王朝在當時世界上是強大無比的。唐代以前的藝術都把具有力度氣勢和陽剛美的作品作爲正宗和欣賞的主流。吳道子被稱爲「百代畫聖」，他的畫「當其下手風雨快，筆所未到氣已吞」，乃是氣勢磅礴的藝術。西晉時的畫聖是衛協，從《古畫品錄》中知他的畫也是「頗得壯氣，陵跨群雄」。唐代之前，對柔軟、陰柔性的藝術都是不太欣賞的，王維的畫是陰柔、柔軟的，在唐代畫壇的地位一直不高。可是到宋代，社會審美觀發

〔註89〕轉引自郭珊、陶紅靈、袁秀麗：《傳統戲曲告訴我們自己是誰》，載《南方日報》2006 年 10 月 25 日 A15 版。

生了變化，人們一致欣賞細軟、陰柔性的美。把陰柔立爲正宗，反視大氣磅礴、有力度感、陽剛性的藝術爲粗野、粗鄙、俗氣。歐陽修提倡「蕭條淡泊」、「閒和嚴靜」（見《歐陽文忠公文集》卷一百三十《鑒畫》），程伊川提倡「溫潤含蓄氣象」，他連「英氣」都反對，認爲「才有英氣，便有圭角，英氣甚害事。」（《二程全書》）〔註90〕蘇東坡更提倡「蕭散簡遠」、「平淡」、「空且靜」。（《蘇東坡集》）他看了吳道子頗有氣勢的畫後，認爲「吳生雖妙絕，猶以畫工論」。只有王維的畫「有如仙翮謝樊籠」〔註91〕，「斂衽無間言」。於是王維的畫在宋代具有驚人的地位，雖然宋代前期的繪畫大多還是繼承五代的，但在士人思想中，都以陰柔細軟爲美，而皆排斥陽剛大氣了。米芾、蘇東坡、晁補之、喬仲常等文人作畫都取陰柔輕緩之勢。米芾深惡吳道子，「不使一筆入吳生」（《畫史》）。蘇東坡更大罵張旭、懷素的具有氣勢的書法……連范寬、關仝的雄渾氣勢的山水畫也被罵爲「俗氣」。李公麟初學吳道子，後來也怕入「眾工之事」，於是，消除豪氣，復學顧愷之了。宋代的以柔弱爲美的審美觀導致了宋的衰弱，宋王朝再也沒有漢唐那麼大的氣勢了。宋的疆土最小，和西夏打，敗於西夏；和遼打，敗於遼；和金打，敗於金；和元打，敗於元。先亡於金，再亡於元。但宋以柔弱爲美的傾向一直占主流，且被繼承下去，漢文化的民族從此衰弱下去了。一直到董其昌倡「南北宗論」，把王維、董源一系定爲正宗，王維的畫是陰柔性的，董源畫也以柔軟爲主要特徵。董源是南唐人，在五代時只是一般的畫家，地位遠不及衛賢。但因其畫無雄強之氣，而皆用柔軟的披麻皴，顯示出一種陰柔溫潤平和之氣。這正是弱小的南唐氣象。在宋代卻被南方的文人看中，加以張皇。到了元代，遂成一代主流。明清因之。〔註92〕

也就是說，在宋代的時候，具有「豪放」氣勢的繪畫就已經衰落了，這種衰落不是由於具有「豪放」氣勢的繪畫本身已經沒有生命力的原因，而是時代

〔註90〕 筆者按：陳先生此處所引爲程氏評孟子語，朱熹《孟子集注》特弁諸簡端。大抵是指孟子「養氣」之類，亦即孟子的「豪放」處。

〔註91〕 筆者按：陳先生此處所引句末兩字誤，應爲「籠樊」，由此詩所押之韻可得而知也。

〔註92〕 陳傳席：《中國繪畫美學史》，人民美術出版社，2002 年版，第 651～652 頁。

審美觀的轉換所造成的人為的結果，當然是和整個封建社會發展的趨勢聯繫在一起的。陳先生在這裡總結得很好，指出了宋代轉換審美觀的若干重要人物，尤其是蘇軾，他在這個潮流中起了關鍵的作用。也正是因為這種結果是人為的而不是自然的，所以這種由「壯美」向「優美」的轉變，只是代表了中國繪畫在封建社會後期發展的主流，而在某些特出的畫家那裡，他們能夠突破這種主流思想的束縛，而呈現出異樣的神采，例如石濤、八大山人等人。近代的繪畫更取得了傑出的成就，傅抱石、潘天壽等國畫大師，對「壯美」風格的復歸起到了顯著的作用。文藝中兩種影響藝術成就的最關鍵的因素，一是文化、哲學，一是作者的個性，前者主於意味，是一種靜態的東西，而後者主於情趣，是一種動態的東西。其中情趣之中，又有主「氣」的一面，這是形成「豪放」風格的主因，可以說宋代以後中國的繪畫史，其主流即是以文化意味為顯著特徵的，它的至高境界就是「無我之境」，個性消融在文化意味裏而不能突出的表現出來，這種藝術品格的共性大於個性，因而以優美為特徵。由於繪畫本身存在的題材、容量等方面的諸種因素，它在表現上始終是極其有限的，尤其是在和現實生活的關係問題上，它始終未能建立起真正的世俗的審美理想，而為文人畫之旨趣即文人的審美理想所籠罩，從宋到清末，這是一種相當穩定的趨勢，即使是像石濤這樣的不為主流所許的畫家，其格調也是相當雅逸的。實際上從王維開始的文人畫在表現方式上是「寫意」的，本來這對於「寫實」來說是一種進步，單純從藝術境界上而言，「寫意」也應該是兼「寫實」而有之的，這一點沒有問題。關鍵是「寫意」裏的這個「意」字，它應該是作者的情志的表現，隨各人氣質的不同而異，所以「寫意」之作，應該是既有偏於「壯美」的，也有偏於「柔美」的。但是經過宋代保守思想文化的洗禮，這種純技法層次的東西也染上了文化、哲學形而上的色彩，而偏於「柔美」一路，即後世董其昌大力提倡的「南宗」畫，它對於壯美的畫風是極其排斥的。董氏繪畫美學理想的至境是「淡」之一字，但是他的這種「淡」的思想已經和莊學相去甚遠，對此陳傳席指出：

> 莊學在六朝最盛行，六朝人讀莊、談莊、學莊、以莊的精神投向自然，親近自然，未嘗失卻莊學的至大至剛之基底和內蘊。嵇康學莊，敢於「非湯武而薄周孔」敢於嘲弄貴公子鍾會至遭殺身之禍而不惜。阮籍學莊，敢於裝醉而拒絕帝王的拉攏，敢於長歎：「時無英雄，使豎子成名。」直至唐代的李白學莊，仍不失為豪邁之氣概

和傲岸作風，他的作品卻不曾有柔媚之氣。宋人學莊已滲進了淡淡
的柔意，經元至明，完全變爲柔弱軟媚。其實已失卻莊學的內核本
質，這是時代精神使然。〔註93〕

「寫意」就這樣被柔弱氣質的文化所同化了，只有到了明代的徐渭，在畫法
上爲了表現個體自我的性情，而創出「大寫意」一法，才對這種畫風有所改
進，體現了狂放不羈的精神意態，並在清代石濤、鄭板橋等人那裡得到繼承。
石濤著有《畫語錄》（又名《苦瓜和尚畫語錄》），闡述了法「自我立」（《畫語
錄・一畫章》的思想，又說「『至人無法。』非無法也，無法而法，乃爲至法。」
（《畫語錄・變化章》）〔註94〕這正是一種「豪放」的意蘊。不過石濤的畫誠
如上文所言，格調還是雅逸的，和徐渭的「大寫意」不盡相同；鄭板橋也是
如此。「大寫意」是對於「寫意」偏於柔弱之美的一種糾正，不過效果並不明
顯，就是因爲它在根本上受制於這種柔弱的文化、哲學的形而上意味，在這
一點上，藝術根本不能和文學相比。這種文人畫的旨趣，在元四大家（原爲
趙松雪、吳仲圭、黃公望、王蒙，見王世貞《藝苑卮言》、屠隆《畫說》，董
其昌易趙松雪爲倪雲林）那裡達到了高峰，後世文人畫荒寒淡逸的格調，無
不爲元人的這個高峰所籠罩，中國山水畫的頂點，遂屬之元人矣。這種藝術
境界只是一種情趣意味的表現，和中國封建社會後期尤其是宋元以後的俗文
化的興起的趨勢是背道而馳的，文人畫基本上是迴避這種世俗化的趨勢的，
因此即使它可能吸收新鮮的活力以促進其持續的發展，也不可能在總體上取
得壓倒性的趨勢，它也不可能在畫中專主表現敘事的成分，這關係到詩歌和
繪畫所擅長表現領域的問題，是繪畫本身的局限所導致的（關於這一點，可
以參考萊辛的《拉奧孔》一書，萊辛認爲詩歌的審美理想和繪畫不同，詩歌
的審美理想要高於繪畫〔註95〕），因此，中國文藝中藝術先於文學衰落，尤其
是在「豪放」這一角度上，藝術先於文學而遠離「豪放」，這方面的原因是極
其重要的——我們是指那種對「豪放」有所發展或創新的作品。也就是說，
在中國古代的藝術史（尤其是繪畫史）上，唐代以後就基本上見不到具有鮮
明「豪放」風格的作品了，而轉化爲「逸」。其間經過了唐人李嗣眞《書後品》

〔註93〕陳傳席：《中國繪畫美學史》，人民美術出版社，2002 年版，第 480 頁。
〔註94〕朱良志編著：《中國美學名著導讀》，北京大學出版社，2004 年版，第 288～
302 頁。
〔註95〕（德）萊辛：《拉奧孔》，朱光潛譯，人民文學出版社，1979 年版，第 51、78
～83 頁。

裏在書法領域的提倡，他「做《書評》，而登逸品數者四人，故知藝之爲末，信也。」〔註96〕其所列居於「逸品」第一等的書家是張芝、鍾繇、王羲之和王獻之。其後朱景玄《唐朝名畫錄》始在繪畫領域裏在「神」、「妙」、「能」三品之外復置「逸」品，但是他並非很有信心的將「逸品」居於其他三品之上〔註97〕，直到宋代的黃休復，才將「逸」品定爲最高品，遂成定論〔註98〕，並在繪畫實踐上至元代達到頂峰。因此徐復觀才說，「繪畫中，逸的觀念的正式提出，始於張懷瓘；而其崇高的地位，則奠定於黃休復，在時代上決不是偶然的。」〔註99〕徐復觀認爲，「逸」雖然有「不拘常法」的因素，「神格已由妙格之忘其技巧而傳物之神；忘技巧，即忘規矩；但此時之忘規矩，乃由規矩之極精極熟，而實仍在規矩之中。逸格則是把握之神愈高，與規矩之距離愈大終至擺脫規矩，筆觸冥契於神之變化以爲變化，此時安放不下任何規矩。因之可以說，神是忘規矩，而逸則是超出於規矩之上」，這和「豪放」不受拘束的精神是在一定程度上相通的，但是「從能格進到逸格，都可以認爲是由客觀迫向主觀，由物形迫向精神的陞進。陞進到最後，是主客合一，物形與精神的合一」，「逸」品則是這種主觀精神的頂點，「超逸是精神從塵俗中得到解放，所以由超逸而放逸，乃逸格中應有之義；而黃休復、蘇子瞻、子由們所說的逸，多是放逸的性格。但自元季四大家出，逸格始完全成熟，而一歸於高逸清逸的一路，實爲更迫近於由莊子而來的逸的本性。所以眞正的大匠，便很少以豪放爲逸；而逸乃多見於從容雅淡之中。」〔註100〕這些論述實際說明了一個核心，即「逸」乃是「精神從塵俗中得到解放」，因爲藝術較

〔註96〕 《文淵閣四庫全書‧御定佩文齋書畫譜》（電子版），上海人民出版社、迪志文化出版有限公司，1999年版，卷八。

〔註97〕 王立：《超俗拔韻的「逸」》，濟南：山東師範大學碩士學位論文，2004年。該文對朱景玄在當時未旗幟鮮明的提倡「逸」品爲第一，有詳細的論述，見16頁。

〔註98〕 宋鄧椿《畫繼》云：「自昔鑒賞家分品有三：曰神、曰妙、曰能。獨唐朱景眞（玄）撰《唐賢畫錄》，三品之外，更增逸品。其後黃休復作《益州名畫記》，乃以逸品爲先，而神、妙、能次之，景眞雖云『逸格不拘常法，用表賢愚』，然逸之高，豈得附於三品之末？未若休復首推之爲當也。」見於安瀾編《畫史叢書》，上海人民美術出版社，1982年第1版，第69頁。

〔註99〕 徐復觀：《中國藝術精神》，華東師範大學出版社，2001年版，第194頁。筆者按：徐先生所謂「逸的觀念的正式提出，始於張懷瓘」，則非是，應是始於朱景玄。

〔註100〕 徐復觀：《中國藝術精神》，華東師範大學出版社，2001年版，第194、195頁。

之文學本來就離世俗社會的現實更遠了一些，因此脫離現實的色彩也就更為濃厚一些，那麼怎麼解決這個問題呢？那就是通過精神境界的提升，向形而上意味的哲學境界尋找歸依之所。少了世俗的鍛鍊，就必然難以積聚起「豪放」之中的盛大的「豪」之「氣」，因此「逸」雖然有著「不拘常法」的姿態，但是從整體上來說則屬於「陰柔美」的範圍，因此繪畫史尤其是「逸」品的發展頂峰元代的大畫家那裡，就很少「以豪放為逸」的了。此後，這種「逸」品居尊的態勢一直為文人畫所固守，甚少變化改進，直到二十世紀初時代審美理想得到了顛覆，以陽剛壯美為特色的民族審美理想重新得到確立，才使「逸」品居於繪畫最尊的地位得到了終結。〔註101〕

　　藝術中情形乃是如此，而文學則不然。由於俗化的力量，也由於詩歌的衰落而代之以小說成為文學發展的主流，小說中可以開拓的天地是廣闊的，這可以為「豪放」的發展提供新的空間和轉機。這種新的空間和轉機不是一下子出現的，它有一個過程。這個過程，就中國文學的一大轉換即文學的主流由雅到俗、由詩歌到小說的趨勢而言，體現在「豪放」意蘊最後的形式解放——明代的民歌身上。從內容上說，無論是在思想、精神、性情還是在題材、格調上，明代民歌都稱不上是具有創新特色的；從形式上說，則具有鮮明的特色。明代民歌的創新主要體現在其形式上，它的形式實在是對元、明散曲的一個反撥，也是曲在始創之初那種俗化特色的一種回歸。地方特色、口語化、表現方式上的直露與潑辣大膽、「興」及比喻的大量使用以及題材上的以愛情為主，是這種新興文體的主要特色。這些特色在六朝民歌裏未必沒有，如比喻（尤其是暗喻），但六朝的民歌在表達方式上是含蓄婉約的，明代民歌卻繼承了元曲潑辣豪放活潑清新的特色，極盡纏綿（在意態上）而又極有酣暢淋漓之致（在表達方式上）。不過，這種回歸的力量是單薄的，這是因為：雖然明代民歌在形式上一定程度地解放了曲律艱深的束縛，但是在內容上它主要是以愛情為題材的，這就大大縮小了社會現實生活的視野，而無法表現闊大而恢宏的東西，因此在氣勢上它是不足的，這和「豪放」的內涵及意蘊是不一致的，所以，明代民歌的若干作品都是在形式上精神意態上是有幾分「豪放」的，但是其情調卻是主於纏綿陰柔之美的。而缺少了闊大恢宏的現實生活的關注，那麼作品中的氣勢之必然減弱，也就不可避免了。如果

〔註101〕張黔：《「逸品」審美理想的終結》，載《南京藝術學院學報（美術與設計版）》2005年第3期。

單純以詩歌的發展作爲線索，那麼元曲之後就是明之民歌，這是從詩歌鮮活的生命力上而言的，所以卓人月才說：「『我明詩讓唐，詞讓宋，曲又讓元，庶幾〔吳歌〕、〔掛枝兒〕、〔羅江怨〕、〔打棗竿〕、〔銀絞絲〕之類，爲我明一絕。』（陳宏緒《寒夜錄》引）」〔註102〕然而這時中國文學所面臨和進行的正是雅、俗文學的大轉換時期，詩歌的衰落不可避免，明代民歌中的精神解放，不過是極其不起眼的一角罷了。可以說，「豪放」意蘊在明代民歌那裡走完了它最後的路，關於「豪放」的所有意蘊已經發展得十分完備、成熟了，它在此時的結局，完全是和詩歌的發展歷程聯繫在一起的。詩在中國是「言志」的，「志」是「豪放」之中「氣」的來源，這種「氣」雖然在司空圖那裡被解釋爲源於「道」，實際上它最終還是體現在人的主體精神上，而詩歌恰恰就是能夠抒發這種「志」、「氣」的最佳文體形式，「言志」在很大程度上是以作者主體的位置和視角爲出發點的，而當詩歌逐漸淡出文學的主流而爲小說所取代的時候，它的這種天然的功能也就隨之而去了。因爲小說是一種代言體，是一種虛擬性很強的文體，而「豪放」則主要是作者強烈的主體性精神的一種體現，如果小說中能夠體現這種意蘊，即使是有些「豪放」的色彩，也類似於史傳，也是間接的了。從文體形式上和「豪放」自身發展的歷程上來說，「豪放」的衰落都是必然的。不過這種衰落也是在其發展大勢即物極必反的意義上說的，它的衰落並不意味著在後世已經沒有再得到繼承和欣賞的可能。從「豪放」的內涵我們已經知道，「豪放」是一種聯繫著事物鮮活狀態的一種突破力、創造力，只要事物的法度形成了對人的束縛而阻礙了其發展，「豪放」的出現就是必然的。而且，雖然從文體形式上和「豪放」自身發展的歷程上來說「豪放」已經圓滿完成了其歷史使命，但是有一個方面它始終是未得到解決的，而且，這個問題只要是在封建社會文化的氛圍之內，它就永遠不會得到解決：這就是精神、思想方面的「豪放」的問題——也就是上面所說的整個封建社會在唐代達到其發展的頂峰（在姿態上是如此，在文化上的建設則要在宋代達到頂峰、成熟）以後，伴隨著這種整體上的社會衰落趨勢所帶來的思想精神上的保守。「豪放」是在束縛之中所體現出來的一種力量和美，它雖然在開放的環境中達到一種最自由的狀態，但只有在受拘束的環境中才能凸顯出其偉大的意義，這就是爲什麼「豪放」不是成熟於唐

〔註102〕轉引自游國恩、王起、蕭滌非、費振剛主編《中國文學史》，人民文學出版社，1964年版，第4冊第145頁。

代而是成熟於宋代的原因。我們知道，俗文化的興起雖在宋代已現其勢，但其範圍是有限的，基本上是在都市範圍之內而非在整個社會範圍之內的，後者的表現是隨著資本主義的萌芽在我國的出現並得到發展的明代成為可能的，與之相伴隨的是社會解放思潮的興起、世俗文化的繁榮，體現在文學上，則是：

> 世俗文學的審美效果顯然與傳統的詩詞歌賦，有了性質上重大差異，藝術形式的美感遜色於生活內容的欣賞，高雅的趣味讓路於世俗的真實。……儘管這裡充滿了小市民種種庸俗、低級、淺薄、無聊，儘管這遠不及上層文人士大夫藝術趣味那麼高級、純粹和優雅，但它們倒是有生命活力的新生意識，是對長期封建王國和儒學正統的侵襲破壞。〔註103〕

按理說，在這樣一個思想極其開放的世代，「豪放」意蘊應該繼續得到發展或表現，因為思想精神上的「豪放」才是根本上的，它決定著外在的「豪放」的形式。然而，正因為封建社會在明代仍然是處於其衰落大勢的一個谷底，而無法根本上讓封建社會的上層建築尤其是意識形態得到新生，所以，這種思想精神的解放姿態是極其有限的，它在世俗中的解放姿態不是在精神層次上的，而是一種感性的自適和「墮落」──明代文學中的豔情淫穢庸濫小說的大量出現，證明了這種思想解放的姿態只是建立在很淺薄的感性自適的基礎上，尤其是像《金瓶梅》這樣在中國文學史上佔有極為重要地位的小說：說到底，這是一種極端的不正常的反動方式，以自我的自適和「墮落」來造成對統治階級意識形態的反動，這種人生存在姿態是取消了人生的理想境界的，和知識分子「言志」的傳統極大地剝離了。這種姿態，代表了人精神心靈的一種空虛無依的狀態，是在一種新的社會理想未得到建立，而舊的社會理想仍然在發揮其「餘熱」的狀態之下所產生的必然結果。在文藝思想上，李贄的「童心」說代表了這個時代的潮流，它直接地以王陽明的「心學」（尤其是王學左派）為哲學基礎的，間接地則是以老莊哲學為基礎，它在一定程度上衝擊了舊的文藝思想，但是，李贄的思想以反道學反虛偽為主要目標，其直接對立的因素是守舊復古的文藝思潮，雖然這種思想也有一定的解放姿態，但和「豪放」的無拘無束之內涵還是有著不小的距離，依然停留在個性解放的層次上，而未能解決知識分子如何與世俗社會和現實民生接軌的問

〔註103〕李澤厚：《美學三書》，天津社會科學出版社，2003年版，第171頁。

題，在這一點上，較之辛棄疾「豪放」的境界相去甚遠。而這，卻是由於它所依託的哲學基礎的根本缺陷所造成的。老莊思想本身有著不可克服的缺陷，它可以對儒家思想形成一定的補救作用，但卻不可能從根本上取代它，歷史已經證明儒、道均為中國文化核心層次的思想因素，其格局應該是「儒道互補」。〔註104〕至於王陽明的心學，更是中國唯心主義哲學思想的一個高峰，向內轉的傾向決定了它和現實是隔斷的，因而極大地取消了人的主觀能動性，取消了人的主體性精神，實質上是一種「懦弱」的避世哲學。這種思想雖然也是有「不願再受世俗禮法牢籠的折磨」〔註105〕的意思，但卻缺乏積極進取的精神意態，和「豪放」的姿態差別還是很大的。比如受李贄思想直接影響的「公安派」，以「獨抒性靈，不拘格套」（袁宏道《袁中郎全集・序小修詩》）為尚，可謂是一種崇尚個性、性情的文學思想，但是，在人生存在的姿態上，他們是缺乏像辛棄疾那樣的「豪放」姿態的，誠如陳傳席在論述董其昌繪畫美學思想時所言：

> 董和「三袁」的關係皆很密切，袁宗道曾為南京禮部官。他們關係密切，主要是因為對待現實的態度相同。在當時宦官擅政，政治腐敗，朝內黨派鬥爭劇烈的環境中，他們都不敢參加鬥爭，也不甘於同流合污，想置身於是非之外，表現了對待現實態度的軟弱性。他們自己承認「吾輩怯弱，隨人俯仰」（見袁中道《李溫陵傳》）。他們也都十分討厭做官，袁宏道甚至說「官實能害我性命」。因而，他們都退守田園，忘情山水。三袁的詩文局限於描寫自然景物及一些瑣事，抒發「文人雅士」的情懷，表現地主階級文人的閒情逸致。〔註106〕

他們基本上是現實生活的逃避派，這和辛棄疾一有機會就為國為民鞠躬盡瘁的精神意態，實在是相差得太遠了。他們是依附於統治階級的中間派，既不想為現實貢獻自己的力量，也不想和現實同流合污，對於統治階級和人民而言，都無可取之處。因此，從「性靈」的角度來反傳統，其力度實在是有限的，也是狹窄的，到了清代的袁枚，其詩學思理基本上仍舊如此，未能進一步作出改善。如果不和現實發生密切的聯繫而只是抒發個人的情趣、靈機，

〔註104〕李澤厚：《美學三書》，天津社會科學出版社，2003年版，第264頁。
〔註105〕左東嶺：《王學與中晚明士人心態》，人民文學出版社，2000年版，第93頁。
〔註106〕陳傳席：《中國繪畫美學史》，人民美術出版社，2002年版，第400頁。

或如王氏心學的追求內在的自適和生命體驗，根本無法激發起那種體現人的強烈的主體性精神的內在的盛大充實的「氣」，而沒有內在的這種盛大充實的「氣」，「豪放」之不可期，也就是必然的了。我們之所以要簡單論述明代的文藝思想和哲學思想，就是要由之揭示「豪放」在號稱思想極其解放的明代，為何沒有繼續得到發展或表現的原因之所在。

不過，明代對於「豪放」而言還是有著極大的意義，這就是在理論上對於「豪放」的關注。明確的「豪放」、「婉約」二分法首先在張綖《詩餘圖譜》中出現了：

> 詞體大約有二：一體婉約，一體豪放。婉約者欲其詞情蘊藉，豪放者欲其氣象恢宏。蓋亦存乎其人，如秦少游之作，多是婉約；蘇子瞻之作，多是豪放。大約詞體以婉約為正，故東坡稱少游為今之詞手。後山評東坡如教坊雷大使舞，雖極天下之工，要非本色。
> 〔註107〕

這是一種守舊的思想觀念，是張氏總結前人的理論而來的，基本上沒有自己的獨特見解，雖然從範疇學、流派學的角度來看具有很重要的意義。同是明人的孟稱舜就不同意詞以「婉約」為正或「本色」的說法，他在《古今詞統序》中駁斥了何良俊《草堂詩餘序》裏「樂府以曒逕揚厲為工，詩餘以宛麗流暢為美」的觀點：

> 樂府以曒逕揚厲為工，詩餘以宛麗流暢為美。故作詞者率取柔音曼聲，如張三影、柳三變之屬。而蘇子瞻、辛稼軒之清俊雄放，皆以為豪而不入格。宋伶人所評《雨霖鈴》、《醉江月》之優劣，遂為後世填詞者定律矣。予竊以為不然。蓋詞與詩曲，體格雖異，而本於作者之情。古來才人豪客，淑姝名媛，悲者喜者，怨者慕者，懷者想者，寄興不一。或言之而低徊焉、宛變焉；或言之而纏綿焉、悽愴焉；又或言之而嘲笑焉，憤恨焉，淋漓痛快焉。作者極情盡態，而聽者洞心聳耳。如是者皆為當行，皆為本色，寧必姝姝媛媛學兒女子語而後為詞哉！故幽思曲想，張、柳之詞工矣，然其失則俗而膩也，古者妖童冶婦之所遺也。傷時弔古，蘇、辛之詞工矣，然其失則莽而俚也，古者征夫放士之所託也。兩家各有其美，

〔註107〕陳良運主編：《中國歷代詞學論著選》，百花洲文藝出版社，1998 年版，第 275 頁。

亦各有其病，然達其情而不以詞掩，則皆填詞之所宗，不可以優劣
言也。〔註108〕

「寧必姝姝媛媛學兒女子語而後爲詞哉」，這種即使是最基本的調和論，已經
足以反駁詞體以「婉約爲正」爲「本色」的論點了。有關「婉約」、「豪放」
的一些理論問題，在後文中我們還會用兩章的篇幅來詳細探討，此處不作贅
述。明代還有一個值得注意的問題，這就是見於《四庫全書總目提要卷一八
二・三五・別集類存目九》裏朱升（筆者按：朱升，朱元璋時人）編的《風
林類選》小詩一卷提要的三十八體詩歌分類：

> 曰直致、曰情義、曰工致、曰清新、曰高逸、曰富麗、曰豔冶、
> 曰淒涼、曰衰暮、曰曠達、曰豪放、曰俊逸、曰清潤、曰沉著、曰
> 邊塞、曰宮怨、曰閨情、曰客況、曰離別、曰悲愁、曰異鄉、曰感
> 舊、曰窹想、曰寄贈、曰嘅歎、曰消遣、曰諷諫、曰頌善、曰戲嘲、
> 曰懷古、曰景物、曰風土、曰時事、曰樂府、曰風人、曰問答、曰
> 摘句；而附錄閨閣、仙鬼詩於末，實三十九門。〔註109〕

其中有「豪放」一體。可以看出，朱氏的分類標準並不統一，但他把「豪放」
和「曠達」、「俊逸」等列在一起，這說明他對「豪放」意蘊的理解是極其明
確的。此外，《元史》卷一四八及卷一八六、《新元史》卷一三六、瞿祐《剪
燈新話・華亭逢故人記》、葉盛《水東日記・卷六》引黃容《江雨軒詩序》、《王
陽明全集》卷二八《書李白騎鯨》、顧元慶《夷白齋詩話》、郎瑛《獨醒雜誌・
卷二》、俞彥《爰園詞話》、楊愼《升菴詩話・卷七》、焦竑《玉堂叢話・卷八》、
吳訥《文章辨體序說》徐師曾《文體明辨序說》、凌濛初編著《二刻拍案驚奇・
卷二七》、馮夢龍編著《警世通言》第二十六卷等文獻，都涉及到了「豪放」
這個範疇，但均無重大的理論價值。朱權在《太和正音譜》卷上裏說「丹丘
體：豪放不羈。」〔註110〕則是對元曲「豪放」派的總結，具有重要意義。方
孝孺《贈盧信道序》一文有「負才氣者以豪放爲通尚，無所顧忌」〔註111〕的

〔註108〕 轉引自張仲謀《明代詞學的建構》，載《徐州師範大學學報》（哲學社會科學
版）2000 年第 3 期。

〔註109〕 《文淵閣四庫全書・四庫全書總目提要》（電子版），上海人民出版社、迪志
文化出版有限公司，1999 年版，卷一九一。

〔註110〕 《中國古典戲曲論著集成三》，中國戲劇出版社，1959 年版，第 13 頁。

〔註111〕 羅竹風主編：《漢語大詞典》，漢語大詞典出版社，1992 年版，第十冊第 25
頁。

話，點出了「豪放」的內涵的兩大成分：一是「氣」，一是「無所顧忌」即不受拘束。——上述明人對「豪放」範疇的認識尚屬初級階段，但這也說明，「豪放」勢必將在隨後的歷史上得到更爲深切的理解和綜合的整理。

四、「豪放」在清代的總結和整理

清代是中國古代美學理論的全面總結時期，涉及到「豪放」的文獻資料有《明史》卷二八六及卷二八七、王士禎《梅氏詩略序》及《花草蒙拾》、《香祖筆記》卷九、惠棟注補《漁洋山人自撰年譜》卷下王士禎寫給門人盛符升的信、徐釚《詞苑叢談》、何焯等批校《陶淵明集》、《聊齋誌異》卷一《陸判》、卷五《胡相公》、卷一一《霍女》、徐士俊《江村倡和詞序》、《四庫全書總目提要·卷一八二·三五·別集類存目九》及卷一五四·集部七·別集類七、集部八·別集八、卷一七〇集部二三·別集類二三、一七二·二五·二五、《唐宋詩醇》卷二七、俞蛟《鄉曲枝辭·孟德鄰傳》及俞蛟《潮嘉風月·麗品》、日本白隱慧鶴《槐安國語》卷六、汪沆《籽香堂詞序》（轉述厲鶚語）、劉熙載《藝概·詩概》及《詞概》、田同之《西圃詞說》、徐喈鳳《詞證》、陳廷焯《白雨齋詞話》、汪師韓《蘇詩選評箋釋》卷六、馮金伯輯《詞苑萃編》（「秋屏詞情恂雅」條姚潛夫語）、娜嬛山樵《補紅樓夢》第四十五回、謝章鋌《賭棋山莊詞話》卷一、錢裴仲《雨華盦詞話》、張之萬評徐渭《雜畫冊》、況周頤《蕙風詞話·續編》卷一、馮煦《宋六十一家詞選例言》、馮煦《蒿庵論詞》、孫靜安《棲霞閣野乘》卷下、李佳《左庵詞話》上卷、蔣敦復《芬陀利室詞話》卷二、沈祥龍《論詞隨筆》、沈曾植《菌閣瑣談》、杜文瀾《憩園詞話》卷一、坐花散人《風流悟·第五回》、李寶嘉《官場現形記·五九回》等。從文獻的種數和涉及面來說，是相當可觀的，這說明了清人對「豪放」的關注程度，本書在此揀擇其中稍具理論價值者加以評述：

王士禎在《花草蒙拾》中說：

> 張南湖論詞派有二：一曰婉約，一曰豪放。僕謂婉約以易安爲宗，豪放惟稼軒稱首。〔註112〕

《香祖筆記》卷九里說：

> 詞家綺麗、豪放二派，往往分左右袒。予謂第當分正變，不當

〔註112〕陳良運主編：《中國歷代詞學論著選》，百花洲文藝出版社，1998年版，第438頁。

分優劣。〔註113〕

嘴上雖說不分優劣，其實「正變」之說即已明其優劣之心。王氏本人早年所作之詞，繼承的也是明末香豔纏綿的詞風。值得注意的是，王士禎在論述張綖對「豪放」和「婉約」的意見時，將其「詞體」轉變爲了「詞派」。張氏雖然說的是「詞體」，但是他又描述了「豪放」和「婉約」的美學風貌，因此可以看作一種風格論。王士禎爲「詞派」，應該是建立在這個基礎上的更進一步的認識，雖然他所說的「派」不能用今天嚴格意義上的文學流派來衡量考察，但是其關於「詞派」的觀點，顯然也是在風格論的基礎上做出的，有了成熟的相異的風格，乃有「豪放」與「婉約」二詞派之分。

何焯等人在批校《陶淵明集》時說：

> 曹、劉以下六人，豈肯少讓淵明哉！欲推尊淵明而抑諸人爲莫
> 及焉，坡公之論過矣。夫亦曰以諸人之詩較之淵明，譬之春蘭秋菊，
> 不同其芳；菜羹肉膾，各有其味，聽人之自好耳，如此乃爲公論。
> 坡公才情飄逸豪放，晚年率歸平淡，乃悉取淵明集中詩追和之，此
> 是好陶之至，不自知其言之病也。〔註114〕

這是批駁蘇軾把陶潛推崇得太過份的話，是極爲有道理的。蘇軾本人的這個轉變過程，其實也可以看作中國古代美學史上由壯美向優美轉變的一個縮影和標誌性人物，統一在具體的個體身上，可能就有著某種矛盾性，這個我們在前文中已經做了比較詳細的論述。

徐士俊在《江村倡和詞序》中說：

> 蓋三先生胸中各抱懷思，互相感歎，不託諸詩，而一一寓之於
> 詞，豈非以詩之謹嚴，反多豪放，詞之妍秀，有足耐尋幽者乎？

〔註115〕

這是認爲詩因爲在形式上過於嚴謹，所以反而多「豪放」之作，詞較詩在形式上顯得活潑多了，所以反而不適宜於「豪放」的作品，而是適宜於表現「妍秀」的藝術境界。從形式上即從形式對文學的束縛上來認識「豪放」和造成「豪放」的原因，這對於我們認識「豪放」，無疑是有啓發的。不過，他的認識並不徹底，還沒有認識到詞也是可以造成對文學的束縛的，尤其是未認識

〔註113〕王士禎：《香祖筆記》，上海古籍出版社，1982年版，第169頁。
〔註114〕轉引自東麓《東坡論陶述評》，載《鹽城師專學報》（哲社版）1996年第1期。
〔註115〕轉引自周絢隆《論清詞中興的原因》，載《東嶽論叢》1997年第6期。

到宋代漸趨保守文化環境中人的主體性精神受到更大的束縛這一層面，因而單純從文體體性上來認識「豪放」，還是不足的。

乾隆十五年御定《唐宋詩醇》卷二七總評韓愈說：

> 韓愈文起八代之衰，而其詩亦卓絕千古。論者常以文掩其詩，甚或謂於詩本無解處。夫唐人以詩名家者多，以文名家者少。謂韓文重於韓詩可也，直斥其詩爲不工，則群兒之愚也。大抵議韓詩者，謂詩自有體，此押韻之文，格不近詩。又豪放有餘，深婉不足，常苦意與語俱盡。蓋自劉攽、沈括，時有異同。而黃魯直、陳師道輩，遂群相訾謷，歷宋、元、明，異論間出，此實昧於昌黎得力之所在，未嘗沿波以討其源，則眞不辨詩體者也。夫六義肇興，體裁斯別。言簡而意賅，節短而韻長，含吐抑揚，雖重複其詞，而彌有不盡之味，此風人之旨也。至於二雅三頌，鋪陳終始，竭情盡致，義存乎揚厲而不病其誇，情迫於呼號而不嫌其激，其爲體迥異於風，非特詞有繁簡，其意之隱顯固殊焉。千古以來，寧有以少含蓄爲雅頌之病者乎？然則唐詩如王孟一派，源出於風，而愈則本之雅頌，以大暢厥辭者也。〔註116〕

這是針對批評韓愈詩歌「豪放有餘，深婉不足，常苦意與語俱盡」的缺點而發的駁論，也有一定道理，不過韓愈的詩歌確實存在這個毛病，韓愈實開宋詩之路，大有奇倔之風而不甚自然順暢，同是「豪放」的詩歌，李白就沒有這個毛病。因此這只能說韓愈的詩歌工夫還不到家，例如其文章就沒有這樣的毛病：這說明韓愈對於詩歌的形式（格律）的束縛是感到極其不自然的，因而才會出現「豪放」的特色，正是要突破這種束縛的跡象和證明，不過他的「豪放」還沒有達到剛柔並濟的藝術境界而已。

汪沆的《籽香堂詞序》一文轉述厲鶚語云：

> 豪放者失之粗厲，香豔者失纖褻；惟有宋姜白石、張玉田諸君，清眞雅正，爲詞律之極則。〔註117〕

馮金伯輯《詞苑萃編》卷八「秋屏詞情恂雅」條姚潛夫語似之：

> 秋屏詞情恂雅，既不流於柔靡，復不蹈於豪放，淡妝濃抹，俱

〔註116〕《文淵閣四庫全書·御選唐宋詩醇》（電子版），上海人民出版社、迪志文化出版有限公司，1999年版。

〔註117〕轉引自陳水雲《清代詞學與杜甫的詩歌思想》，載《杜甫研究學刊》2001年第10期。

所不事，值得白石、玉田神髓。〔註118〕

「豪放」的末流確實有這樣的缺陷（如馮煦《蒿庵論詞》云「龍洲自是稼軒附庸；然得其豪放，未得其宛轉」〔註119〕），正如同「婉約」的末流也失之纖弱一樣，不過既然是講究「極則」也就是詞學審美理想的問題，就應該看其發展的最高成就，而不應該抓住「末流」進行糾纏。實際上姜、張之流是不足以當「極則」之譽的，這一點在當代已經沒有任何疑義，王國維在《人間詞話》中對姜夔的詞不甚推許，評價不高，如說：

> 白石寫景之作，如「二十四橋仍在，波心蕩、冷月無聲」，「數峰清苦，商略黃昏雨」，「高樹晚蟬，說西風消息」，雖格韻高絕，然如霧裏看花，終隔一層。
>
> 讀東坡、稼軒詞，須觀其雅量高致，有伯夷、柳下惠之風。白石雖似蟬蛻塵埃，然終不免局促轅下。〔註120〕

這些評價雖然不無偏頗，但也和姜、張一派在內容及思想上境界不高有著密切的關係。姜、張一派的缺陷，我們在前文中論述「豪放」在宋代的發展時，也已經做了充分的闡述。

田同之《西圃詞說》「詩詞體格不同」及「詞見性情」條云：

> 詞與詩體格不同，其為攄寫性情，標舉景物，一也。若夫性情不露，景物不真，而徒然綴枯樹以新花，被偶人以衰服，飾淫磨為周、柳，假豪放為蘇、辛，號曰詩餘，生趣盡矣，亦何異詩家之活剝工部，生吞義山也哉。
>
> 填詞亦各見其性情，性情豪放者，強作婉約主，畢竟豪氣未除。性情婉約者，強作豪放語，不覺婉態自露。故婉約自是本色，豪放亦未嘗非本色也。〔註121〕

田氏從性情即作者主體的方面論述了「豪放」、「婉約」皆是本色的觀點，也就是說，在性情不可為假的基礎上，只要遵從自己性情的自然來表現為「豪放」或「婉約」風格，就是好的，並無高下之分。田同之指出這一點，無論是在詞學發展史上還是在「豪放」有關理論的發展史上，都意義重大。不過從哲學的本質上而言，這種觀點有「二元論」之嫌，雖然是一種很大的進

〔註118〕唐圭璋編：《詞話叢編》，中華書局，1986年版，第1949頁。
〔註119〕唐圭璋編：《詞話叢編》，中華書局，1986年版，第3592頁。
〔註120〕王國維：《人間詞話》，上海古籍出版社，1998年版，第9、11頁。
〔註121〕唐圭璋編：《詞話叢編》，中華書局，1986年版，第1450、1455頁。

步，卻仍然未從根本上解決「婉約」和「豪放」的關係的問題，而僅僅力圖
為「豪放」爭取到了一個平等的地位。這裡實際上涉及到了一個具有兩面性
的問題：即在詞體和性情雙重意義上，如何做到「本色」的境界，根據詞史
上的情況卻是，婉約詞或許在詞體的角度上做到了形式上的「本色」，但是卻
未必能夠在性情即詩歌的發生本源上實現「本色」的境界。這種詞的「本
色」境界的爭論，實際上體現了當這兩個層次不能實現完美的統一，在權衡
這兩個層次的時候，所做出的取捨，哪一個更具價值和意義。顯然，田同之
這裡的觀點是取性情而捨詞體的形式的，因此，他雖然沒有完全解決這個問
題，還是做出了應有的努力，這對於詞學的理論發展來說，是很有價值的。
平等對待「豪放」、「婉約」，同樣視兩者為詞的「本色」，這樣的聲音和觀點
在清代的詞學理論家那裡逐漸多了起來，顯示出詞學研究的理性特徵，這是
詞學研究史和理論史上的一個明顯進步，例如徐喈鳳《詞證》、陳廷焯《白雨
齋詞話》（卷一第四十則）等等著作裡也有類似的觀點。沈祥龍《論詞隨筆》
裡說：

> 詞之言情，貴得其真，勞人思婦，孝子忠臣，各有其情。古無
> 無情之詞，亦無假託其情之詞，秦柳之妍婉，蘇辛之豪放，皆自言
> 其情也。〔註122〕

則是從題材和性情的角度來說的。又說：

> 詞有婉約，有豪放，二者不可偏廢，在施之各當耳。房中之奏，
> 出以豪放，則情致絕少纏綿；塞下之曲，行以婉約，則氣象何能恢
> 拓。

> 詞調不下數百，有豪放，有婉約，相題選調，貴得其宜。調合，
> 則詞之聲情始合。〔註123〕

這兩段話，前者也是從題材的角度論述的（這個角度還有「詞體各有所宜」
一則），後者則從詞牌的角度（主要是形式方面，即句式的排列方面，如《賀
新郎》一調一般是適合於抒發激鬱豪蕩的風格的）論述的，後者的角度頗新
穎，基本也屬於文體形式區別的範圍。這些觀點，可見出他是想綜合平衡各
種論點的合理因素的。當然，說隨題材等因素的合適而自然切合豪放或婉約

〔註122〕陳良運主編：《中國歷代詞學論著選》，百花洲文藝出版社，1998 年版，第 646
頁。
〔註123〕龔兆吉編：《歷代詞論新編》，北京師範大學出版社，1984 年版，第 232、231
頁。

的實際，卻也是幾乎無用的實話了。杜文瀾《憩園詞話》卷一引《四庫全書總目提要》「克齋詞提要」云：

> 考花間諸集，往往調即是題。如女冠子則詠女道士，河瀆神則為送迎神曲，虞美人則詠虞姬之類。唐末五代諸詞，例原如是。後人題詠漸繁，題與調始不相涉。余按今人標題作本意者，即是就調為題。此外多與題無涉，或竟相犯者。如以春霽詠秋情，以秋霽秋春景，皆非所宜。故凡即景言情，必先選定詞調。雖難盡合題旨，亦必與本題略有關合為佳。

又鍾瑞注尾云：

> 又如《滿江紅》、《水調歌頭》之類，調本雄壯，而強納之於香奩。如《三姝媚》、《國香慢》之類，調本細膩，而故引之為豪放，均為不稱。故拈題猶貴擇調也。〔註124〕

這也是從詞牌方面論述「豪放」的，其背後的理論依據依然是最初詞牌形成時的題材等內容。但是正因為談論的是形式上的，所以也不是絕對的，尤其後世的詞人填詞，早已經在很大程度脫離了詞牌初起時的題材因素，而不必拘束於詞牌原來的形式意味，這一點我們必須要認識到。

　　綜觀「豪放」在宋、元、明、清歷代的發展，總結起來說，「豪放」在宋代成為一個成熟的獨具特色的美學範疇，成為當時作為「一代之文學」的詞的一種主流美學風格之一，然而由於傳統的保守思想和審美意識的影響，它還沒有取得正統的地位。在元曲之中，它則確立了這種地位，而這種地位的取得，是和俗文學的興起密不可分的，正是俗文學中的「俗」的精神力量，才使得詩歌在形式上進一步得到發展，為「豪放」的內容的表現拓展了道路，從而使「豪放」之美及其意蘊達到最高峰。但是「俗」的精神和俗文學的興起又是一把雙刃劍，它在允許「豪放」呈現一種巔峰狀態的燦爛之後，就迅速以文體轉換的方式——同時也是雅俗文學轉換主流地位的方式（就是由小說等俗文學佔據了文學的主流地位，而傳統的詩歌作為雅文學喪失了主流地位的過程），將詩歌這種最適宜於承載「豪放」之美的文體排擠到文學的非主流地位——詩歌在中國古代的發展是以抒情詩為主體的，基本上是一種自我言說的方式，這樣主體的志意理想才能直接灌注在文學創作之中，而小說則基本上是以「代言體」為主的文學體式，由於現實中具有「豪放」的內在精

〔註124〕唐圭璋編：《詞話叢編》，中華書局，1986年版，第2860頁。

神的人數要遠遠少於不具備這種精神的人數，所以一旦用「代言體」的形式來表現現實世界和現實生活，「豪放」之美及其意蘊出現的頻率就大大較少了──從而導致了「豪放」的盛極而衰。這是作用於「豪放」由盛而衰的過程的有關於雅俗格局轉換的兩個不同側面的內容，也是「豪放」由盛而衰的兩個不可分割的內在、外在原因，這兩個原因聯繫著中國文學雅俗大格局的轉換，非「豪放」本身或詩歌本身所能左右，所以這兩個原因基本上都是一個外在的原因，進一步講，則整個中國封建社會後期審美意識的保守、消極和軟弱，才是導致這個過程發生的更為深沉的重要原因。在這樣一種大的格局之下，「豪放」的發展充滿了歷史的因而是發展的張力，它和那種消極、保守的審美意識的爭鬥，最後是因為表現文體的弱化這樣一個極其特殊的歷史偶然因素而導致暫時的失敗的，之所以說是偶然，是因為就文體而言，中國的抒情詩歌特別發達只是中國的一個民族特色，而不普遍適用於世界文學，例如西方文學意義上的歐洲文學，自古以來就是以敘事詩和抒情詩並重的，敘事詩還在一定程度上佔據著主流地位。就近、現代中國文學發展的事實而言，文體的這種轉變和演進都沒有結束，「豪放」之美及其意蘊並不是只適用於詩詞這樣狹小的表現空間的，凡是直接抒發志意理想的文學體式，都是它的很好的表現領域。「豪放」只是在文體演變的過程中，只是在明代這樣一個靜止的「點」上，才暫時一度衰落。由於元曲的體制較詞的格律（主要是音樂方面）更為艱深，引起更大的束縛而不易普及，雖然可以增加「豪」與「放」之間的張力，但是不易為一般人所掌握，從而導致其在內容上迅速雅化，從根本上也喪失了「豪放」的內在精神寄託點和社會歷史基礎。

　　以上所論述的原因，相對於「豪放」範疇的發展而言，都只是極其外在的，──不過，除了這些外在的原因，還有一個根本的內在原因我們必須加以重視，這就是在反抗整個封建社會後期審美意識主流的過程之中，從根本上對「豪放」的發展起到解構作用的一個原因。我們謂之根本原因，是就其作用於「豪放」的生成的層面和意義上來說的，它的出現和高漲，直接從根本上解構了「豪放」的生成──這個因素，就是明代哲學思想和文學思想中對於個體及個體之「情」（包含欲）的肯定和崇尚。由於明代專制集權和宦官干政及黨爭的影響，士人中的自覺者都明智地回歸自我，實現了一種向內轉的傾向，其代表哲學就是王陽明的「心」學，其弊端本書上文中已經提到了；而對於世俗的人來說，則是情慾的泛濫，這種消極的富有頹廢色彩的情

慾之泛濫，本質上也是爲了反對封建專制思想的，具有一定的積極作用。但是，影響到文學中來，卻是豔情小說在明代的盛行，這種文學趣味是不可能兼容「豪放」的精神和美的。即使是思想上較爲激進的王學左派，如影響文學及其理論甚爲巨大的李贄，其「童心」說直接影響了後來的公安三袁的「性靈」說，但是其著眼點都是在個體的「小我」之情上的，用這種極端膨脹的情慾和自我來反抗封建專制，還上升不到社會理想的境界，也就難以達到「豪放」的精神境界和表現爲美的風格。這是一方面；其次則是「豪放」本體生成的因素方面的解構：明代文學思想出現了重情的傾向，應該說是一種很大的進步，它和資本主義萌芽的商品經濟關係結合在一起，形成了明代文學的浪漫主義洪流。這種重情的觀點，卻是以一種以退爲進的方式來完成的，例如湯顯祖在《董解元西廂題詞》（《湯顯祖集‧詩文集》卷五十）中說：「志也者，情也。」〔註125〕直接用「情」來闡釋「志」，而「豪放」之所以產生的內在因素，以「情」、「志」、「氣」三者最爲重要，其中，「情」是一個基礎，具有熱烈的眞情才能樹立起「志」（理想）來，才能積聚起盛大的內在之「氣」，綜合看來，「情」雖然處於一種基礎性的地位，但是就「豪放」的生成流程來說，「志」才是一個關鍵的因素，沒有「志」或「志」不突出，就無以用「情」來積聚盛大的內在之「氣」。而以湯顯祖爲代表的明代重情的文學思想，卻是沒有從「志」（尤其是在密切聯繫社會現實的社會理想的層次）這一高度來進行文學表現，而是將它解釋爲處於基礎性地位的「情」，這樣就掩蓋了「志」對於「情」在「豪放」生成過程中的作用，相當於釜底抽薪的性質，而沒有「志」的指引，「情」就很難上升到「大我」之「情」的境界，這樣「豪放」的生成因素就被從根本上解構了！例如湯顯祖的《牡丹亭》，主題思想是「天下女子有情如杜麗娘者乎。夢其人即病，病即彌連，至手畫其形容傳於世而後死。死三年矣，復能溟莫中求得其所夢者而生。如麗娘者，乃可謂有情之人耳。情而不知所起，一往而情深，生者可以死，死可以生。生而不可與死，死而不可復生者，皆非情之至也。」（《〈牡丹亭記題詞〉》）〔註126〕然而此種至情，只是建立在個性解放的基礎上，沒有「大我」之「情」的那種境界，正是因爲沒有和社會理想結合起來，這種思想的缺陷，相信魯迅在

〔註125〕 郭紹虞主編：《中國歷代文論選》（第 3 冊），上海古籍出版社，2001 年版，第 152 頁。
〔註126〕 郭紹虞主編：《中國歷代文論選》（第 3 冊），上海古籍出版社，2001 年版，第 151～152 頁。

小說《傷逝》中已經表現得相當淋漓盡致了。他在《董解元〈西廂〉題詞》一文中用「志也者，情也」的觀點來解釋《尚書》裏的「詩言志」，就非常鮮明地流露了「情」對「志」的消解。」又如明代的民歌，在形式上已經最為自由而為「豪放」提供了很好的體制的承載形式，但是因為其所表現的內容也不能不局限在個體的情愛上，至多就是個性解放的高度，所以還是不能表現「豪放」之美及其意蘊。明代這種重情的思想傾向，是有缺陷的和片面的，在「豪放」發展的過程之中，是起到了一個反向的作用力的，這一點我們尤其應該值得一提和特別地注意。而一旦這種個性解放思想和社會理想結合起來，就不能不呈現為「豪放」之美和精神的境界，最為明顯的例子是五四時期郭沫若的詩歌，郭詩的「豪放」恰恰表明了我們以上的論點是正確的。所以由上面所論述的看來，「豪放」之所以由盛極而轉衰，實在主要是由於三大原因造成：宋、元、明時期中國古代文學雅俗轉變大格局下文體演變的內在競爭導致的文體地位的變化（詩歌和小說）；中國封建社會後期審美意識太過消極、柔弱、保守而導致趨於士人思想精神的內傾化；明代重「情」的文學思想對「氣」的消解。從當時社會歷史的具體情況來看，應該說這是有著很大的必然性的。

第二節　近、現代：「豪放」的勃發和「假借」

一、「豪放」在近代文藝中的勃發

　　近、現代以來，舊中國經過了各種改良的嘗試，但是這些改良都是在儒家政教思想的框架之內進行的，而儒學至清末已經僵化桎梏人的思想精神至於極限，「其學說之精神，已不適於今日之時代精神」〔註127〕，國勢日下乃不可挽救，終於導致了清政府的滅亡和新文化運動的誕生。時光進入到近、現代後——尤其是進入二十世紀以來，中國社會進入一個全面調整、碰撞、融合的歷史時期，新文化運動的興起，導致了舊文化的全面衰落，文學亦未能幸免——之所以這樣說，是因為這種格局一開始就是以被認為是相當「過激」的對立方式出現的，從而造成了所謂中國文化上的「斷層」〔註128〕現象，對

〔註127〕《李大釗選集》，見《自然的倫理觀與孔子》一文，新華出版社，1987年版，第80頁。

〔註128〕也有學者認為「五四」以來並不存在文化「斷層」，如李慶《「文化斷層」之我見》（《復旦學報（社會科學版）》1988年第5期）。筆者認為，「文化斷層」

中國現代史產生了深刻的影響，至今仍未消歇。如文學理論研究領域，「中國現當代文論的失語症，其病根在於文化大破壞，在於對傳統文化的徹底否定，在於與傳統文化的巨大斷裂，在於長期而持久的文化偏激心態和民族文化的虛無主義。」〔註129〕隨著人們漸漸意識到這種做法的缺陷，不少人都慢慢認識到了建設新文化，就必須吸收舊文化之長的道理。所幸，處於新舊文化交替的十字路口的一些人物，他們既有舊學的深厚根底，又有西學的開闊眼光和學識，從而爲二十世紀的近、現代中國帶來了歷史上極爲輝煌的學術成果。但是這種現象是暫時的，舊文化全面崩潰、新文化尚未得到建立的社會環境，在姿態上是極其開放的，尤其是西學東漸的強大時代潮流，極大地沖決了中國文化的方方面面。由於新文化取代舊文化是以革命式飛躍式的形式進行的，這種對於舊社會的超越和突破是根本上的，而「豪放」則是在社會上升時期慢慢達到頂峰以後，因爲僵化的社會體制、法度限制了社會的發展，所呈現出來的一種打破常規超越僵化的開放姿態和境界，而新文化運動的取代姿態雖然是極爲開放的，但是它還處於一種新的歷史時期的開端，而且這種全盤拔除舊文化的做法也是過激的（但不能因此而否定新文化運動本身的歷史進步性），因此，「豪放」在此一時期的最終衰落就成爲歷史的必然

首先應該理解爲「五四」時期新舊文化思想形成劇烈矛盾、衝突和對立的態勢的事實，其次是近人對傳統文化理解、領悟的水平、境界的大幅度退步、退化。「就是從整個中國甚至世界的文化發展史上，也不存在什麼『斷層』」，類似的觀點也值得商榷。四大古國中三大古代文明的失落，秦漢時期一直居於領先地位的北方文化由於魏晉南北朝數百年的戰亂動蕩而長期大傷元氣，皆是歷史文化斷層不爭的事實。必須需要特別指出的是，近年來學界又逐漸出現了這樣一種趨勢，即以新文化運動造成傳統文化的「斷層」的事實來否定新文化運動，認爲其「過激」了，實際上也是不對的，這種「過激」的形式根本上是由中國傳統文化慣性力量的強大所決定的，假如不在整體上、全局性地「否定」性地反對、批判傳統文化，則不但新文化思想難以真正發展、建立，即使傳統文化之長，也是難以真正吸收或繼承的。學界的這種思路，爲傳統文化的所謂「復興」奠定了貌似理所當然的意識基礎，實際上不過是學術、思想缺乏真正的「原創性」，而不得已在故紙堆裏過活的一種深刻表現，值得我們警惕。

〔註129〕曹順慶：《重建中國文論話語的基本路徑及其方法》，載《文藝研究》1996年第2期。此處曹氏所言是學界的一種非常具有代表性的觀點，實際上這不過是對於「否定」的一種狹隘理解的體現，而真正的「否定」一定是有利於事物的發展的，即「揚棄」，對於傳統文化而言則是在批判中繼承。而只有真正的「否定」，並結合具體時代背景的現實性，才可能開始真正的學術、思想的「原創性」。

了。這一時期內由於一些大師級的學者涉足舊文化的研究，尤其是詞和曲因為王國維的作用而逐漸擺脫了被視為小道末技的傳統觀點，詞學、曲學相繼成為「顯學」，而這兩個領域的研究又必然會涉及到「豪放」的問題，所以近、現代以來對於「豪放」的研究還在繼續。這一時期，涉及到「豪放」這一審美範疇的文獻資料主要有：《清史稿·徐元文傳》（卷二五〇）；王國維《人間詞話》；陳衍《石遺室詩話》（卷二十）；蔣兆蘭《詞說》；蔡嵩雲《柯亭雜論》（「東坡詞筆無點塵」、「稼軒詞不盡豪放」條）；任中敏《散曲概論》及《新輯酸甜樂府提要》；冒廣生《小三吾亭詞話》（卷四「謝章鋌酒邊詞」條）；汪東《唐宋詞選評語》；高步瀛《唐宋詩舉要》；龍榆生《兩宋詞風轉變論》及《中國韻文史》；陳匪石《聲執》（卷上「行文兩要素」條）；夏敬觀《忍古樓詞話》（「葉退庵」條）；徐枕亞（民初作）《玉梨魂》（第六章《別秦》及二一章《證婚》）；胡適《詞選》；胡雲翼《宋詞研究》、《中國詞史大綱》、《宋詞選》等；《毛澤東文集》（第七卷）；于永森《詩詞曲學談藝錄》、《諸二十四詩品》、《元曲正義》、《金庸小說詩學研究》、《王國維〈人間詞話〉評說》、《論豪放》（碩士學位論文）等；王明居《詩詞風格談——雋永　沉鬱　豪放》；周明秀《論作為詞學審美範疇的豪放》、《詞學審美範疇研究》（博士學位論文），等等。其中，任中敏、胡適、胡雲翼、毛澤東等人有關「豪放」的觀點產生了廣泛的社會影響，胡適和胡雲翼主要是在推崇「豪放」詞而貶抑「婉約」詞方面為世人所矚目，但兩人有所不同：胡適從詞的體性形式、藝術技巧和思想內容等方面大力提升「豪放」詞的地位和價值，胡雲翼繼承了這種方向，卻在當時政治環境的影響之下，走上了一個「豪放」、「婉約」對立的路子，同時，也降低了「豪放」詞的品位和境界，「詞界產生了重豪放而輕婉約、重思想而輕藝術，以政治鑒定代替藝術評判的偏向」〔註130〕，胡雲翼正是其代表人物。任中敏則大力推崇元曲中的「豪放」一格，為新時期元曲研究的大方向定下了科學的基調。毛澤東「詞有婉約、豪放兩派，各有興會，應當兼讀。……我的興趣偏於豪放，不廢婉約」的觀點，由於作者本人詞的創作取得的非凡成就和本身是突出的歷史人物等因素，從而使這一觀點廣為世人所知，產生了廣泛的影響，對於「豪放」範疇來說也意義極大。不過，對「豪放」作出專門研究的學理性的研究者是周明秀，而從發展和完善、闡釋「豪放」這一審美範疇的是王明居，既本著發展、完善、闡釋「豪放」這一審美

〔註130〕施議對：《今詞達變》，澳門大學出版中心，2001年版，第219頁。

範疇，又特別大力關注、推崇「豪放」的則是筆者。下面擇上文中提到的有
關「豪放」而又具有一定理論價值的文本加以闡述，前文中已經引用並論述
過，或是在觀點上與前人相比併無新意的，則不再重複。

龍榆生在《兩宋詞風轉變論》一文中說：

> 兩宋詞風轉變之由，各有其時代與環境之關係……既非「婉
> 約」、「豪放」二派之所能並包，亦不能執南北以自限。……南北宋
> 亦自因時因地，而異其作風。〔註131〕

這是從風格的角度來論述問題的，看到了宋詞以「婉約」、「豪放」二分法概
之是有些簡單了，不過龍先生似乎沒有認識到這種二分法對宋詞發展及其在
詞學史上的意義。在《中國韻文史》一書中，龍先生說：

> 自東坡解放此體，而作者個性，始充分表現於此中。〔註132〕

這種觀點充分肯定了蘇軾開拓詞的表現領域而創「豪放」詞派之先聲的意義，
這種觀點在歷史上並不新奇，重要的是龍先生指出了「豪放」詞能夠充分的
表現「作者個性」這樣一個事實，而能夠充分地表現作者的個性，不但是作
者風格成熟的必經之路，而且是作品達到終極藝術境界的必經之路，這對於
認識「豪放」是主體精神的顯現，是有著極大的幫助的。龍先生又說：

> 元人豪放一派盛稱馮子振……酸齋散曲，如天馬脫羈，以豪放
> 勝。他如白樸（字仁甫，眞定人）、馬致遠（號東籬，大都人）、劉
> 致（字時中，號逋齋，洪都人）、汪元亨（號雲林，）、馬九皋（字
> 昂夫），皆適於豪放一派；而馬致遠其尤著者也。〔註133〕

這是理出了元曲「豪放」一派的主要作家陣容，其中多數是元曲名家。

夏敬觀《忍古樓詞話》云：

> 學辛得其豪放者易，得其穠麗者罕。〔註134〕

這裡所說，極易引起誤會：其實就是學辛詞得其粗豪的一面比較容易，但是
要吸收「婉約」之長來克服這種毛病即兼有「婉約」之長，是不太容易的。
而從根本上說來，得「婉約」之長並不困難，因爲大多數詞人都是傾向於「婉
約」的，但是要達到「豪放」就並非人人可能而爲易事了，這是從內容上而

〔註131〕陳良運主編：《中國歷代詞學論著選》，百花洲文藝出版社，1998 年版，第 253
　　　　頁。

〔註132〕龍榆生：《中國韻文史》，上海古籍出版社，2002 年版，第 92 頁。

〔註133〕龍榆生：《中國韻文史》，上海古籍出版社，2002 年版，第 92 頁。

〔註134〕唐圭璋編：《詞話叢編》，中華書局，1986 年版，第 4764 頁。

不是單純從技法上來說的。王明居《詩詞風格談──雋永　沉鬱　豪放》對「豪放」進行了全面的考察，除了我們已經提到的對「豪放」的定義外，他還探討了「豪放」的表達方式，「豪放」的特點，「情」和「氣」的關心，「豪放」之「放」必須保持在美的範圍之內，並指出：「豪放是詩之成熟的產兒。隨著社會的發展，文學的內容與形式日益豐富多樣，豪放也隨之滲入到其他文學樣式中。」〔註135〕──這種說法並不確切，「豪放」不單是文學中詩歌成熟的產物，藝術中的繪畫和書法也是它重要的生成和表現領域。以及「豪放」和其他美學範疇的融合──「豪放的風格是流動的、活躍的、生機蓬勃的，它具有廣泛的親和性與滲透性，極易與其他風格相互融合，而呈現出繁富的色彩。如在清新、雄渾、曠達、勁健等風格中注入豪放，則可釀成清豪、雄放、豪肆、豪邁等。」這種觀點，則指出了「豪放」所具有的動態的生機，及其在「壯美」範疇群中的意義和地位。

　　當代學者周明秀的《論作為詞學審美範疇的豪放》一文，係從其博士論文《詞學審美範疇研究》第八章《豪放：變體風格論範疇之一》總結而出，對於「豪放」在詞學中的發展及與「婉約」派詞學的理論糾纏，做了一個簡要而明晰的梳理，這對於研究「豪放」這一範疇是很有益的，但是，作者的視界是限定在詞學的範圍之內的，而對此前的歷史缺少應有的關注，事實上「豪放」作為一個審美範疇，不是橫空出世的，而是有著深刻的歷史文化和社會背景。另一方面，作者雖然研究的是「豪放」這個審美範疇，但卻基本上是在風格論的意義上來進行的，對於「豪放」範疇背後所隱藏的社會歷史文化內容，尤其是思想境界、精神境界層次的內容，沒有作出相應的闡釋，而這又是和前面的缺陷相聯繫的。今人王明居的《詩詞風格談──雋永　沉鬱　豪放》一文則對「豪放」進行了全面的審視和闡述，這比周明秀單純的理論研究要精彩得多，是難得一見的闡釋「豪放」的好文章，但是也存在著即興式的缺點，缺乏學理的周密性〔註136〕，當然，這種方式，也容易見出作者的某些創見。

　　綜觀古今涉及到「豪放」的文本材料和其中所顯示的思想精神，可以說

〔註135〕　王明居：《詩詞風格談──雋永　沉鬱　豪放》，引自「http://blog.zgwww.com/html/49/n-10949.html」。

〔註136〕　王氏的其他著作如《唐詩風格美新探》、《文學風格論》、《唐詩風格談》等書對於「豪放」的研究、闡釋較具學理性，但以某一詩人為主進行闡釋，涵蓋性、豐富性尚嫌不夠。

筆者對於「豪放」這一美學範疇最爲關注，研究最爲系統全面，對「豪放」
的評價也最高。早在《詩詞曲學談藝錄》一書初稿中，筆者就對「豪放」及
豪放詞做出了相當高的評價，而且還把「豪放」詞視爲高於「婉約」詞的文
學體式：

> 詞自是以婉約爲「正宗」，豪放之迥出其外，猶天外之來客，非
> 俗子之所任，故彌足珍貴，如珠玉中之和氏、隋珠焉。譬如佳人而
> 能以舞劍，譬如佳肴而必以酒而後能以盡歡，譬如長空必以日月虹
> 星而後爲燦爛。故豪放派，詞史上之奇觀也。今人往往以男子而喜
> 婉約柔美之女子爲口吻，不知此固無不可，然卻是待外物者，若待
> 之於我，則天下之男子，何可不自振而無陽剛剛健之氣，而寧爲外
> 物所雌化邪？若此者，亦恐將爲所喜之女子不喜矣！〔註137〕

這種用意是十分明顯的，並且指出：

> 婉約詞格調不高，文士習氣使然也，苟一變爲憂國憂民進取忘
> 我之士，則又不能不違婉約之道。夫天地有道，有天地自然之道，
> 有民生世俗之道，合兩者而終其境者，其唯後者乎！所謂格調，所
> 謂境界，所謂神味，無不須於此最後著落，余所倡之「神味」說，
> 乃即以民生世俗之「道」爲本者也。〔註138〕

筆者還闡述了「豪放」和「婉約」並非是水火不相容的這一觀點：

> 潤之談藝，有「偏於豪放，不廢婉約」之論。蓋世間之理，非
> 相反則不足以並勝，非相成不足以成善，此其辯也。豪放廢婉約則
> 或流於粗硬淺直，婉約廢豪放則或流於纖靡繁弱。豪放廢婉約則或
> 如粗人擬豪士之不拘；婉約廢豪放則或如君子之習於多禮。要之，
> 其適可而中者，當如粗豪之士頗解溫柔也。〔註139〕

〔註137〕于永森：《詩詞曲學談藝錄》，齊魯書社，2011年版，第347頁。本書初稿寫
　　　　定於2001年春，其最終修訂完成，則爲2011年夏：「憶其初稿之作也，歲在
　　　　丁丑，余時年二十，風華正茂，意氣風發，志存高遠，理想洋溢，前後四載，
　　　　方克告竟。原稿凡三十萬言，後精刪爲四萬言，又重增寫至十二萬言。……
　　　　後求學濟南，又屢加訂正，刪其大半，而又增補數倍，爲便世人，理論亦略
　　　　見系統。前後反覆修改之數，亦不可遍計矣。」（《後記》，第428頁）此處所
　　　　謂「初稿」，即「十二萬言」稿，2001年曾以《紅禪室詩詞叢話》爲名印布
　　　　師友間。
〔註138〕于永森：《詩詞曲學談藝錄》，齊魯書社，2011年版，第349頁。
〔註139〕于永森：《詩詞曲學談藝錄》，齊魯書社，2011年版，第67頁。

在《詩詞曲學談藝錄·卷二》第三則中，筆者更是將「豪放」上升到思想境界、精神境界的高度，將「豪放」視為中國傳統文化精神的最高境界，而不單單是一種文學風格的問題了：

　　吾國古代文論之中心演繹線索，一語以蔽之，則「性情」是矣，此在詩學為尤顯然，亦以此為東方文學藝術之特色魅力，與西方別。故宋代以前以詩為文學之主流，以性情為根本而不尚虛構。吾國文論無西人近代意義上「崇高」之一範疇，而以豪放為傳統文化精神之最高境界，渾涵儒、道兩家之積極精神而補闕其消極、局限而輝光之一種「大」而閎美之境界也。自歷史以觀之，「婉約」一語殊不足與相提並論而處對立面，要在陪襯耳。其於人也，則曠達超脫，意氣縱橫，潔身自好，深情熱烈。唯臻於豪放之境，乃能提升自我、超越自我，而至於「無我之上之有我之境」，乃能捨一己之私利而放眼乎天下。如其人也，困乎窮蹇，志在道義，則孔子之登泰山而小天下，視宇宙為彈丸，渺之如滄海之一粟，自我而立一宇宙，立一世界，立一天地，成一境界，油然而不可止之慨焉發乎其中，雖當弦酒而歌之時，身處綺豔香軟之地，而不失有一種豪放，有一種英雄氣概，浩然自存自處，而不假外物之若何。如女子也，自以秀麗溫雅、嬌媚絢豔為本色，吳越佳人，軟語喁儂，誠使人無由而醉，然猶未若燕越蛾眉，自別有一番風韻也，風味有異乎彼者矣！吾人之為男子也，亦尤愛美而不失豪放之女子，如《紅樓夢》中之史湘雲，其醉眠花間意態，正使人豔羨，其在於眾女中，薛寶釵失於倫理道德之機械，林黛玉失於病態，為唯一可許以豪放者。與王國維《〈紅樓夢〉評論》所論絕其生活之欲而得解脫之惜春、紫鵑，更勝一籌也。非情之至，不足為豪放之境。范希文《蘇幕遮》之「明月樓高休獨倚，酒入愁腸，化作相思淚」，若不解其中豪放處，便不透澈。其他如張子野《生查子》之「含羞整翠鬟，得意頻相顧」、晏同叔之《木蘭花》之「醉後不知斜日晚」、歐陽永叔《蝶戀花》之「獨立小橋風滿袖」、柳耆卿《蝶戀花》之「衣帶漸寬終不悔，為伊消得人憔悴」、周美成《滿庭芳》之「歌筵畔，先安枕簟，容我醉時眠」，皆有豪放處在。以情勝者，猶是豪放之微者，若以氣勝，則真豪放矣。李唐之文學藝術以豪放為最高境界，

若李、杜之詩，顛張狂素之書法，吳道子之繪畫，皆是也。吾國至於唐宋始出「寫意」畫，亦以豪放爲心者也。實則書法中之豪放，如顛張狂素，亦無乎而非寫意之境界，但能突破寫意而進於大寫意之境界耳，故特爲出色。文中之莊子，其汪洋恣肆，浩瀚博大，逍遙法外，自得其眞，亦大寫意一派，老子則寫意者也。詩中之大寫意，莫若李太白，詞中之大寫意，莫過於蘇、辛，曲之格未若詩詞謹嚴，尤宜大寫意之揮灑。大寫意即豪放之通用而高明之手法也，東坡《書吳道子畫後》云「出新意於法度之中，寄妙理於豪放之外」，技止此矣！寫意者，以無爲用，其能至於大寫意者即豪放之境界。故吾國詩詞，實可以寫意抒情兩種風格概之，婉約派以抒情爲主者也，豪放派以大寫意爲主者也。情而接於世俗民生，則豪放之氣將來，但能抒情，雖或深情無限，亦無氣而不得至豪放之境界。故吾國文論，由性情而至於寫意，由大寫意而至於豪放之境界，而臻於「無我之上之有我之境」，而見爲「神味」之境界，則文藝之事極矣不可以加矣！〔註140〕

而在《詩詞曲學談藝錄・卷三》第二則中，則指出了王國維在對待辛詞（謂辛詞「南宋詞人之有意境者，唯一稼軒，然亦若不欲以意境勝。」）所暴露出來的疑點：

……唯「然亦若不以意境勝」一語，顯見靜安先生眼力獨具，但彼以爲憾者，適爲余之發明而已矣。古今詞家，亦未必不審稼軒詞不僅以意境勝，或知其佳妙，苦拘於歷史之局限無以名之，故棄置之不道而諱莫如深。靜安先生治學及於西學東漸而受其科學態度之影響，遂一語道破實情，然仍無計可補也。竊謂稼軒詞總體上之特色即不僅以意境勝，而更以「神味」勝，以「無我之上之有我之境」勝，以「大我之境」勝。〔註141〕

在此文中的《婉約豪放之辯》一節中，則論述了豪放和婉約可以兼容的問題，因而並指出了豪放和婉約之外的中間狀態：

夫婉約豪放二種，大體概之耳，凡人之所作，皆有此二種元質，但看其以何種爲主，詞中並無單純之婉約豪放。……世人但知蘇辛

〔註140〕 于永森：《詩詞曲學談藝錄》，齊魯書社，2011 年版，第 125～126 頁。
〔註141〕 于永森：《詩詞曲學談藝錄》，齊魯書社，2011 年版，第 198 頁。

豪放派未嘗廢婉約，不知周、柳、姜、吳亦未嘗不可廢豪放也，但
其調和之比例不同，而顯爲程度之不同而已矣。〔註142〕

這一思理，筆者在《金庸小說詩學研究》一書中也有結論：

（……雜多齊一之中又分主次，以成對立，相形進物，義當如
是）、「樂而不淫，哀而不傷」、「質勝文則野，文勝質則史」，釋氏之
「非相，非非相」、「未參禪時見山是山，見水是水。及至後來，親
見知識，有個入處，見山不是山，見水不是水。而今有個歇處，依
前見山是山，見水是水」，皆是也，故道啓陰陽，調劑二者，爲三境
界，爲哲學之最高境界。文學亦然，如詞中歷代相持之婉約、豪放
之辯，而不知兼兩者而後可之理如蘇辛然，誠可悲也。如紅妝，體
本陰柔，而必融和潑辣、秀逸之色爲佳；黧眉則以能解風情、擅情
趣爲佳。此皆中庸之境界也。〔註143〕

在《豪放之介質：酒》一節〔註144〕中則指出了酒對於豪放的意義，具有「佐
其情味」的作用。在書中筆者是在其推陳出新於意境理論而提出的「神味」
說理論的框架、背景之下，來論述「豪放」的有關問題的。除了《詩詞曲學
談藝錄》之外，在《金庸小說詩學研究》一書中又對「神味」說理論做了擴
充和闡釋，「豪放」這一語詞出現的頻率和密度是自古以來所沒有的，表現了
筆者對於「豪放」意蘊的極端喜愛和充分關注。這種現象還持續地體現在筆
者尚未出版的《元曲正義》一書中，在此書中「豪放」派的曲文學得到繼續
的關注和大力讚揚，「豪放」仍是筆者密度使用的語詞，曲體體制的「豪放」
姿態也被認爲是中國詩歌文學體裁最有價值的範式之一，並且認爲「元曲之
體制及精神、文字，無一不憑豪放而後能臻其極致。」而且旗幟鮮明地宣稱：
「余極倡豪放潑辣之意蘊。」針對任中敏的評價元人馬致遠的曲作〔雙調·
夜行船〕《秋思》「若問此曲何以成其豪放，則無人不知其爲意境超逸實使之
然，文字不過適足以其意境副耳。然重賴意境之超逸以造成豪放，乃豪放之
第一義也」，反駁並指出：「此猶以意境爲的，則不盡知曲之佳，而所謂第一
義，猶在東坡清曠超逸之境界，前人云蘇曠辛豪早成定論，以爲第一義若是
者，識力有所未至而猶爲意境所籠罩，故許東籬代表豪放，若能至於稼軒之

〔註142〕于永森：《詩詞曲學談藝錄》，齊魯書社，2011年版，第211頁。
〔註143〕于永森：《金庸小說詩學研究》，尚未出版。
〔註144〕于永森：《詩詞曲學談藝錄》，齊魯書社，2011年版，第223頁。

豪放，則關注民生之色彩、抒發理想之絢豔爲特出而不僅止於發思古之幽情而怡『和露摘黃花，帶霜分紫蟹，煮酒燒紅葉』矣，其消極豪放之意態，較之張養浩〔中呂‧山坡羊〕《潼關懷古》『興，百姓苦；亡，百姓苦』之鬱怒深厚，則洵覺東籬此等之作，思力淺薄如『觀畫中好女』、『譬猶畫餅充饑、望梅止渴，譬猶人之中看不中用一語耳』。」「神味」說理論在各個角度和層面上具有不同的理論建構，例如從創作主體和所表現的人物形象的角度而言，「神味」的要求是要達到「無我之上之有我之境」，而從精神境界的角度而言，「豪放之精神」則是「神味」的最高境界——這一點在《金庸小說詩學研究》中論述得很是清楚：「精神境界之爛熳之極致爲豪放之精神，藝術境界之爛熳之極致爲寫意之精神。」〔註145〕總起來看，筆者以「豪放」精神爲核心，建立了意圖突破、超越「意境」理論這一中國傳統文藝舊審美理想的新時代的新的審美理想理論體系「神味」說，並在《詩詞曲學談藝錄》一書中進行了初步的系統闡釋——

如本書《引言》，從詩之何以爲詩的本體論高度闡釋了「神味」說的建構思想，其中「豪放」則扮演著極爲重要的角色：

> 詩者，生命力之最佳實現形式，我性本體之最佳姿態，世間人之所有之最佳之物、最高可能也。余崇詩意之境界者甚矣，作爲詩詞年月日亦且久矣，但觀感而受所處之世俗民生，氣與情之二事積聚不已，則終有所發，而詩意亦不可已。往往見今之作者好以才情爲詩，而不知此僅詩之入門工夫，才情盡而詩意亦已，而不知進階何在，惜哉！思之有年，故爲此撰以揭其廣大閎美之境也。

> 其撰之機，則源起於丁丑歲之觀王靜安先生之《人間詞話》。初讀之而有所得，其義旨、文采、深情，皆爲近人之冠；再三究之則知其有所不足，乏個性而兼大我之境，猶囿於傳統思想、精神境界之「平和」，保守有餘而突破創力未足，而學界猶大力研之，不知更進，故爲「神味」說以救其弊。隨讀隨以筆記，又以吾國文學其他之作驗之，而論其缺陷，作於半而「神味」說之雛形已清晰於腦際矣。以「無我之上之有我之境」出「無我之境」之上，而以「有我之境」、「無我之境」、「無我之上之有我之境」爲文學藝術之三種境界，以「無我之上之有我之境」爲文學藝術之最高境界，所以本

〔註145〕于永森：《金庸小說詩學研究》，尚未出版。

於性情而終之於人格境界、思想境界、精神境界，其核心則是豪放
之精神，而期於儒道互補、取長補短之「大我」之境界者也。「神味」
說本於「意境過時論」，其根本宗旨在突破意境理論而爲創新，以見
後來者文學藝術之理想境界，此今之談藝者所昧者也。由之以顛覆
吾國傳統文化精神、審美理想之以沖淡、消極、柔弱、出世、保守
之爲色彩者，而以壯美爲幟，以養士之氣而立其我性，突破士大夫
文人文藝之以雅爲根本格調，而以俗之精神爲心，而尤重其心在世
俗民生，以復興吾國之文學藝術，而大其審美意識，國家、民族之
運隨之，終以人爲最第一位之價值，則余究竟之理想也。

　　……

　　本書卷分爲六……其一以貫之者，則「神味」一義，則「豪放」
之精神也。〔註146〕

對於「神味」一義，其中最重要的有兩個層次，一個是作者之爲主體的層次，
一個則是將其作藝術化表現的層次，這兩個層次構成了「神味」說不可分割
的表裏：

詩以能至「無我之上之有我之境」之「神味」之境界爲最高境
界；詞曲亦然，文藝無不然也。能至「無我之上之有我之境」乃能
盡我，而內在之「氣」與「情」皆足以臻深闊偉美之人格境界、思
想境界、精神境界，而自立、獨立爲最具我性之姿態。有「神味」
乃能盡物，由藝入道，外接世俗民生而不隔，其表現復亦斑駁異致、
爛漫多姿而見我性之三境（「有我之境」、「無我之境」、「無我之上之

〔註146〕于永森：《詩詞曲學談藝錄》，齊魯書社，2011 年版，第 1～3 頁。本書卷一
第一一則又云：「縱觀吾國歷史上之能至於『大』之境界者，多是爲國爲民之
士，皆能身處世俗而有不以世俗之利害爲心，乃能直入於『無我之上之有我
之境』，使吾人之耳目心神，時時而得薰染浸提，以至豪放爛漫，豈屑與以中
庸爲道善置身事外而遺世獨立者爲儔哉！此種之境界，世俗現實中既有之
矣，詩中既有之矣，人人皆能知其實質而莫知何以爲之名，遂令爲藝術而藝
術之一切諸形式主義技巧至上者，暢通而無阻，至王靜安遂以『無我之境』
之氛圍，號爲集其大成。余覽其書而憂之，故撰此書以正論，而爲此種之境
界名，令此種之境界不致埋沒於文學歷史中，爲古之詩人之重審，爲今之詩
人之指引，而爲國民指出眞正向上之一路，而以『無我之上之有我之境』爲
之旗幟，以豪放之精神爲吾中華民族壯美之審美理想重建之先鋒，使豁然有
改乎吾人於詩之舊觀也！天下之欲爲眞詩者，其有意焉！——獨詩云乎
哉！」（第 24～25 頁）

有我之境」）之逐次提升，由「小我」而成「大我」；由技入道，將
有限最佳化而活色生香、淋漓盡致，遂使我性之生命力、氣與情之
磅礴洋溢、精神姿態之表現之張力之色彩至於頂點。若「境界」，若
「無我之境」（王國維《人間詞話》），皆其次而有所未至者焉耳，由
之更上而至「無我之上之有我之境」之「神味」，乃足稱文藝之最高
境界也。〔註147〕

而這兩個層次，都與「豪放」密切相關，比如「無我之上之有我之境」，即是
主體「豪放」姿態的最高境界：「『無我之上之有我之境』之最高境界，其豪
放之精神是矣。」〔註148〕而要把主體的內在完美地用藝術化的方式表現出來，
則必須用這種「豪放」的心態、思想或境界作為根本的基礎，否則就不肯能
達到最完美的「神味」之境界。對此，書中有明確的闡釋：

夫「神味」者，「神」即「傳神」，即所以能表出「味」者，此
猶是古之高境，而其更進者，則個性性情之極致，主體性精神發揮
之極致，作者之人格境界、思想境界、精神境界之極致，即「無我
之上之有我之境」；「味」即「無我之上之有我之境」中結晶之世俗
民生、以俗為主之意蘊，及所表出之之豪放潑辣、自信爛漫之境界、
姿態，而非范溫《潛溪詩眼・論韻》所言「有餘意之謂韻」之「韻」，
或風味、韻味、意味之「味」，後者自「技」著眼，泛泛而論，不關
乎「大我」境界之成就也。「大我」若不經由「無我之上之有我之境」
而至，則亦不深邃。王國維《人間詞話》云：「古人為詞，寫有我之
境者為多，然未始不能寫無我之境，此在豪傑之士能自樹立耳。」
則「無我之境」猶賴乎其人者也，大有古今難得一二子也之恨，而
察其實，則所取詩、人皆非最第一流，況又用其人之名而棄其實，
所例皆非「大我」之境界。「無我之上之有我之境」則非是，但能以
不隔之姿態入世而及於現實世界之社會民生，積聚氣、情以使我性
結晶、獨立而突露，便可直入於「無我之上之有我之境」，若能具文
學之才能而以表出之，達致「將有限（或局部）最佳化」，即可至「神
味」之境界也。「神味」之最佳代表為元曲（劇曲），其能兼「無我
之上之有我之境」者固為「神味」一義之最高境界，其未能兼而在

〔註147〕 于永森：《詩詞曲學談藝錄》，齊魯書社，2011年版，第5頁。
〔註148〕 于永森：《詩詞曲學談藝錄》，齊魯書社，2011年版，第12頁。

內容上得敘事之細節境界，以見性情之潑辣活潑，形式得姿態爛漫之致者，亦是「神味」之一義，而稍次矣。故「神味」也者，「活」字為其靈魂，「豪放」為其精神，大「俗」為其特色，「爛漫」為其姿態，而「不隔」為其意志，「細節」為其眼睛。若論其風格，則惟「深閎偉美」一語足以盡之也。〔註149〕

而「豪放」作為一種精神境界，在中國文學中具有特別重要的地位：

「無我之上之有我之境」之最高境界，其豪放之精神是矣。「豪放」為吾國諸壯美諸範疇中最具主體性精神姿態，而又能持之以美之境界者也。「豪放」之內涵為氣魄大而不受拘束，其不為束縛者乃一切諸僵化、過時、腐朽之法度、思想、風格、技法，故能以突破之則可至「無我之上之有我之境」，而後得入創造創新之境也。儒家心在世俗而常為僵化腐朽之禮制思想所制，道家能獨善其身，而不經於世俗民生則不能使我性至於最高境界，補二者之失而取兩者之長，此豪放之能事，故豪放者，唯能為其事而補道家之所短，唯能為其事而不受其名利之外物束縛以取道家之所長，此誠吾國文化思想之最高境界也。若屈子，能為其事而無能為於名利之糾纏，不能自解而死；若陶淵明，不為其事則不能進於「無我之上之有我之境」，即偶有豪放（如《詠荊軻》一篇），亦屬微露姿態，不能使我性極燦爛爛漫之致。叩之古今詩人，其唯辛稼軒足以當之也哉！詩中之溫柔敦厚，詞中之以婉約為本色，傳統文化之以平和、中和、沖淡、超逸為極致，皆男權社會男子以目女子而得之美，遺其自我之精神，忘其身為大丈夫，故唐代而後吾國文化精神之大勢乃陰盛陽衰，蓋有以由之矣夫！萬事萬物之中，獨以人為最貴，故以男子之目而論，壯麗之大川山嶽雖足開闊胸襟，而終不如嬌好豔媚之佳人賞心悅目，此吾國傳統詞學往往不以豪放為本色之心眼所在者也，又何足道哉。西人亦有「崇高」之一範疇，自近代大倡以來，西人勢力亦漸發達而勝東方遠甚，此尤可思者也。孔子之「詩……可以怨」，太史公之「發憤」，韓子之「不平則鳴」，皆《易傳》哲學辯證法剛柔相濟、以剛健為主之精神之一脈。《易傳》雖晚出，而因之得以糾正道家辯證法之消極、保守、柔弱，儒家辯證法之僵

〔註149〕于永森：《詩詞曲學談藝錄》，齊魯書社，2011年版，第5～6頁。

化、折衷、庸俗，而至於儒道互補、意在現實，剛柔相濟、以剛健爲主，詩「可以怨」之新而大之境界，此即「豪放」根本精神之所在。〔註150〕

對於「無我之上之有我之境」的本質和如何達到，筆者也做了相關闡釋：

夫「無我之上之有我之境」，内容上否定舊事物，而不僅於此也，如《紅樓夢》中之賈寶玉、林黛玉，其於舊事物極厭惡，而出爲叛逆之形象，至其新理想，則茫然無所著。即未有新理想，亦不應僅以出淤泥而不染爲念，「落了片白茫茫大地眞乾淨」，以一切皆幻妄爲意而向釋氏覓歸宿，而應根本以具鳳凰浴火之精神，雖天地外在不可變，而自我則變至燦爛之新我，故其尚未進於「無我之上之有我之境」也。故「無我」，破之境界也；「無我之上之有我」，立之境界也。舊事物於内容上爲不可取，至其形式，則漸近完美，故取其形式之長而益之以新内容，則是「無我之上之有我之境」之實質精神，内容須於世俗中鍛鍊，故始能無隔於世俗民生也。王國維《〈紅樓夢〉評論》猶受西人悲劇審美意識之影響，故於《紅樓夢》解脫之道，雖未能以立，而能賞也。後歸諸吾國之傳統詩學，則以「古雅」之思想爲其轉折，《古雅之在美學上之位置》云：「一切之美，皆形式之美也」，捨眞、善而獨以美爲心眼，而大有形式主義之色彩，故至《人間詞話》「境界」説之「無我之境」，乃以「無我之境」歸之「優美」（「無我之境，人惟於靜中得之。有我之境，於由動之靜時得之。故一優美，一宏壯也」），乃以「平和」之優美爲極境，並此悲劇之審美意識亦棄置矣。不知何所以立，則鏡花水月美，卻不過是夢幻泡影耳；況此夢幻泡影，尋常人亦難至其境哉！有我、無我之談本出釋氏，釋氏以兩非爲口徑，其取向「無我」核心在「我」，故未能至於眞正之「無我」，而僅能至形式上之「無我」；僅能至形式上美之「無我」，而未能至内容上眞、善之「無我」。若「豪放」之精神，則緣其甚爲外物所動也，其取向在世俗民生而姿態能爲眞「無我」也，而又不爲外物所動，故能越「無我」之境界而至於「無我之上之有我」之境界。〔註151〕

〔註150〕于永森：《詩詞曲學談藝錄》，齊魯書社，2011年版，第12～13頁。
〔註151〕于永森：《詩詞曲學談藝錄》，齊魯書社，2011年版，第15～16頁。

筆者又闡釋了「豪放」精神最完美的外在姿態「爛漫」：

> 爛漫者，天眞之性情之成境也，其內之足以有之而又足以發乎
> 其外，而見爲爛漫之姿態者也。爛漫者常見爲自信窈窕、豪放逼麗
> 之姿態，之情采，而深入乎我之肺腑，相和乎我之魂魄，渲染乎我
> 之精神，吾人睹之，湛然有同於我者，若情愛之惺惺相惜，若心有
> 靈犀一點通也。若與論乎吾國文學之可以爛漫爲觀者，在先秦則
> 《詩》三百，而屈子之《離騷》爲其絢麗芬芳之波瀾。唐詩宋詞遞
> 相呼應，其中之以豪放爲姿態者是矣。其後元曲之雜劇，則又以敍
> 事而開絕爛漫之局，明之民歌爲其支流，而明清傳奇不足稱焉！至
> 若《紅樓夢》、《儒林外史》、《聊齋誌異》、《鹿鼎記》，則小說中爛漫
> 之一線索也。吾國文學常以意境爲最高境界，而實未若爛漫也。由
> 爛漫而成之豪放，一切諸事物自由和諧發展存在之最佳狀態、最高
> 境界也，其恢閎偉美，無不緣紅塵世俗之大俗之境界而得成就，若
> 花之至最爛漫而生機亦最盛、姿態最佳，而意境則譬如落花滿地之
> 境界，其幽靜而美雖別有一種絢麗幽靜，然不可以爛漫稱之，以其
> 生機已盡也！由天眞而至於爛漫，由爛漫而至於豪放，此徑路兼有
> 人格境界、思想境界、精神境界，若是而後乃能臻於「無我之上之
> 有我之境」，自我既得圓滿具足，而又不隔於世俗，乃能至於「大我」
> 之境界也。如蘇東坡之詞，即常在落花滿地之境，其以豪放稱者猶
> 然不過爲豪曠雄逸而乏氣，或氣不足而爲壯，乏氣則作者之主體性
> 精神姿態遜矣，而辛稼軒之詞乃可以豪放爛漫稱之也。又如東坡之
> 詩，遠遜其詞，其書亦固執而倔強，大見硬氣，所以如此者，乃氣
> 之不能動宕流轉所致也。東坡爲人保守，但以傳統文化爲色而發揮
> 個性，故不能至豪放之極致。爛漫之本質爲豪放，爛漫者其外在之
> 姿態耳。故詩之義，必具內而後其爲成也。《詩·秦風·蒹葭》云：
> 「蒹葭蒼蒼，白露爲霜。所謂伊人，在水一方」，此以風致爲勝而物
> 之感於外者也；《離騷》云：「雖九死其猶未悔」，此我之必有所固守
> 於內者也，而物我之間，常不能得其和諧；韓昌黎《送孟東野序》
> 云：「大凡物不得其平則鳴」，此豪放之氣與情之所以必發乎外，而
> 見爲爛漫之姿態者也。故有詩人者，不事干謁，不務聲氣交通，自
> 樂其性，自怡其情，弦酒賦詩，長嘯以時，不期於人必賞而自爲豪

放爛漫也！然真正豪放之境界，則必經於世俗之磨礪而後成，必不隔於世俗之現實世界而後成，若是而又於藝術上當行出色，乃得與論夫文學之最高境界也。若馬東籬〔雙調・夜行船〕《秋思》之作，古人譽之為「散曲之冠」，以余觀之，非正論也。發此論者，眼光猶拘束於散曲之範圍，而未與論乎劇曲，不知劇曲實亦一種之散曲、一種之詩，而元曲之足以為一代之文學，多劇曲之力也！況其作何嘗涉及民生痛癢，不過文人無能於世俗而調之以雅者，在散曲中尚不得稱之為當行本色，方之睢景臣之〔般涉調・哨遍〕《高祖還鄉》為難堪矣，方之張養浩〔山坡羊〕《潼關懷古》，唯亦難堪而已矣！「人問我頑童記者：便北海探吾來，道東籬醉了也」，雖瀟瀟灑灑落，畢竟未若「興，百姓苦；亡，百姓苦」為鏗鏘大音也。若《竇娥冤》、《救風塵》之爛漫而有神味，則更夢寐矣！此猶王國維《人間詞話》崇「無我之境」而例之以陶淵明之「採菊東籬下，悠然見南山」，不獨淵明而外欲例也難，且不知「無我之上之有我之境」之義，而深悖乎古人論詩詩中須有「我」在之常言——此我乃個性之我，「無我之境」之我則為埋沒個性之我，其失可謂大矣！故王士禛之「神韻」說，弊在尚虛靈而隔於現實世界、世俗民生，而王靜安之「境界」說雖稍實際，而「無我之境」乃亦即其於「神韻」說之最大妥協也！繼二王之長而補其未善，則是「無我之上之有我之境」之事，亦即「神味」說之最高境界，合人格境界、思想境界、精神境界三者而成，見為豪放爛漫之境界者也。「無我之上之有我之境」既有儒家之積極入世之精神，又有道家超脫外物、淡泊以處利害以養真性情之精神，即吾國傳統文化精神之最高境界，為吾國之民族精神。此一精神也，既甚為外物所動，所動者世俗民生也，又不為外物所動，不為所動者名利權位也，即豪放之精神境界者矣。文學中以詩而論，則唯屈子、杜少陵、辛稼軒、關漢卿足以致之也，而屈子為稍遜。〔註152〕

筆者認為，世俗所常稱呼的「大我」的境界，其本質即為「豪放」：

> 人世間我之所以成就，固不經歷三種之境界：「彷彿夢魂歸帝所。聞天語，殷勤問我歸何處」（李易安《漁家傲》），此第一境

〔註152〕于永森：《詩詞曲學談藝錄》，齊魯書社，2011 年版，第 19～22 頁。

也。「零落成泥碾作塵，只有香如故」（陸放翁《卜算子》），此第二境也。「青山遮不住，畢竟東流去」（辛稼軒《菩薩蠻》），此第三境也。

此三境者：小我迷茫，而將覺醒也；眞我獨立，燦爛堅貞也；大我豪放，磅礴浩蕩也。人生必如是者，無怨無悔於世俗民生，乃足壯觀，「無我之上之有我之境」乃爲可期，而神味乃允稱深閎偉美也。……但凡完整而深刻之人生，由未達之迷茫而慘淡經營，用聚其內在浩然之氣，發之於情，至於淡泊豪放，至於豪放爛漫之我性，莫不如此。故「無我之上之有我之境」，如鳳凰涅槃之後，如舍利子然，獨成瑰麗，尤勝於自然或雕琢之珠玉，雖和氏隋珠不足爲貴矣。〔註153〕

「神味」一義雖然以「豪放」爲其核心精神，但需要從多個方面來觀照，才能更好地理解「神味」一義及「豪放」，爲此，在區別傳統的「意境」理論與「神味」一義的視界下，《詩詞曲學談藝錄》一書綜合了「神味」一義的若干理論要點，如下：

1.「神味」兼靜態而以動態美爲主，其最高之姿態爲潑辣爛漫，以此爲切入現實世界之契機（虛實互生，以實爲主。虛所以提升提煉實而得其精華，以入於更高境界之實）。此一動靜非形式上者，而由精神主之者也。形式上之動僅得活潑之韻致風神，精神上者則得靈媚閎美，皆我之人格境界、思想境界、精神境界之所注者也。

2.「神味」重內美，而重人格境界、思想境界、精神境界，此與「意境」美大異。「意境」之哲學基礎爲「天人合一」，詩學基礎爲「中和」之美，但得其偏於消極靜態柔弱者；「神味」則以此爲非是終境，而最終以人主之而見人之主體性精神，而得「中和」之美之偏於積極剛健動態者，併兼有「意境」之長者也。惟是之故，豪放詞乃能兼有婉約詞之長，而反是則不然也。

3.人或人物形象及其存在之最高境界：「無我之上之有我之境」。此一境界由進王國維之「有我之境」與「無我之境」而得。傳神合消極之「我」（可能爲「大我」）爲意境，而傳神合積極之「大

〔註153〕于永森：《詩詞曲學談藝錄》，齊魯書社，2011年版，第28～30頁。

我」（即「無我之上之有我」）爲「神味」。欲至於「大我」之境界，必以非功利之態度對人而以人爲第一位之價值而後可得也。

4.「神味」說之三要素：事、意、細節，而以性情一之；性情尤重樸素，由天眞而至爛漫，得人間「大我」之情味而至潑辣、豪放。若無性情中之樸素天眞，斷不能至於豪放潑辣之境界也。

5.「神味」之內質：豪放之精神境界。「意境」以寫意爲極致，「神味」以豪放爲極致。「意境」以「興象」爲中心、以情景爲中心，「神味」以「細節」爲中心、以人之主體性精神爲中心。

6.「神味」之本質特徵：不可復（性情、細節）。「意境」則多復而大同小異，此由「情」、「景」易單調故也，而唐以後之詩史足以證之。「神味」之「味」，特指「無我之上之有我之境」經於世俗而後得者，故其性無二，而不可復也。

7.「神味」創造之理想：由大俗而臻大雅，其境界爲平凡而造偉美，閎大深情，不可方物，不可思議。非獨如審美，可以閒淡之姿態心神以觀佳人，而是和合眞、善、美三者，若睹佳人而當下呆立，魂靈出竅，得大受用也。

8.三境界之別：藝術以靈動爲特色，人生以「意境」（尚淡遠閒逸）爲特色，文學以神味（「神」爲物之極，「味」爲人之極）爲特色。文學亦藝術之一，而含未實現之人生，故最全面而深刻，深具理想之色彩也。

9.「神味」爲雜多融一之美，以天眞爛漫、淋漓盡致爲外在最高之表現形態。「神」爲一物之極致，「味」爲多物或人與物和合之極致。「神」之最高義在於性情之神，「味」之最高義在於以人爲最無價最第一之價值之境界而得之「味」。

10.比喻：「意境」如王士禛所言之龍，雲中只露一鱗一爪；「神味」如張僧繇之畫龍點睛。「意境」如鯤鵬乘風，「神味」如鳳凰涅槃。「意境」如水中之鹽味、蛹中之蝶，「神味」如蜜中之花、火中之鳳。

11.「意境」典範代表之作如李易安之《一翦梅》（「紅藕香殘玉簟秋」），其稍巨者則如張若虛之《春江花月夜》；「神味」典範之作如《掛枝兒》（「我儂兩個忒煞情多」），其閎大者則如關漢卿之《趙

盼兒風月救風塵》、《感天動地竇娥冤》。

12.「神味」說之目的：理論上為突破「意境」，故文學上為促使開一新境界而別造興盛，人生則為人而以人為最無價之價值、以人為第一位之價值也。以人為最第一之價值，非以人為中心，而抹殺其他一切諸價值者也。

13.創造之法之異：「意境」，由有限以求無限，故其所求之「大我」仍為個體之「小我」，為形式上之「大我」也；「神味」，則是將有限最佳化，故其所求之「大我」乃是「無我之上之有我」，由世俗之社會民生鍛鍊而來者也。

14.王靜安之「不隔」，乃就情景以言，此特小事耳，已隔一層，此斷不能至於「無我之上之有我之境」，而身之融入現實世俗世界，而後有感情境界，而後有人格境界、思想境界、精神境界，亦即大俗之境界，豪放之境界，此真不隔也。「不隔」之義，用之未必能至於「大我」之境界即「無我之上之有我之境」，而無之必不能至於「大我」之境界者也。

15.「意境」以陶淵明所造之境界為最高境界，而「神味」則以辛稼軒所造之境界為最高境界，而無論其文學之境界也，無論其人格境界、思想境界、精神境界也。以文學境界論，李杜自居最第一，而其人格境界比之辛稼軒尚有所稍遜，況辛稼軒之文學境界足以高於陶淵明，故以辛稼軒對待陶淵明也。

16.「意境」之總體氛圍為優美，特以抒情詩為其範圍；「神味」之總體氛圍則為偏於壯美而兼優美，抒情、敘事皆總有之而不分你我，而鑒於吾國抒情詩特已發達之甚之事實，故今後其寄託特在敘事詩一體。故「意境」一情景為內外，而「神味」則內則以「豪放」之精神，外則以「細節」見也。

17.由言不盡意至於求象外之象、味外之味、意外之旨，而加以吾國文化精神中中和之消極柔弱，此「意境」之實質，雖王靜安之「境界」說，亦不過如此，此特為「技」之境界耳，是守成之境界也；若由之而更進，得中和之積極陽剛，由之以見人之主體精神即動之精神，以為融入現實世俗世界之契機，則創造之境界遂可期，是「神味」一旨之精神也。

18.「意境」者審美鑒賞之理論也，其非不能於創造美也，而審美鑒賞是其最適於用者也，審美鑒賞之境界是其所求所賞也；「神味」則審美鑒賞而兼創造美之理論也，而創造精神爲其內核，以「豪放」之本質即爲不受拘束於業已僵化而喪失生機之禮法制度、法則規範也。故「意境」用於古則可，用於今後而有以進益文學創作，則非是第一義矣。

19.「意境」之最終目的爲由文學而及人生，「神味」之最終目的則由文學而及人。爲人生，則不無現實功利之影響；爲人，則是以人爲第一位之價值也，爲成就人也。近世西人大崇個性，故以群性爲指歸之「崇高」得大興起，吾國自漢代後即大崇群性而乏個性，故豪放得造極於元人粗略之治。豪放者，由群性成就個性之具者也，故近世西人所大崇舉之「崇高」之境界，唯由「豪放」而可得瓜葛，若準之吾國，則豪放是其出頭地也。〔註154〕

此後，筆者在「神味」說理論體系要義萃論的最終版本《「神味」說新審美理想理論體系要義萃論——當代中國「本土化」文論話語體系之建構》一文中，又進一步從「神味」藝術境界的最高境界「思想（意蘊）」層面，做了闡釋：

故「神味」之最高境界者，思想（意蘊）層面之事也。自主體

〔註154〕 于永森：《詩詞曲學談藝錄》，齊魯書社，2011 年版，第 103～106 頁。迄今爲止，「神味」說新審美理想理論體系要義萃論前後由簡趨繁共有 6 個版本（前三個版本均見《諸二十四詩品》，陽光出版社，2014 年版，第 45～78 頁），是「神味」說理論體系總括性的簡綱。此處爲節約篇幅，引錄其篇幅適中的第二個版本。後三個版本是：前三個版本中最長的一個稍加修訂，並增加了摘要，以《新審美理想理論體系建構——「神味」說詩學理論要義萃論》爲名刊於《中國美學研究》第五輯（朱志榮主編，商務印書館，2015 年版，第 118～142 頁），然編校頗有誤處；其後，又稍加修訂，以《新審美理想高度下的當代中國「本土化」文論話語體系建構——「神味」說詩學理論要義萃論》爲名提交爲 2015 年 10 月 23 日至 27 日在武漢召開、由中國中外文藝理論學會主辦、湖北大學文學院承辦的中國中外文藝理論學會第十二屆年會暨「當代中國文論的話語體系建構」學術研討會論文；經過較大規模的修訂，形成最後一個版本，最終定名爲《「神味」說新審美理想理論體系要義萃論——當代中國「本土化」文論話語體系之建構》。6 個版本的撰寫時間分別是 2004 年、2007 年、2014 年、2014 年、2015 年和 2016 年，字數分別約爲 800 字、2600 字、24000 字、25000 字和 75000 字。通過各個版本的差異，也可以清晰看出「神味」說理論嬗變的痕跡。

之一角度以言之，則「神味」之最高境界，即主體自我能以成就之最高境界，即「無我之上之有我之境」〔註 155〕；「意境」之最高境界則爲「無我之境」。〔註156〕兩者之異，極爲鮮明。「有我之境」、「無我之境」、「無我之上之有我之境」爲文藝逐次而高之三種境界，管夫人《我儂詞》者，乃一作品文本而見此三境界之絕妙、經典範例。「無我之境」已然極難，而「無我之上之有我之境」更難，如阿城《棋王》所寫之王一生，歷經若干苦戰，終悟「人還要有點兒東西，才叫活著」之理，如此便是「無我之上之有我之境」，然就世俗之現實世界而言，則其所造尚不過僅窺見「無我之上之有我之境」之入門耳，「『無我之上之有我之境』之最高境界，其豪放之精神是矣。」〔註 157〕入門之於「豪放」，尚大遠也，主體若不積極作爲，持之以恆而爲「氣」與「情」之積聚，則焉能以臻致也哉。如辛稼軒之豪放，乃洵然而稱「無我之上之有我之境」之最高境界也！〔註 158〕

除了從主體這一角度來進行觀照，還有「自技、藝之一角度」進行觀照這一層面，而統合這兩種角度、層面，「豪放」也得到了全面的貫徹，而與「神味」說的最高意蘊密切相關：

　　自上述兩者和合之意蘊之角度以言之，「神味」之最高意蘊爲主體之「豪放」之精神（其理想、實現及文學中之表現）〔註159〕，即「現實性」精神、批判之精神，見爲人之主體性力量抗爭（諷刺、

〔註155〕「無我之境」、「無我之上之有我之境」兩者思理同異，詳見本書卷一第二則、第四八則所論；「無我之上之有我之境」一義之闡釋，本書卷一第二則～第一一則、第一四則、第二三則、第四八則、卷二第六則等均有不同角度之闡釋。其中第二則自哲學邏輯思維之層面論「無我之境」之不足；第四則以管仲姬之《我儂詞》爲例詳析三境，尤富理趣。

〔註156〕此學界多有論斷，拙著《王國維〈人間詞話〉評說》多所援引，此不再贅。

〔註157〕參本書第六則所論。

〔註158〕于永森：《「神味」說新審美理想理論體系要義苹論——當代中國「本土化」文論話語體系之建構》，尚未發表。除了相關度不緊密的內容外，本書引自該文的引文中原由的注釋，一律保存，特此說明（下同）。

〔註159〕「豪放」乃近世所謂之「現代性」之最高精神，「現代性」之一名稱，乃非正式者，其最恰切之名稱爲指向未來之更高更上之「發展性」，唯一傳統文化思想及其所形成、左右之利益格局趨於史無前例之強大，而根本影響新文化思想之創構之時，「發展性」乃以「現代性」之形態、意味出現，而凸顯其與傳統之深刻、尖銳矛盾。

揭露、批判）不合理甚或荒誕之人自身所造成之社會層面之束縛、壓抑乃至摧殘，以沖決、超越舊而僵化、保守之思想、秩序、社會形態為的，以彰顯人之高貴之主體性、人性與生命之莊嚴邃美，成就「無我之上之有我」層面之個性。此種文學之最高最上之意蘊，亦即人世間最高最上之意蘊，以此為本質之思蘊，即「神味」說一義之思想內核也。〔註160〕所以如此者，蓋唯此種意蘊之表見，主體凝集一切諸力量以沖決舊有之可能性乃最大，最能觸及社會發展梗塞之根本關結點；然主體因之所付出之代價乃亦最大，其成功之可能性最小故也，故最具悲劇性，然後純真、至善、完美之境界乃遂可期，而造作最佳之神味。〔註161〕

從「神味」說這一旨在突破、超越中國傳統文藝舊審美理想「意境」理論的新審美理想理論來說，「豪放」作為最核心的根本精神，不但在二十世紀以來的文藝創作的主流態勢之中因之呈現出與中國傳統文藝不同的態勢，而且它更是統領趨於「神味」說最高意蘊的一切質素的根本要素：

就「神味」說最高意蘊之思想本質而言，則反抗僵化、落後、過時、保守之思想意識及其所形成之社會整體性之不合理之禮法制度與現實，反抗假借、利用、操縱此種禮法制度與現實以異化、束縛乃至摧殘人並妨害以人為最第一之價值之實現者，最高最上之「神味」，必出諸上述意蘊及最凝集以表現上述意蘊之作品文本也。古今中外一切諸經典之主題（母題）、情節、人物形象（性格）、細節之最高最上者，無不以上述意蘊為最高最上之指歸焉。〔註162〕一

〔註160〕此一最高意蘊之思想內核，一語以蔽之，則創新（創造）而已耳；一言以蔽之，則新舊之衝突也（思想、制度等），人世間思想精神之最高意蘊，唯有自此出，而無疑義也！然世俗往往以「利益」為核心之糾葛，因血緣關係及由此衍生之親近關係之群體（集團）而模糊新舊之思想衝突，而令世事更為複雜，則尤堪稱此一最高意蘊中之最高意蘊也。故人生之痛苦、悲劇，就生存而言則欲望之無休止，見為世俗之利益之攘奪，就生存之意義而言則推陳出新，而無限趨指於更高更上之理想境界。「神味」說理論非但以此為最高意蘊，且昭示如何令此最高意蘊獲致最為完美圓滿之表現也。

〔註161〕于永森：《「神味」說新審美理想論體系要義萃論——當代中國「本土化」文論話語體系之建構》，尚未發表。

〔註162〕如以人物形象（性格）言，古今中外最富魅力、最為特出之經典人物形象（性格），均以趨指於此種最高意蘊為本質，如《狂人日記》中之「狂人」、《西遊記》中之「孫悟空」、《紅樓夢》中之賈寶玉與林黛玉、《離騷》中之「屈原」、《竇娥冤》中之「竇娥」、《西廂記》中之「崔鶯鶯」、《杜十娘怒沈百寶

言以蔽之，反抗不合理之現實及由此現實所帶來之無法把握之趨於
悲劇性之命運，乃「神味」藝術境界之核心意蘊、最高意蘊。其在
吾國社會歷史中之表現，即凝集為「反傳統」一義也。吾國之傳統
文化思想最持久、龐大、系統、周密、深刻以束縛人及其主體性之
力量，最易形成此種束縛人、異化人及其主體性力量之禮法制度、
秩序、格局、態勢，魯迅概其根性為「吃人」(《狂人日記》)，此較
之西方為尤然，故最易出、見「神味」之作品文本、藝術境界，無
不見於此種內容、現實之揭示、揭露、表現也。故吾國二十世紀以
後雖時代更新，而最易出、見「神味」之文藝，無不仍以書寫深具
傳統文化社會背景者為最佳，現當代文學之「現實性」品性極其彰
顯之作，其根本之為支撐之思想意識，亦仍無不以人及其主體性之
力量之悖反、反抗為最高意蘊也。「現代性」之另一面即「反傳統」，
「反傳統」之核心則為反此種束縛人、異化人及其主體性力量之禮
法制度、秩序、格局、態勢，以成就真正之「無我之上之有我」之
境界，而作品文本中之藝術境界之建構、創造，最佳之「神味」之
境界無不出於是，最高最上之「神味」之境界無不出於是也。故就
新文化思想之樹立而言，則唯有整體突破、超越吾國傳統文化思想
之最高境界而後，傳統文化思想之優長乃能為新文化思想抑或吾國
之後世、後人所利用、所真正吸收，否則吾國所復興之傳統文化思
想，本質仍為其缺陷之利用、吸收，而弊大於利，上述由吾國傳統
文化思想決定、形成之束縛人、異化人及其主體性力量之禮法制度、
秩序、格局、態勢，將永無真正改變之一日。〔註163〕故反一切諸以
社會化為樣態、高度之力量束縛、異化、摧殘人而令其陷入「非人」

箱》中之「杜十娘」、《聊齋誌異·嬰寧》中之「嬰寧」、《歐也妮·葛朗臺》
中之「葛朗臺」、《安娜·卡列尼娜》中之「安娜·卡列尼娜」；或由作品文本
中之人物形象(性格)以見作者之此種最高意蘊，如《阿Q正傳》中之「阿
Q」、《祝福》中之「祥林嫂」、《孔乙己》中之「孔乙己」、《羊脂球》中之「羊
脂球」。即歷史上之真實人物如嵇康、辛棄疾、魯迅、陳寅恪等，亦無不如此
也。

〔註163〕 吾國傳統文化雖以儒道釋三家為主，然其核心、主流而最深刻以影響吾國之
文化思想、社會歷史者則儒家思想，無不緣其以政治功利性為核心利益之思
維、態勢也，遂以造成吾國社會人大於法之境界，為「以人為最第一之價值」
之最大障礙。故反傳統之關鍵、核心，即根本批判而整體、徹底以反儒家思
想也。儒家思想之缺陷、不足，拙著《論語我說》系統論之，尚未出版。

之境界之思想及其作爲，因之自我得以眞正提升、成就，社會得以更趨合理而發展進步，新文化思想不斷得以樹立，文藝作品（尤其文學）不斷得以躋升至於趨於無限之美之極致之境界，則「神味」說理論體系之四大終極目的也。〔註164〕

如此一來，「豪放」就與「神味」說理論體系的各個層面都發生了密切的聯繫，並作爲後者的根本思想精神，在最高意蘊方面也全面體現了自己的價值。

筆者還曾在《金庸小說詩學研究》一書第十二章之中，對於「豪放之精神」進行了較爲感性的深入闡釋，從整個中國美學史上對「豪放」的闡述和研究及資料搜集的全面來說，這是一篇不可或缺的文字（本書第一章第一節已經引錄，請參看，此處不再重復引錄）。

此外，筆者的《諸二十四詩品》一書的詩歌文本部份（共有《新二十四詩品》、《後二十四詩品》、《續二十四詩品》、《補二十四詩品》、《終二十四詩品》及《贅二十四詩品》六種），曾納入《詩詞曲學談藝錄》卷四〔註165〕，作爲「神味」說理論闡釋的一個有機組成部份，整體上呈現出不同於唐人《二十四詩品》原作以優美爲主的審美意識，而以壯美爲主，此六作均有「豪放」一品：

> 渾超物我，自臻至美。鬱乎深情，行不由己。儒道取長，庸俗曷擬。氣蘊於中，神無渣滓。荊卿無秦，紉針有技。其道樸素，圓滑贅耳。（《新二十四詩品·豪放》）〔註166〕

> 豪氣鬱內，外見衝天。將不可過，發之自然。深情超逸，蔵仰於玄。鍛鍊世俗，與人爲緣。琴劍風流，詩酒纏綿。所謂驚麗，豪兼婉焉！（《後二十四詩品·豪放》）〔註167〕

〔註164〕于永森：《「神味」說新審美理想理論體系要義萃論──當代中國「本土化」文論話語體系之建構》，尚未發表。

〔註165〕後筆者又以《諸二十四詩品》詩歌本文部份納入同名著作之中，作爲卷上「理論創造篇」的主要內容（卷中、卷下分別爲「理論品評篇」、「理論研究篇」），並附錄了《半二十四詩品》一作，其中亦有「豪放」一品云：「中夜不寐，繁星在天。秋雨其霖，大水汗漫。江湖波起，隱憂難言。人生一世，露晞忽焉。悲慨莫名，惆悵曷捐。大地樊籠，天步維艱！」（《諸二十四詩品》，陽光出版社，2014年版，第79頁）。

〔註166〕于永森：《新二十四詩品》，載《寧夏師範學院學報》2011年第2期。此作後收入于永森《詩詞曲學談藝錄》卷四，齊魯書社，2011年版，第296頁。

〔註167〕于永森：《後二十四詩品》，載《山東文學》2009年第8期。此作後收入于永森《詩詞曲學談藝錄》卷四，齊魯書社，2011年版，第302頁。

笑傲江湖，舞劍吹簫。內在之美，獨領妖嬈。悠然長嘯，衣袖飄飄。築室雲根，有時而樵。佳人相伴，其魂欲消。無怨無悔，滄海生潮。（《續二十四詩品·豪放》）〔註168〕

氣之所聚，凝乎世俗。氣之所放，其態也殊。情可損人，伊誰能度。聚散收弛，自如自足。情氣之發，曷用含蓄。光之達之，其唯酒乎！（《補二十四詩品·豪放》）〔註169〕

豪氣干雲，鐵笛橫江。俯仰天地，逝者汪洋。秋風獵獵，問誰其狂。天下無我，悠然蒼茫。天下有我，情其何傷！纏綿寂寞，若是彷徨。（《終二十四詩品·豪放》）〔註170〕

卑鄙朽腐，安知豪放。一收一放，氣勢蕩漾。撫劍長歌，飲酒情忘。悲不可抑，舉世莫當。陽剛剛健，乾坤以將。沛然吞吐，本色當行！（《贅二十四詩品·豪放》）〔註171〕

其中《終二十四詩品》更是對以「豪放」為中心的語辭群，做了全面的闡釋、發揮。

在《諸二十四詩品》六作之中，最具理論價值的是《新二十四詩品》，而最足以領略「豪放」範疇的風采的，則是《終二十四詩品》（本書第二章第二節已引錄）。在《新二十四詩品》中，「豪放」是和其他諸品密不可分的，對於「樸素」、「深情」、「潑辣」、「淋漓」、「爛漫」、「本色」、「天真」、「恣肆」、「無復」、「細節」、「寫意」、「大俗」、「最佳」、「誇張」、「野性」等諸義的提倡，顯示著和唐人《二十四詩品》中的「豪放」意蘊的極大區別。從某種意義上說，在筆者認為的文學藝術的最高境界上，諸品的意蘊應該是同時達到的，它們是這種最佳文學藝術文本的各個不同的角度和側面，例如要達到「豪放」的境界，就必須以「樸素」為基礎，否則就難以達到「豪放」的極致「爛漫」、「潑辣」的境界。——筆者關於「豪放」的闡釋文字尚不止此〔註172〕，在此不再一一拈出。

〔註168〕于永森：《詩詞曲學談藝錄》，齊魯書社，2011年版，第310頁。

〔註169〕于永森：《詩詞曲學談藝錄》，齊魯書社，2011年版，第315頁。

〔註170〕于永森：《詩詞曲學談藝錄》，齊魯書社，2011年版，第319頁。

〔註171〕于永森：《詩詞曲學談藝錄》，齊魯書社，2011年版，第324頁。

〔註172〕比如還有筆者對於唐人《二十四詩品》「豪放」一品的品評、闡釋（見《諸二十四詩品》，陽光出版社，2014年版，第108～114頁），《稼軒詞選箋評》（陽光出版社，2015年版）一書對於「豪放」詞的最高代表稼軒詞的文本細讀及

　　「豪放」之所以衰落的原因，我們也已經概述過了。不過，在近、現代時期文學藝術中的「豪放」意蘊有了一種反彈現象，在這裡也應該交代明白。在繪畫中，自從清代的大畫家石濤在其後期的畫作中呈現出「更加豪放老辣」〔註173〕的特點以後，其繪畫有力衝擊了以「四王」為首的保守派，將中國古代繪畫從形式主義的不良傾向中解放了出來，直接影響了後起的「揚州八怪」，使繪畫極大地突出了個性特色。這種畫風到了近、現代幾乎影響了整個中國畫壇，如陳師曾、吳昌碩、傅抱石、張大千、李可染、劉海粟等著名畫家，多以開放的精神和極大的創造性，為中國繪畫注入了新的生機。在造形和筆墨運用方面，他們中的許多人已經體現了一種「陽剛大氣」〔註174〕的「豪放」風格，充分表現出一種淋漓盡致的水墨氤氳的生動的藝術世界，應該說，這種趨勢是很好的。在書法中，則是以康有為為代表的書論家在近代救亡圖存的政治環境中對「雄強茂美」的審美理想的呼喚和追求，力圖用漢魏之碑的陽剛之美來彌補帖學書法的柔靡無力，傅合遠在《康有為〈廣藝舟雙楫〉的美學思想》一文中對康有為的書法美學思想有著極為精到的體會和評價：

　　　　書風的柔弱，是人們社會心理卑弱的反映。立志在政治上變法維新、治國圖強的康有為，在藝術審美理想上，也崇尚剛強，卑視柔弱。他一針見血地指出，元、明兩朝的書風，皆為趙孟頫、董其昌所囿，「率姿媚多而剛健少」，陰盛而陽衰，韻多而力弱。他批評董其昌的書風「局束如轅下駒，寒怯如三日新婦」，「如休糧道士，神氣寒儉，若遇大將整軍屬武，壁壘摩天，旌旗變色者，必裹足不敢下山矣」。他提醒學書者，切「勿誤學趙、董，蕩為軟滑流靡一路。……康有為對碑學以「壯」為美的書法風格，極力褒揚。他將南碑與魏碑的書風特徵概括為「十美」：「一曰魄力雄強，二曰氣象渾穆，三曰筆法跳躍，四曰點畫峻厚，五曰意態雄逸，六曰精神飛動，七曰興趣酣足，八曰骨法洞達，九曰結構天成，十曰血肉豐

　　　　以「神味」說新審美理想這一新理論體系對稼軒詞的藝術境界及所取得的藝術成就的觀照，以及筆者尚未出版的《〈二十四詩品〉解說》一書對於「豪放」的研究、闡釋，等等。筆者對於「豪放」的核心思想觀點由上述引文和本書的整體性研究已經足夠看出，故不再進行過多的引錄。

〔註173〕李萬才：《石濤》，吉林美術出版社，1996年版，第65頁。
〔註174〕陳傳席：《中國繪畫美學史》，人民美術出版社，2002年版，第646頁。

美。」這「十美」可以看作是康有爲對古代碑學以陽剛爲美的典型概括。……〔註175〕

在審美理想的高度上來糾正帖學書法過於柔弱軟媚的弊端，正是康有爲的高明之處。傅先生指出：「康有爲《廣藝舟雙楫》美學思想的另一特點，是卑視帖學優雅、纖柔、和婉、靡弱的藝術風格，鼓吹、倡導碑學以粗拙、雄強、渾樸爲尚的審美理想，用藝術審美風尚的變革來爲他政治上的『維新』主張服務。」（同上）而拋開維新變法的政治歷史煙雲，康有爲的這種以「壯美」爲主導的書法美學思想，卻越來越呈現出積極的現實意義，爲近代以來的中國書法帶來了一股新變的氣息。「如果說中唐以前，書法藝術更注重形質、再現，以陽剛爲尚；那麼中唐以後，書法藝術則向著更注重神意、表現，以陰柔爲美的方向發展。無論是宋代的『意趣』，還是元代的『平和』，以及明代的『性靈』，文人士大夫在這種藝術形式中，所表現和抒發的往往不是『達則兼濟天下』的社會抱負，而是『窮則獨善其身』的雅逸情懷，更注重內向自守，迴避和淡化與外界的矛盾。其藝術風格，也更加趨向靜逸、淡雅和嬌柔。及至發展到清代，由於皇帝的偏崇，趙孟頫、董其昌交替走紅，書法風格更加保守，對優美書風的偏好變爲一種時俗和模式，甚至導致軟滑、甜俗、靡弱不堪的極端。」〔註176〕書法美學中的這種情形，和詞中的「婉約」之弊是類似的，但是不同的是，書法中有康有爲這樣的理論家旗幟鮮明的反對柔美，突破了片面發展的「中和」之美，而向「壯美」甚至是「崇高」邁進，在詩歌之中則是每況愈下，沒有如此幸運了。清代號稱詞的二度「中興」，但是也始終未能在審美理想的高度上重建以「壯美」爲特色的文學主流意識。

在文學中，近、現代以「豪放」爲特色的，首先是鄒容的《革命軍》和陳天華的《猛回頭》及《警世鐘》，「他們以自己的審美創造沖決了中國古典美學所遵循的那種含蓄婉轉、溫柔和諧的美學原則。情感的宣泄恣肆汪洋，一瀉千里，如莽原奔馬，必欲盡情而後快。」〔註177〕相反，傳統的以平和沖淡爲特色的審美理想，終究是脫離當時的社會現實太遠了，例如周作人，「周作人可未嘗不罵世、未嘗不暴露黑暗，但寫的東西較多含蓄，缺乏刺激性，激進者讀來總嫌不夠味道。20世紀上半葉中國的多數年輕讀者似乎不大能欣

〔註175〕傅合遠：《康有爲〈廣藝舟雙楫〉的美學思想》，載《文史哲》1997年第1期。
〔註176〕傅合遠：《康有爲〈廣藝舟雙楫〉的美學思想》，載《文史哲》1997年第1期。
〔註177〕封孝倫：《二十世紀中國美學》，東北師範大學出版社，1997年版，第49頁。

賞『哀而不傷』、『怨而不怒』的境界了。」〔註178〕在狂飆突進的時代最能彰顯時代精神而呈現出「豪放」之美，且最具有代表性、經典性的，則是詩人郭沫若以《女神》爲代表的新詩：

> 蒲風的《論郭沫若的詩》一文把郭沫若同當時的詩人進行了比較，認爲郭沫若的「熱情豪放的色彩，浪漫主義的精神，總使人們記起了一種新的活潑的、力的姿態。」作者總結30年代以前郭詩的特色「是氣魄的雄渾、豪放」。〔註179〕

無論從內在的氣勢還是從外在表現的形式，從內在的思想精神還是外在的語言和表現方式，郭沫若的詩歌都呈現出了鮮明的「豪放」特色〔註180〕，爲以後直至於今的詩人所無法超越，它是特殊時代背景下造就的藝術華章和巔峰式的詩歌文本，尤其是其詩歌節奏「內在律」的充分表現，更爲「豪放」意蘊展現出了特別的風采。郭沫若的詩歌之所以呈現出這些特點，根本原因是在時代的大潮中逐漸培養和覺醒起來的強烈的主體獨立意識，而主體獨立意識的淡薄，一直是中國古代文學的軟肋，「直到郭沫若《女神》的降臨，以其大氣磅礴、光芒四射的浪漫情懷，面對世界的山川河流、宇宙中的日月星辰大聲歌唱，才更突出地表現了詩人主體意識的自由光芒。」〔註181〕正是由於這種深沉的原因，才使其詩歌在很大程度上突破了舊體詩歌僵化的形式，而用「內在律」的原則建立其新詩的形式規範，對於這點，郭沫若有著明確的思想，他認爲：「詩應該是純粹的內在律，表示它的工具用外在律也可，便不用外在律，也正是裸體的美人。」〔註182〕正是用這種思想爲指導，他覺得完

〔註178〕余英時：《論士衡史》，上海文藝出版社，1999年版，第321頁。

〔註179〕王愛軍、魏建：《郭沫若詩歌研究述評》，載《郭沫若學刊》1996年第1期。

〔註180〕郭沫若本人亦對其「豪放」的詩風有明確的認識，並有所表述，如《創造十年》有云：「惠特曼……那豪放的自由詩使我開了閘的作詩欲又受了一陣暴風般的煽動。我的《鳳凰涅槃》、《晨安》、《地球，我的母親！》、《匪徒頌》等，便是在他的影響之下做成的。」「我的短短的做詩的經過，本有三四段的變化。第一段是泰戈爾式，第一段時期在『五四』以前，做的詩是崇尚清淡、簡短，所留下的成績極少。第二段是惠特曼式，這一段時期正在『五四』的高潮中，做的詩是崇尚豪放、粗暴，要算是我最可紀念的一段時期。第三段便是歌德式了，不知怎的把第二期的情熱失掉了，而成爲韻文的遊戲者。」《郭沫若全集》（文學編第十二卷），人民文學出版社，1992年版，第67、71～72頁。

〔註181〕詹靜：《郭沫若詩歌的主體意識》，載《郭沫若學刊》2001年第4期。

〔註182〕《沫若文集》（10），人民文學出版社，1958年版，第201頁。

全可以在形式上放開，而不必束縛手腳，詩「可以有韻，可以無韻，可以分行，也可以不分行。有韻和分行不必一定就是詩，有韻和分行寫出的告示，你能說他是『詩』麼」？〔註183〕而也只有這種完全自由的形式，才能自由地表達詩人內在盛大的思想感情，呈現出氣勢恢閎、豪放壯麗的美學特點。當然，郭沫若並沒有否定外在律，他認為「內在律」完全可以在某些方面體現為外在的形式，雖然這種形式並非純粹的形式，而是帶有情感等多方面的不易把握的因素：「抒情詩是情緒的直寫。情緒的進行自有它的一種波狀的形式，或者是先抑後揚，或者先揚後抑，或者抑揚相間，這發現出來便成了詩的節奏。所以節奏之於詩是它的外形，也是它的生命，我們可以說沒有詩是沒有節奏的，沒有節奏的便不是詩。」〔註184〕這種節奏在「豪放」的內在之氣和情的自然抒發上形成，是「豪放」美學範疇形成的兩個極點「收」、「放」之間的一種表現形式，這種形式因為兩個極點的作用而形成了強大的張力場，它向內聯繫著作者主體的豪放精神，向外呈現為豪放的美學風貌，而郭沫若則出色地將「內在律」應用到新詩上，這不能不說是他以豪放精神為基點為新詩做出的一個重要貢獻，因為新、舊詩歌的主要區別還是歸結在了形式上，以形式作為鮮明的分界線。不過郭詩在運用這種「內在律」方面並不是篇篇都成功的，由於那時新詩還處於剛剛起步的階段，對於傳統的割裂也必然造成了一種缺失，即外在格律的完全拋棄所帶來的一時無法嫻熟掌握「內在律」而出現的失控現象，實際上完全拋棄「外在律」而單獨依靠「內在律」，是一種不切實際的想法，所以後來聞一多、陳夢家等新月派詩人以「新格律派」的面目出現，來自覺的對這種缺失進行糾正。我們在這裡論述郭詩的「豪放」時，完全是以其詩歌的最高水平和最好的作品來審視和評價的，畢竟，他曾經達到過那個高度——郭沫若後來因為政治的原因導致了詩歌水平的下滑，這對於現代文學而言當然是一個難以挽回的損失，也許他後來應該在詩歌實踐中糾正由於完全依靠「內在律」而帶來的缺陷之處，而使其「豪放」的風格和內容避免那種毫無節制的呼喊和宣泄——但是，歷史是沒有如果的，即使這樣，郭詩的「豪放」仍然在「豪放」這一審美範疇的發展史上意義重大。這種「豪放」式的激情宣泄的方式在當時的社會產生了巨大的影響，為今天的人們所熟知和津津樂道，這種影響應該說是震撼式的，它充分顯示

〔註183〕 《沫若文集》（12），人民文學出版社，1958年版，第132頁。
〔註184〕 《沫若文集》（10），人民文學出版社，1958年版，第225頁。

了「豪放」的魅力，是一種天才式的創造力的展現，「豪放」的氣勢盛大和無拘無束這兩方面的意蘊，詩人是做得如此之好，以至於即使它有著這樣那樣的缺陷，仍然使後世的我們驚呼這種魅力的偉大風采！由於個性和歷史等多方面的原因，「豪放」的詩風在郭沫若以後即不多見，倒是在舊體詩詞創作的領域裏，出現了毛澤東這樣「偏於豪放，不廢婉約」的大家。「豪放」的作者必須具有盛大的內在氣勢，而這種盛大的氣勢並不是人人都可能達到的，在歷史上，「豪放」之作的作者一般都是英雄豪傑式的人物，只有對現實社會和生活有著切實的關注和深厚熱烈的感情，才能達到這種境界——而這，恐怕也是「豪放」難以普遍的體現在文學藝術中的關鍵原因。

除了詩歌，近、現代以來一種極爲特別的文學現象是武俠小說的興起和繁盛。胡適在《五十年來中國之文學》（作於 1922 年 3 月 3 日）一文中特別提到：「在這五十年裏，勢力最大，流行最廣的文學，——說來也奇怪；——並不是梁啓超的文章，也不是林紓的小說，乃是許多白話的小說。《七俠五義》、《兒女英雄傳》都是這個時代的作品。《七俠五義》之後，有《小五義》等等續編，都是三十年來的作品。」〔註185〕對武俠小說的興盛，表示了極大的詫異。而我們這裡之所以要提到武俠小說，是因爲它和「豪放」這個審美範疇的關係十分密切，可以說，武俠小說是「豪放」審美意蘊的一個綜合表現，研究「豪放」而不涉及到武俠小說，那是不可想像的。除了宋代的以蘇、辛爲代表的「豪放」詞（元曲雖然亦以「豪放」爲主，但是由於曲這種文體並不如詩詞那樣普遍化，從而成爲一般中國人文化修養的一種特殊內容，因此元曲的「豪放」特色在一般人而言基本上是沒有印象的），在一般中國人的心目中，武俠小說的文化氛圍及其中的人物形象，才是「豪放」意蘊最生動最豐滿的詮釋。尤其是新派武俠小說的興起，創造了現代文學的一個奇蹟，其讀者之多和閱讀面之廣，遠非其他文學體裁或文學種類所能望其項背。這種現象說明，對於以「豪放」爲主要意蘊的武俠小說來說，它僅僅是一個載體，「豪放」之所以在武俠小說裏獨具光彩奪目的效果，是和「豪放」不受拘束的內涵及其綜合統一的審美意蘊分不開的，說明「豪放」作爲一種傳統的美學意蘊，一旦有適合生長和發展的土壤，它的生命力是極其驚人的。

〔註185〕劉夢溪主編：《中國現代學術經典·胡適卷》，河北教育出版社，1996 年版，第 591 頁。

　　武俠小說是近代的產物，它是由古代的俠義小說演變而來的，這兩者之間有著不小的區別：俠義小說是一個比較早的文學形式（如唐傳奇），而武俠小說既繼承了俠義小說的精神，又有所發展。這種發展主要表現在俠義小說的核心理念是「義」，而武俠小說則更偏重發展了「武」的一面，使之更爲豐富多彩，氣質上也更具有「豪放」的主體性精神風神。俠是「義」的體現和載體，「義」是相對於「不義」即社會的不公而言的，是反抗現實社會制度和不公的一種表現形態，它與統治階級的態度是對立的，所以韓非說「儒以文亂法，而俠以武犯禁」（《韓非子·五蠹》），尤其爲法度所不容。這種外俠內義的結合形式，已經具備了「豪放」的意蘊，概括起來，他們都是要和現實社會裏的法制制度相抗衡，都有不受法度約束的精神內涵，不過「豪放」的著眼點在於超越這些腐朽的法度，是一種創造性的前進的力量，「俠義」則僅止於以破壞性的姿態來形成對社會現實的反動，是一種糾正式的姿態，其建設性是很小的，或者說不是它所關注的最重要的內容。「豪放」關注的是對於整個社會現實的反動與超越，重點在於內在的精神，外在的表現形式有很多，「俠義」不過是其中的一種，例如魏晉時期很多士人的「豪放」，就不是以「俠義」的形式表現出來的。所以，「俠義」具備了「豪放」的精神和外在表現形式，但是「豪放」能夠表現的領域要寬廣得多，應該說體現在社會的各個方面和領域。實際上「俠義」作爲一種社會現象和精神理念，它出現的時間雖然很早，並且是「豪放」發展早期的一種很重要的形式，但是自從老莊思想出現尤其是逐漸突破儒家「定於一尊」的地位、格局以後，「俠義」在很大程度上就與老莊思想合流了，其在文化的層面上是無法與老莊思想相抗衡的，因此就不再成爲「豪放」意蘊最重要的代表和體現形式了。

　　俠義小說應該是「俠義」內容的集中體現形式，這種形式可以說是史傳記載中有關「俠義」的內容在文學中的泛化或發展。像《史記·刺客列傳》中的曹沫、荊軻，爲後世的俠義小說樹立了光輝的典範。如果說《刺客列傳》中的俠客還是作爲統治階級權利爭鬥的一種工具，他們憑藉其利用價值而取得人生存在的「豪放」姿態，而較少受到禮儀法度的制約約束，那麼《史記·遊俠列傳》裏記載的遊俠式的人物，則是直接以對立於統治階級的面目出現的，他們代表了一種民間的姿態，對統治階級來說具有潛在的破壞性和現實的巨大反面影響，它在存在姿態上對於統治者而言絕對是一種蔑視，當然，

對於自身而言，也絕對是一種無拘無束的自由狀態。在地方上，這種「遊俠」式的人物多是一些豪強，具有一定的社會基礎，《史記》中記載的這種豪強，在太平時世裏一般是不爲統治者所容的，但是遭逢亂世，他們又有可能成爲新時代統治階級的一部份，所謂「亂世出英雄」，很多英雄豪傑出身於此。當他們一旦上升成爲英雄豪傑式的人物，就會被史傳所載，所以「豪放」的體現形式，以人物形象而言，一是見諸歷代史傳，一是見於那些沒有機會上升成爲英雄豪傑的人物，後者不能享受載之史傳的殊榮，但是歷代的稗官野史爲他們提供了巨大的空間，而這些稗官野史，就是小說這種文學體裁形式發展的一個必須階段，小說的成熟，離不開稗官野史豐富的材料的贊助支持。「目前許多學者認爲，《燕丹子》是中國俠義小說的第一個胚胎。」〔註186〕而《燕丹子》即直接取材於《史記·刺客列傳》裏荊軻刺秦的故事。順著俠義小說的歷史線索梳理下來，則《世說新語》中亦有所涉及，如《自新》篇中的周處的故事。唐代是俠義小說形成的時期，唐代科舉中「溫卷」之風的盛行，文學創作的繁榮帶動了小說體裁的成熟，俠義小說是唐傳奇中很重要的一部份。如許堯佐的《柳氏傳》、薛調的《無雙傳》、裴鉶的《崑崙奴》與《聶隱娘》、袁郊的《紅線傳》、杜光庭的《虬髯客傳》等，其中很多人還是當時的史家，所以這時候的小說既脫離不了史傳的影響，又正是一個史傳人物傳記和小說將要分道揚鑣的時期。此後，歷代俠義小說的著作均不絕於世，在宋代達到了成熟期，至於元末明初的《水滸傳》，成爲一種輝煌的壯觀而進入文學的殿堂。明清是俠義小說大量出現的時期，如《三俠五義》、《小五義》、《兒女英雄傳》等，影響廣泛。清末民初是俠義小說向武俠小說轉變的時期，名家輩出，如白羽、還珠樓主、王度廬、鄭證因等，這時期的武俠小說一直延續到解放前，被稱爲舊派武俠小說，和後來的新派相對應，後者以金庸、古龍、梁羽生爲代表，此外名家眾多，如司馬翎、臥龍生、獨孤紅、陳青雲、蕭逸、諸葛青雲、溫瑞安、黃易、雲中岳等。俠義小說的中心自然是體現著「義」的「俠」，表現爲俠之事的描寫，武術、武功方面的事雖然也有渲染，不過基本上都是附屬的，帶有玄怪的色彩（多渲染奇人異事），而武俠小說則是直接以武術、武功爲主要的表現內容，「武」和「俠」並列成爲小說的中心內容。也就是說，「武」是「俠」的基本保證，對於「武」的偏重，表示在表現俠士們的人生存在狀態時，更加細緻地突出了外在的「放」的方面，這對

〔註186〕曹亦冰：《俠義公案小說史》，浙江古籍出版社，1998 年版，第 11 頁。

於單純偏重對於「俠」之事的描寫，應該說是詳細、形象多了。新、舊派武俠小說的區別主要是在寫法上，舊派基本上遵循的是中國傳統通俗小說的路子，而新派則較多地借鑒了現代小說的寫作技巧，尤其是西方的小說寫作技巧——在這方面，新派武俠小說和新文化革命以來的現代文學是合流了，因而表現出較高的藝術水準。舊派武俠小說和清末民初的「鴛鴦蝴蝶派」同屬於一個陣營，例如王度廬的武俠小說有的就曾被誤當做「鴛鴦胡蝶派」的作品。新派武俠小說的繁榮興盛，使得「豪放」意蘊在二十世紀後半葉達到了巔峰狀態，成為一種特殊的文化現象，直接導致了長達數十年的「武俠小說熱」。經過一度的衰落之後，互聯網的普及，又在環境上為它提供了無限的空間和作者群，武俠小說在極其方便的網絡虛擬環境裏，正呈現出一個持續的無限膨脹的態勢。

　　如果說現實世界是一個充滿著名利追逐、等級制度和禮法制度分明而嚴格的世界，法度形成了對人的極大的束縛，那麼在武俠的世界裏即所謂的「江湖」之中，「武」則成了最為中心的因素。固然，這裏還存在著「人在江湖，身不由己」的無奈，但是，江湖是一個十分自由的無拘無束的世界，人世間的一切禮法制度在這裏都失去了效力，如果說這裏還有什麼規範、制度的話，那就是江湖人自己約定俗成的以「義」為基本精神的一系列準則，人只要和人打交道，就必須有這些準則，江湖也不例外。只是從江湖和現實社會相對立的角度而言，人在江湖之中無拘無束的姿態要充分得多了，可以說「豪放」的意蘊總體上就是體現在這裏。這種「豪放」，突出地體現在除了對「義」的執著以外，其他的一切因素都是次要的，包括名利、地位、權勢、武功、感情，甚至是生命（例如金庸《飛狐外傳》裏的程靈素為救治胡斐所中之毒而甘願犧牲自己）。正是對於「義」的這種最高標準的追求，導致了對於其他一切的「放」（放得下、捨得開）。這種「義」是一種價值取向和理想境界的體現，孟子所說的「浩然之氣」，就是得自「義」，「其為氣也，至大至剛，以直養而無害，則塞於天地之間。其為氣也，配義與道；無是，餒也。是集義所生者，非義襲而取之也。行有不慊於心，則餒矣。」（《孟子‧公孫丑章句上》）只有追求「義」才能產生盛大無餒之氣，這也就難怪俠士們歷來以之為最高的人生追求了。這是一種很高的人生境界，追求「義」代表了對於現實社會的強烈和熱情的關注，只有這種強烈和熱情的關注，才能深深激發人的意志和感情，從而培養積累起內在的盛大的「氣」。唐代沈亞之的《馮燕傳》裏有

「燕少以意氣任俠」﹝註187﹞的話，具有這種因爲對社會不「義」產生強烈反應而積聚起的「意氣」，是行俠仗義的先決條件，也是他們的精神行爲之所以能夠「豪放」的先決條件。江湖中人的「豪放」是全方位的，思想精神上不必說，行爲上的「豪放」是人們談及武俠小說及其人物形象時的嚮往、羨慕之處。一劍走江湖而快意恩仇，結交天下英雄豪傑而肝膽相照，縱酒高歌旁若無人，或與知己愛人逍遙以處，這些境界都是典型的「豪放」的外在表現。這種境界和中國傳統文化相結合，尤其是和老莊思想相結合，最後走向歸隱之趣，功成身退享受著無拘無束自由自在的人生，是眞正的武俠所追求的理想人生境界。這種境界，在金庸的《笑傲江湖》一書裏得到了很好的體現。主人公令狐沖一開始是一個極其正統的所謂名門正派的掌門大弟子，但是由於名門正派之間爲了權勢名利的追逐漸漸影響到了他的生活，他身上那種天生要求無拘無束自由自在的天性逐漸被激發了出來，最後擺脫了所謂名門正派的一系列規範束縛，從而活出了一個眞實的自我。最後令狐沖與紅顏知己在達到江湖的權勢頂峰之時攜手歸隱，徹底離開了江湖，達到了江湖之「豪放」的極致。

但是，正因爲江湖是一個虛擬的世界，它雖然全面體現了「豪放」的種種意蘊，在「豪放」的最高境界上，它和歷史上以蘇軾爲代表的「豪放」一樣，是沒有達到這種「豪放」的最高境界的，最高境界的「豪放」只能存在於現實世界裏，只有採取積極進取的態人生姿態才有可能達到。在這一點上，令狐沖不如《天龍八部》裏的蕭峰：「豪放之精神，意中之豪放也，故如令狐沖之被迫而起，而成淡然悠遠、渾涵一切之氣象，即其正色也。蕭峰之豪放，與此稍異，而多具現實世界之色彩，而以陽剛大氣之美爲主，如擊石生火，稍陷激烈，於慘痛激烈之中，以成生命精神之異彩，方之令狐沖，一剛烈正氣，一虛靜靈秀，豪放之稟斯二美，亦足以移人矣。」﹝註188﹞令狐沖和蕭峰，恰好就像是宋詞中的蘇詞和辛詞，在「豪放」的程度上，還是有一定的距離，也只有在江湖這樣一個虛擬的世界裏，令狐沖的選擇才是江湖的最高境界。在新派武俠小說三大家梁羽生、金庸、古龍之中，以後兩人表現的「豪放」最具特色和代表性，梁氏之作在很大程度上還是延續著舊派武俠小說的路子，而介於新、舊派之間。在描寫和表現人物的「豪放」的意蘊和

﹝註187﹞曹亦冰：《俠義公案小說史》，浙江古籍出版社，1998年版，第56頁。
﹝註188﹞于永森：《金庸小說詩學研究》，尚未出版。

意趣方面，應該說古龍做得比金庸還好。金庸和古龍都善於從中國傳統文化中汲取養分，這是他們二人的武俠小說品位比較高的原因之一，是很重要的一個原因；金庸的小說現在已經被不少學者視爲現代文學的經典了。金庸的小說的四大特色是「武」、「情」、「事」（即情節）、「人」，具體說來就是武功方面令人眼花繚亂而耳目一新，富有文化、哲學意味和文學意味，感情方面波瀾起伏、錯節盤根、至爲感人，情節方面極大豐富形象、壯闊奇麗，人物形象方面個性鮮明、呼之欲出、躍然紙上。古龍在這四方面沒法和金庸相比，所以他注重的是刻畫人物形象，以人物形象爲中心和最重要的部份加以鋪述描寫，當然在其他三方面，他也是極爲不錯的。正因爲以表現人物爲中心，而江湖人物的最大特點就是「豪放」，所以古龍小說裏對於「豪放」的體會和表現在所有武俠小說裏面是最好的。但是有一點必須說明，古龍小說所表現的「豪放」，是上面我們提到的類似於令狐沖的那種境界。古龍小說裏的人物——那些最動人的人物形象，如李尋歡、葉開、楚留香、陸小鳳等，都在「豪放」的背後有著特有的江湖情結所帶來的憂鬱的情緒——這種情緒來自於人物對於美好事物的欣賞和對醜惡的疾惡如仇，但是最終還是歸結到對於美好事物不能久長、人生不能圓滿的人生感喟上，雖然這種感喟是淡淡的——這無疑是作者本人人生的獨特經歷和內心體驗融入作品中的結果，對於「豪放」的嚮往和追求（古龍本人在生活中也是極其豪放風流的），傾注了作者一生的理想和感情，表現了作者對於人生理想境界的嚮往和欲罷不能、情不自禁的人生意態。這種完全個人的「豪放」在個體的層面上無疑是極爲圓滿的，雖然這種境界還沒有達到王明居所說的「豪放」之「大我」〔註189〕的境界，但是古龍確實已經做得很不錯了，尤其是從文化的層次來審視「豪放」的意蘊之表現。

二、現代社會中的畸形現象對「豪放」的假借

隨著「豪放」意蘊在文學藝術中的反彈現象的高漲，接下來自然就是社會審美意識的開放，正像新派武俠小說最先興起於香港一樣，作爲英人治下的香港，在文化的接受上體現了一種相當寬容因而也不乏是寬濫的傾向，民眾審美趣味的多元化首先就體現了一種開放包容的精神，「豪放」在當代的發

〔註189〕王明居：《詩詞風格談——雋永　沉鬱　豪放》，引自「http://blog.zgwww.com/html/49/n-10949.html」。

展也是先從香港等外圍區域逐漸影響到大陸的，不過，這種開放是隨著改革
開放的步伐慢慢在大陸展開的，外來文化的湧入魚龍混雜，香港恰恰是一個
我們至少在心理、精神上可以自認為心安理得接受的途徑，地緣的親和力決
定了這一點。香港素來有「文化沙漠」之稱，自二十世紀七、八十年代以
來，香港的影視業發展迅速，而色情業的發達也給予了影視業以負面的影
響，色情片的大量拍攝導致了人們性觀念的極大開放，並逐漸地和「豪放」
意蘊聯繫起來了──這種聯繫，顯然是在歪曲的基礎上建立起來的，和古代
對於「豪放」意蘊中偏離了「中和」之美的如「狂放」、「粗放」、「放蕩」的
批評不同，那些概念的內涵是比較容易認識其和「豪放」之美的差距的，其
中比如「放蕩」的意蘊還和我們這裡所分析的「豪放」的意蘊在實質上有著
很大的相同之處，但是二者在外在的形式上是不同的。就以「放蕩」為例，
其外在形式沒有什麼掩飾的成分，其感情色彩也基本上是貶義的、否定的，
並且和女人聯繫得比較近，固然有「放蕩」的男子，但是面對同樣「放蕩」
程度的男女，我們更在心理上不能接受的是「放蕩」的女子。在古代，「豪
放」的領域基本上是和男子聯繫在一起的，「豪放」的女人因為不為中國傳統
的禮教所不容，所以極其罕見。至於古代能夠稱得上是「放蕩」的女人，雖
然也是和性密不可分，但是古代的能夠公開存在的妓女制度，卻給她們提供
了一種活動的「合理性」。而隨著現代社會對於人權的重視，這種「合理性」
已經沒有了公開存在的自由，因而在對於她們的評價上，用「豪放」一詞來
形容可以說是帶著現代社會獨有的人道色彩，這種人道色彩就體現在相比較
起來，「放蕩」的貶義分量顯然要比「豪放」要多一些，從而含有了一種溫和
的諷刺的色彩，顯示了人們對於這種現象的很大程度上的包容。值得注意的
是，現代社會中團體合作精神的強調在顯示了社會進步（社會分工方面的進
步）的同時，又不可避免地壓抑了個體的主體性精神和個性，因此作為普遍
反映在現代社會生活中活得很累的男人，越來越和「豪放」離得遠了，反而
是女人在現代的「豪放」姿態充分彰顯了出來。隨著婦女地位的不斷提高，
社會生活中的「陰盛陽衰」現象也越來越嚴重，這也是現代的男人越來越缺
乏「豪放」之美的原因之一。問題是──通過我們的研究發現，「豪放」是如
此一個具有中國傳統文化和美學積極剛健意蘊的範疇，怎麼在現代就發生了
如此之大的變化，不但偏離了它的內在精神和外在姿態的美，而且還被以假
形式的方式用做某種事物的外在軀殼，將內在的精神和外在姿態置換掉，這

就不是單純的「豪放」之意蘊的衰落問題了，而是一個「墮落」的現實和問題了！這種墮落，我們認爲首先鮮明的體現在由「豪放」對主體性精神和個性（「大我」之上的「小我」）極大關注的重心，轉向了現代社會「豪放」對於「性」的強調。中國傳統美學中的「豪放」之意蘊是鮮明的和人的理想（「志」）聯繫在一起的，而現代社會「豪放」之意蘊則是鮮明的和「性」緊密的聯繫在了一起，並作爲一種性和性觀念開放的程度，從這個意義上來說，「豪放」在現代社會的際遇只能用「墮落」一詞來形容和評價！沒有「豪放」的內在精神的「豪放」，只能是假借其軀殼來充分的施展「放」的意蘊而已。而關鍵的是，「豪放」的內涵是「氣魄大而無所拘束」，現代社會中的「豪放」意蘊則只是體現了「無所拘束」的內容，而沒有「氣魄大」的內容。從其體現了「無所拘束」的一方面來說，確實是似乎深得「豪放」精神之深髓，畢竟，性和性觀念的開放在現代社會是婦女解放的一個重要成果，也是現代社會進步的一個象徵，但是這並不意味著性和性觀念可以無限制的開放，走向它的反面。而且，「豪放」內涵中的之所以能夠達到「無所拘束」的程度、狀態、境界，是和其「氣魄大」的另一方面緊密相連的，通過前文中的研究我們知道，「氣魄大」的一面是根本的占主導地位的，正是這方面的原因才導致了「無所拘束」的境界之實現，從「氣魄大」到「無所拘束」也就是從「收」到「放」，這是一個動態的流程，「收」是「放」的基礎，如果沒有「收」這一步，自然也就不會有「氣魄大」的情況出現，也就使得現代社會中的「豪放」意蘊不可能具有「豪放」之美的內在精神，可以說是無本之木、無源之水，從根本上背離了「豪放」。「氣魄大」的基礎是人所具有的理想即「志」，有「志」從而激發起人的積極進取的精神狀態，不斷的密切聯繫到社會實踐的熔爐中來，將個體的「小我」改造和提升爲「大我」——而這個「大我」，其中有包含有「小我」，並給予「小我」以充分的個性精神。現代社會中的「豪放」意蘊沒有這樣的基礎，最根本的一點就是沒有實現「大我」的精神，而單純的張揚個性化（並且是和性聯繫在一起的個性化，個人的欲的極大膨脹化），就必然導致「豪放」的走向墮落。值得一提的是，西方的「崇高」範疇在現代主義盛行之時，也經歷了一個「傾頹」的過程，現代主義反對理性，「潛意識、無意識、非理性得到了張揚，藝術不再是現實的某種附屬物或是個人理想的一種寄託。……正是在現代主義的直接衝擊下，崇高作爲一種理性主義統治下的理性藝術的風格，其內涵也正在走向表面化的

傾頹。」〔註190〕這種中外罕見的同致現象，是深可值得注意的。

　　「豪放」在現代社會生活中出現頻率最高的現實是和女性聯繫在一起的，也是靠女性來實現的。新時期以來，由於改革開放的影響，社會各個領域都實現了全面的思想解放，男女平等得到了鞏固和發展，男女平等得到了較好的實現，但隨著女性地位的不斷提高，在社會生活的某些方面，甚至在某些方面出現了「矯枉過正」的現象。女性的地位在以家庭爲單位的社會細胞中，已經實現了以由男性爲主導地位到女性爲主導地位的轉變，很多家庭實質上是女性擔當著家長的角色，而男性主人則不同程度患上了「妻管嚴」，成爲現代社會的一大顯著文化現象。與之相適應的，則是社會不少領域之內的「陰盛陽衰」，例如中國男足和中國女排的鮮明對比。然而，從整個社會來看，以男性佔據主導地位——尤其是在掌握政治話語、權力話語和思想道德意識形態方面——的態勢並未得到根本改變。女性在很大程度上來說，仍然是男性的附屬物。在政治體制框架維持一定的情況之下，從思想道德的意識形態角度來打破男性的獨霸地位，是現代社會中女性尋求主體獨立的唯一突破口。因此，矯枉必然過正，二十世紀末以來的一部份現代女性，她們不再以傳統的社會道德束縛自我，不再以之作爲自我價值評價和生存意義的根本依據，而以自我爲中心確立其存在價值和生存姿態，呈現出極爲鮮明的「豪放」姿態。而其極端的畸形的發展，則是網絡上的「豪放女」現象。

　　就「豪放」的男性主體來說，其在歷史上的美學意蘊是較爲恒定的，而我們這裡所謂的女性之「豪放」，就道德話語中的男女平等而言，其表現並非是女性要爭取政治權力或經濟利益等一些外在的因素，而是依靠其自身的內在力量，確立其生存的眞正姿態。這種姿態，不以外在的道德評價爲衡量的標準，而是以自我爲中心作道德的評價，從而實際上呈現出一種「超道德」的評價價值系統，在形式上極端地蔑視世俗社會的道德禮法制度，因此呈現出極爲鮮明的「豪放」精神和色彩。這種「豪放」因爲是以自身條件爲基礎的，而女性的自身條件，就其能夠實現對世俗社會道德禮法制度的超越來說，則最具代表性的是其精神層次的「豪放」，而在外在形式上，則往往以「性」作爲最具反叛色彩的現實行爲，這種「豪放」，比之張彝則要深刻得多，以這

〔註190〕姚君喜：《西方崇高美學》，甘肅人民出版社，2002 年版，第 19、224～225頁。

種行為實現超越道德禮法制度而「豪放」，這在歷史上並不鮮見，例如《戰國策》卷二十七記載：

> 楚圍雍氏五月，韓令使者求救於秦，冠蓋相望也，秦師不下殽。韓又令尚靳使秦，謂秦王曰：「韓之於秦也，居為隱蔽，出為雁行。今韓已病矣，秦師不下崤。臣聞之，唇揭者其齒寒，願大王之熟計之。」宣太后曰：「使者來者眾矣，獨尚子之言是。」召尚子入。宣太后謂尚子曰：「妾事先王也，先王以其髀加妾之身，妾困不疲也；盡置其身妾之上，而妾弗重也，何也？以其少有利焉。今佐韓，兵不眾，糧不多，則不足以救韓。夫救韓之危，日費千金，獨不可使妾少有利焉。」〔註191〕

宣太后以性愛姿勢為譬在外交活動這樣的場合大談其策略，這正是典型的以精神為內在而以性為外在表現形式的「豪放」，這種「豪放」可謂歷史上的千古奇觀，可謂驚世駭俗，用現在網絡上流行的「豪放女」的眼光來看，宣太后正是中國歷史上最早的最具代表性的「豪放女」。之所以出現這樣的事情，和宣太后當時垂簾聽政的政治地位是分不開的，但即便如此，也已經足使人無限驚詫的了。若缺少這種政治地位，而在現實生活中又渴望男女平等，則人生所面對的第一大關口是婚姻自由。在封建社會三綱五常的束縛下，女性基本上沒有婚姻自由的權力，在婚姻問題上基本上都是「父母之命，媒妁之言」。但在漫長的歷史長河之中，也有極為特別的突出例子，如西漢時期的卓文君和司馬相如，卓文君以寡婦之身在此次婚姻中，無論是最初的中意司馬相如，還是以當壚賣酒要挾父親，她都始終佔據著主導地位，體現出超越世俗道德禮法制度的極大勇氣，可謂是中國歷史上眾所周知、人所豔羨的「豪放女」的成功例子。當然，這種成功的例子並不多見，絕大多數女性在封建婚姻中只能是「嫁雞隨雞，嫁狗隨狗」，在政治婚姻為首要條件的封建社會，女性的政治地位越高，反而是越成為其婚姻自由的羈絆。在封建道德的束縛之下，女性只能以「女子無才便是德」為訓，極大地喪失了自己存在的獨立性和存在價值。而像李清照這樣的大才女，在作品中自由自在地表現真實的情感，也為古代的道德倫理思想所不容，例如南宋王灼就在《碧雞漫志》裏批評她說：

〔註191〕《文淵閣四庫全書‧戰國策》（電子版），上海人民出版社、迪志文化出版有限公司，1999年版。

　　易安居士，京東路提刑李格非文叔之女，建康守趙明誠德甫之
妻。自少年便有詩名，才力華贍，逼近前輩，在士大夫中已不多
得。若本朝婦人，當推詞采第一。趙死，再嫁某氏，訟而離之，晚
節流蕩無歸。作長短句，能曲折盡人意，輕巧尖新，姿態百出，閭
巷荒淫之語，肆意落筆，自古搢紳之家能文婦女，未見如此無顧籍
也。〔註192〕

從思想精神上來說，李清照確有「豪放」的姿態，雖然她的詞以「婉約」著
名，但是她的詩歌卻是迥然不同，而多有「豪放」之作的，例如我們所熟悉
的「生當做作人傑，死亦爲鬼雄。至今思項羽，不肯過江東」（《夏日絕句》）。
從王灼的批評之中，我們可以深切地體會到，封建社會的女性即使是要想在
文學的領域裏確立自己的主體獨立地位，也是不容易的。〔註193〕古代並不缺
乏才女，但是強大的封建道德的束縛使得她們很難突圍而出，只有在一些不
爲世俗人生所認可的生存形式——如娼妓——那裡，在犧牲了婚姻自由和性
愛自由及人格尊嚴的前提下，女性才能實現自己的「豪放」姿態，破繭而出
——元曲中有很多這樣的「豪放」的女性形象，如《救風塵》中的趙盼兒—
—這種情形，無疑是人類社會中女性整體的一大悲劇！能夠從良而找到一個
比較理想的歸宿，往往成爲中國歷史和文學中的佳話，而屢屢爲人們所津津
樂道。而從良這一途徑，說明她們最終還是不得不以世俗的道德爲歸依。但
也有極爲特別的情況，如陳寅恪《柳如是別傳》一書第五章《復明運動》，提
到了柳如是從良後在世俗道德面前的反叛姿態，並分析其事云：

　　至於孫愛告殺河東君有關之鄭某或陳某事，如徐樹丕識小錄肆
「再記錢事」條云：「柳姬者與鄭生奸，其子殺之。錢與子書云：
『柳非鄭不活，殺鄭是殺柳也。父非柳不活，殺柳是殺父也。汝此
舉是殺父耳。』云云，眞正犬豕猶然視息於天地間。再被□□，再

<hr>

〔註192〕褚斌傑、孫崇恩、榮憲賓編：《李清照資料彙編》，中華書局，1984 年版，第
　　　　4～5 頁。
〔註193〕李清照詞的主要特色是「婉約」，但在一些詩歌中對於時局的批評卻不是保守
　　　　的，與當時南宋「主和」的主流不相容，保守思想陣營並不會因爲其詞表現
　　　　爲非常好的「婉約」本色而饒恕其思想上的「反動」，一個典型例子是對於李
　　　　清照的惡意抹黑——編造其「改嫁」之事，對此筆者在《是誰，躲在歷史陰
　　　　暗角落裏冷笑？——李清照〈投翰林學士蔡崇禮啓〉及其改嫁問題合理性之
　　　　探討》一文中有詳細論述，可參看（見拙著《〈漱玉詞〉評說》，陽光出版社，
　　　　2013 年版，第 127～139 頁）。

以賄免，其家亦幾破矣。己丑春自白門歸，遂攜柳復歸拂水焉，且許以畜面首少年爲樂，蓋『柳非鄭不活』一語已明許之矣。」……荷閘叢談三「東林中依草附木之徒」條云：「當謙益往北，柳氏與人通姦。子憤之，鳴官究懲。及歸，怒罵其子，不容相見，謂國破君亡，士大夫尚不能全節，乃以不能守身責一女子耶？此言可謂平而恕矣。」……蒙叟精於內典，必通佛教因明之學，但於此不立聖言量，尤堪欽服。……一掃南宋以來貞節僅限於婦女一方面之謬說，自劉宋山陰公主後，無此合情合理之論。林氏乃極詆牧齋之人，然獨許蒙叟此言爲平恕，亦可見錢氏之論，實犁然有當於人心也。〔註194〕

古代的娼妓，得到一個能夠理解自己的人是非常不易的，柳如是的姿色是其風流豪放的一大資本，她依靠錢謙益找到了一個比較理想的棲息地，可惜的是錢已是垂老之軀，在這種情形之下柳如是能夠做出有違世俗道德禮法的「通姦」之事，確實也是「豪放」之極，而錢氏能夠原諒她，除了其本身即在明清巨變之際扮演了一個人格上並不太崇高的角色之外，其思想的開放也是顯而易見的，「且許以畜面首少年爲樂」，這在今天思想已經極大開放的現代社會，依然是有點不可思議的！而陳寅恪「一掃南宋以來貞節僅限於婦女一方面之謬說」，恰恰可見其在男女平等的歷史進程中的偉大意義！如果說這種思理在以前還是比較新鮮的事情，那麼在今天，這種聲音已經是越來越宏大了。而且，現代女性在「豪放」的道路上，其實還要走得更遠——這就是發端於二十世紀後半葉，而在今天匯流爲洪峰的網絡「豪放女」現象。其過程，以最爲主要的傳播媒介和方式而言，則由最初的電影到今天發達的網絡，傳媒的改變，尤其是網絡的漸趨於普及，使「豪放女」現象已經蔚然成風，蔚爲大觀，成爲現代社會女性主體獨立意識的一道不可忽視的風景。

在當代，網絡上的關於「豪放」女人的信息鋪天蓋地，「豪放女」〔註195〕這一辭語出現頻率之高，是足以讓人驚異的。這一語辭最先在現代社會生活中的閃亮登場是一九八四年的香港，當時邵氏電影公司出品了《唐朝豪放

〔註194〕陳寅恪：《柳如是別傳》（下），三聯書店，2001年版，第885～887頁。

〔註195〕「豪放女」作爲一種網絡文化現象，是正在生成過程中的事物，對其評價不可能體現出一定的歷史沉澱意識。因爲和本書所論之主題有密切關係，因此亦不可不做一簡單考察，以體現尊重事實的學術客觀精神。對此現象存在不同看法，皆可商榷，本書僅代表筆者之私人觀點。

女》，這是一部講述唐代美女兼才女魚玄機的故事，主演是夏文汐，「對於夏文汐而言，拍電影無所謂尺度，若是劇情需要，該脫就脫，毫不忸怩。」在此片中，她「大膽的露點演出已令世人驚歎」，初見今日「豪放女」的本色。魚氏自幼入道觀，中經人世繁華與情愛的洗禮，情緣斷後再返道觀，然情慾已開，故「歸返道門容易，皈依三清不易。英雄遠行，寂廖之心誰解，婢女綠翹便是夜半替代之人。同性之美，別有洞天。這終爲道規所不容，只得棲身煙花之巷，片子玄機充滿反叛的女權意識，將天地之和視爲平等，眞謂豪放。雖是女子，可是她視浮華爲雲煙，不羈勝過鬚眉。」〔註196〕魚玄機追求人世間男女的平等情愛欲望，在古代雖然是很具有反叛色彩的一種行爲精神，但是在古代畢竟又不乏這樣的行爲精神，因爲她們不但是美女，而且是才女，便和單純爲了情慾而「放蕩」的女人多少有了一點區別，然而在本質上，兩者又是沒有區別的。稱之爲「豪放」，典型地體現了一種社會歷史的現代精神，其實是在很大程度上表示了現代社會的人對於這種行爲精神的人道的肯定——如果說「豪放女」在這裡是這樣一種意義的話，那還是很好的，但是必須指出的是，即使在這樣的一種肯定下，也不能掩蓋「豪放女」所具有的單純在自我的層次來追求和實現自我價值，因而具有很大的片面和幻想的做法的實質，這一點如果同女性的解放這樣一個主題聯繫起來，相信魯迅在小說《傷逝》裏面所揭示的意蘊，已經是非常之深刻的了。即使這種個性解放的本意要高於明代淫豔冶麗文學所呈現的境界，也畢竟是有限的。歸根結底，這種「豪放」的行爲精神還是沒有上升到要求實現「大我」的境界，而缺乏理想的色彩，這是一種人性中本然的自然性的因素，還沒有上升到社會理想的層次。正是沿著這種單純的畸形發展的方向，「豪放女」的意蘊迅速走向了墮落的路途。現在，網絡上的出名的「豪放女」頗多，如程菊花、芙蓉姐姐、紅衣教主、流氓燕、竹影青瞳、木子美等人，「搜狐」網還搞了一個「中國豪放女排行榜」（網友版），列出了她們「豪放」的「知名度」、「豪放度」、「潛力度」和「綜合指數」及「豪放語錄」，可謂醜態百出，「豪放」至極，足以令古代的「豪放」派大家汗顏。且來看一看她們的「豪放語錄」：

　　程菊花：「我會來，我就想問你下次在哪裏。」
　　芙蓉姐姐：「我那張耐看的臉，陪上那副火爆得讓男人流鼻血的

〔註196〕引自「http://baike.baidu.com/view/965110.htm」。

身體，就注定了我前半生的悲劇。」「我那妖媚性感的外形和冰清玉
潔的氣質讓我無論走到哪裏都會被眾人的目光『無情地』揪出來」。

流氓燕：流氓了一輩子，現在總算明白了，原來流氓是這麼精
彩的一生。

網絡上如此評論芙蓉姐姐的出現及成名：

一夜之間，一個被稱爲「芙蓉姐姐」的上世紀 70 年代女子成爲
網絡上炙手可熱的偶像，而且迅速被放到紙質媒體上再傳播。「芙蓉
姐姐」的一句「我總是很焦點」，伴著她獨特的「行爲藝術」，眞正
地讓人們認識到，「網絡話題女性」似乎已不可阻擋地自成一派。……
有人評價「芙蓉姐姐」是最徹底的「論壇明星」。其賴以成名的招數
非常簡單，一是大量張貼自己的「經典 S 形」體態的業餘照片，二
是不斷發表超級自戀的「經典語錄」。〔註 197〕

署名「黯然銷魂唇」的網友在網上評論說：

搜狐這個國內知名網絡順勢編排的這個網友版的「中國豪放女
排行榜」，雖然不具備權威性，但其敏銳讓人歎服，中國豪放女排行
榜，讓我們得以領略網絡明星們恬不知恥的風采，得以我們變態的
心理和獵奇的雙眼得到滿足，中國豪放女排行榜可以驕傲的告訴世
人，我們是中國超一流嘔像榜。相關的調查則顯得格外有趣，問題
一、他們是什麼原因得以成名？選擇如下：勇氣過人、才藝逼人、
臉厚強人、美麗動人、言語驚人、天生牛人，我毫不猶豫的選擇了
臉厚強人。問題二他們今後的下場如何？選擇如下：犧牲品，很快
淡出、影響一代人、偶像巨星、進軍國際、變成一個組合，79.76%
的朋友和我做出了同樣的選擇，犧牲品，很快淡出。從排行榜可以
看出這些當今中國豪放女有著驚人的相似，網絡、女性、厚顏無恥。
炒作顯然是「網絡話題女性」的生產力，但這種炒作難道眞的是人
們的眼球所向？眞的是像芙蓉語錄中那樣，我那妖媚性感的外形和
冰清玉潔的氣質讓我無論走到哪裏都會被眾人的目光「無情地」揪
出來？我想答案是否定的，這些所謂豪放女的出現更多的不過是被
人品評甚至是辱罵，她們所得到的不過是虛擬網絡的點擊數量而
已，我的理解她們是在板磚當中求發展。這些迥異於傳統女人形象

〔註 197〕引自「http://www.ccbv.net/bbs/detail.asp?titleid=26486」。

的女性不過是在不斷製造話題或者醜聞，她們充其量不過是所謂注
意力經濟時代中的一種新型大眾消費品，或者說是被無數雙獵奇的
眼睛賞玩的小丑而已。〔註198〕

把「豪放」扭曲、糟蹋、墮落到這種程度，以及在現代傳媒便利條件的助力
下，網絡「豪放女」可以說已經成為一種不可忽視的文化現象，正在深刻地
影響著現代人的生活和心理、精神，深刻影響著現代人的審美意識，挑戰著
傳統的美學理想和觀念。網絡的虛擬性和便利性使得這種行為的實現毫不費
力，也使得她們的行為要多無所顧忌就多無所顧忌。在虛擬性的世界裏她們
將「豪放」發揮到了極點，與這種極端審醜化相配合的，還有眾多女性發布
在網上的「豪放」型的照片，以「豪放」露點的方式挑戰著現代人的視覺和
精神——而幾乎沒有男性這樣做，在這種現象的背後，是否體現了女性在完
全解放之後仍然無法擺脫男性權力話語和視角的現實，因而做出這樣一種反
抗的姿態？而她們之所以能夠和「豪放」聯繫起來，也從反面反映了「豪放」
所具有的挑戰、反叛、突破傳統文化道德的精神特色，實在是極其鮮明的！
然而，僅僅具有「豪放」的「不受拘束」的內涵姿態，而沒有「豪放」之所
以產生的內在的盛大的「氣」（以及由這種「氣」所催發的「情」），不與關乎
社會理想和現實的「大我」相聯繫，那麼這種「豪放」就只能是極為膚淺的，
不是一種美，而是一種醜了，謂之墮落，實不為過。

　　不過，值得注意的是，正與歷史上「豪放」在各個領域裏也曾都有過「非
美」的因素對處於核心層次的「豪放」之美有著這樣那樣的影響一樣，筆者
在這裡所分析的「豪放」的墮落，只不過是「豪放」範疇研究的一個必要組
成部份，是一種特例和個別現象，「豪放」正常形態的美及意蘊，並不會因為
這些干擾而退出人類美的創造和審美的領域。從嚴格意義上來說，「豪放女」
的這種行為僅僅是徒有「豪放」的外表，而無「豪放」的真正境界，只不過
是假借著「豪放」的名號來行其「墮落」之實而已。「豪放」絕對不會因為這
些因素，而在本質上真正的墮落。同時，我們也必須認識到，承繼現代社會
男女平等語境而發生的「豪放女」現象，並不意味著在現代開放的社會裏社
會公德的退化或退場，相反，在發達的現代社會，社會公德正是體現一個社
會公民素質的重要方面，是人作為一個社會的人的道德底線，突破了這個底
線，則任何「豪放」的獨立精神和姿態，都將是反人類的，都只能導致自我

〔註198〕引自「http://club.sohu.com/read_elite.php?b=star012&a=926263」。

的更大迷失，這和其確立主體獨立意識的初衷，恰恰是背道而馳的。從這個意義上來說，網絡「豪放女」作爲一種重要的文化現象，應該引起我們的注意和關注〔註199〕，以更好的保障和促進女性主體獨立地位的眞正實現，維護現代女性的社會權益和價值實現。

〔註199〕作爲一種動態發展的事物，本書的關注也只能是階段性的。2010年以後，「豪放」女中的一些人不斷努力，利用前期在網絡上積累的名氣力圖實現轉型，有的還向娛樂圈發展（如芙蓉姐姐），頗有成效，可參看。

第六章 「豪放」的根本思想精神、哲學辯證法精神與詩學精神

　　「豪放」範疇及「豪放」之美何以獨在我國出現並大放異彩？本書第四、五兩章已經就「豪放」產生的歷史發展流變做了探討，其中有些內容涉及到了「豪放」生成的社會歷史文化基礎，如「豪放」生成中「志」的作用及其形成、影響「豪放」生成的主客觀因素等，本章我們將進一步多視角的探討一下「豪放」的思想精神、哲學辯證法精神和詩學精神，這三個層次地問題，實際上都涉及到「豪放」主體在「志」（理想）的作用下的能動表現，即既有「天行健，君子以自強不息」（《乾卦・象傳》）的積極進取的剛健色彩，也有「知其不可爲而爲之」（《論語・憲問》）的奉獻於社會民生的奉獻精神。

第一節 「儒、道互補」、意在現實——「豪放」的根本思想精神

　　「豪放」美學範疇的根本思想精神，即是儒家和道家兩家思想優勢互補、取長補短的歷史和合及其意在現實、努力改善社會民生而積極作爲（尤其是在實踐的意義上）的人生境界。「儒道互補」一命題久爲學界所關注，其代表性學者有李澤厚、陳炎等人。〔註1〕中國古代社會歷史文化的發展促成了

〔註1〕 「儒道互補」爲「豪放」生成的總的社會歷史文化基礎，本章三節內容皆不出此，本節單獨從思想文化層次上論述之，第二節、第三節則從哲學辯證法、詩學層次論述之，其結構係由大而小、由泛而專的逐步深化。

儒、道兩家思想的最初分流獨立和最終優勢互補〔註 2〕，「豪放」的最初品性不但爲古代社會歷史文化的發展所規定，同時又是這種社會歷史文化發展態勢影響下，儒、道互補的更高層次思想境界的一個典型成果。〔註 3〕既然「豪放」的邏輯起點是「收」和「放」的互動（這種互動關係首先呈現爲社會歷史文化總體格局對「豪放」生成的影響，而體現出來的「收」與「放」的不同態勢），內涵是主體的「不受拘束」，那麼本部份我們將主要在這兩個因素統一的視域上來探討一下「豪放」上述思想精神形成的具體情況。

梁漱溟曾分析過東西方三種文化的不同特質，他認爲，就人生發展的路向而言，西方文化是指向「未來」、意欲向前「改造局面」，中國文化是以意欲調和、持中爲根本精神，遇問題不解決而「就在這種境地上求我自己的滿足」，而印度文化則是以意欲轉身向後要求、「遇到問題他就想根本取銷這種問題或要求」爲其根本精神，根本取銷問題和要求的。〔註 4〕由此可見，中國文化「遇問題不解決而於此境地求我之滿足」的特色，從總體上決定了中國

〔註 2〕　鄧東《李澤厚與陳炎的儒道互補研究之比較》（載《山東科技大學學報》社會科學版，2002 年 9 月第 4 卷第 3 期）一文闡論甚詳，李氏對其評價較低，謂之爲「相對貧乏而低級的『原始的圓滿』」，原因在於「個體的重要性與獨特性的發展，心理的豐富性與複雜性的增加」，使「儒道互補」「遠遠不能得到現實生活發展中和精神超越中的滿足」（李澤厚《中國古代思想史論》，人民出版社，1985 年版，第 316～317 頁），「陳炎則從嚴格的學術意義上，對儒道之間相互制約、相互轉換、相互協調的文化功能，給予了充分肯定：由於儒道互補，使感性與理性未能徹底分化，中國傳統的藝術與工藝因此而取得了輝煌燦爛的成就，成爲中國文化優於西方文化的長處所在。」（鄧東）筆者認爲，鄧文分析雖精到，但卻未能體察兩人評價的視域：李氏顯然是總結過去而前瞻未來而欲有更高之價值建立，而陳氏則是立足古代解釋其價值所在。

〔註 3〕　「中國傳統文化確是以儒、道兩家思想互補爲其總格局的」（許抗生《簡論中國傳統文化的儒道思想互補》，載《中國文化研究》1994 年夏之卷，總第 4 期），此一結構和範型穩定後古代一些思想文化成果均出於此，但其具體融合之比例及實際則大有不同而優劣不等，如美學範疇中的情形（參本書《「豪放」的內涵與生成》一章之有關內容），故本節所論，爲「儒道互補」的高級形態。筆者認爲，「豪放」在中國古代思想文化中或不足以爲最高最優秀的典型，但在詩學（詩詞曲）及美學範疇中，卻足以當之（詳見第七、八章論述）。有的學者強調「儒道文化，首先是對立的」（鄧紅蕾《對峙卻互補　互滲但獨立——論儒道文化的張力效應與流變態勢》，載《中南民族學院學報·人文社會科學版》2001 年 11 月第 21 卷第 6 期），但也承認，「二者的對峙正是形成互補的一個前提條件」，這是當然的。

〔註 4〕　梁漱溟：《東西文化及其哲學》，《梁漱溟全集》（第 1 卷），山東人民出版社，1989 年版，第 381～383 頁。

文化的保守性，這種保守性正是和「豪放」密切相關的，因為中國文化的特色是我們理解一切中國傳統思想精神的依據，當然也包含中國古代的審美意識，以及包含在審美意識之中的若干的審美範疇。社會、歷史、文化是交相作用於「豪放」這一審美範疇的，這些因素糾纏在一起很難區分開來，共同構成「豪放」的深層次的內在基礎，支配著其在歷史上的生成和發展的面貌和姿態及路向。

從我國傳統文化的生成來看，春秋戰國時代的諸子百家思想，實在是中國文化最早的最重要的最燦爛的結晶。開放的百家爭鳴式的思想和學術格局，其實只是一次集中的「綻放」和「解放」，如果說「豪放」的基礎奠定於此，那麼此前的準備時期，就是為這一次集中的綻放做前期工作的時期，也就是一個「收」的時期，它典型地體現為文化的生成和積累，以及在文化範圍內的包括政治、思想、禮法、制度等一系列的生成和整和，鮮明地體現了一種歷史的「合力」。追溯這個準備期，就可知是周文化。周文化本身就是繼承發展了夏、商兩代文化而集其大成的結果，它在中國文化史上具有絕對的源頭的意義。《論語·為政》裏說：「子曰：『夏禮吾能言之，杞不足徵也。殷禮吾能言之，宋不足徵也。文獻不足故也，足，則吾能征之矣。』」「子曰：『周監於二代，郁郁乎文哉！吾從周。』」朱熹說：「夏尚忠，商尚質，周尚文。」〔註5〕可見周對於夏、商二代文化的和合作用。一個「文」字，正顯示了文化的成熟性標誌。

周文化的成熟，從「豪放」的視角來看，代表著社會歷史文化的總體格局由「放」到「收」的逐漸發展。原始社會裏人類主要以部落的形式生存，所面對的外在對象主要是自然界，所以人類的個性還沒有生發出來，人類整體上還基本是以集體共性的形式存在於自然界，而向真正的人類社會的轉變努力著。當歷史行進到奴隸社會的時候，中國歷史上的周滅殷商具有重要意義，這是中國文化的真正開始：

> 從國家機構和政治制度方面來看，殷代還帶著原始的部落組織的特點，沒有形成完整的體制……殷王儘管對其他貴族處於無比優越的支配地位，但還沒有形成如同後世君主那樣的絕對權力。……周人滅殷以後，利用宗法制度作為組織形式，建立了一個嚴密的從天子到諸侯以至卿大夫的金字塔式的統治秩序，奴隸制的國家機構

〔註5〕 朱熹：《論語集注》，齊魯書社，1992年版，第22、24、17頁。

和政治制度才算完備起來，以華夏爲主體的統一王國在中國歷史上第一次形成。這是殷周之際從不發達的奴隸制向發達的奴隸制轉變的政治上的標誌。〔註6〕

顯然，宗法制度的完備和加強，表明統治階級爲了鞏固其統治地位而加強了「人治」，這和人類共同面對外在的自然界的時候是不一樣了——如果說那時人們是以集體共性的形式共同對抗大自然，人的個性還沒有生成的話，那麼在宗法制度完備和加強之後，則是明顯地將人的個性壓制在共性形式之下了，人的個性的形成，應該是在人類擺脫了原始社會的狀態而進入到人類社會的時候，文化的建設剛剛開始，人的淳樸、自由的個性還沒有被宗法制度束縛起來。這個時候，人性和人的精神狀態是「放」的自由的，但是還沒有「豪」的意蘊，因爲「豪放」是和「志」密切相聯繫著的，而「志」則是文化極其發達之後和人類社會的理想聯繫在一起的，理想作爲一種文化的重要部份，在這個時候還沒有真正建立起來。「放」可以說是人類的天性，單純的「放」是構不成後世的那種「豪放」之意蘊的，因此，我們在梳理「豪放」的歷史文獻的時候，最先進入視野的是「放」而不是「豪」，是有著其必然性的。由於殷商代夏和周代殷商在遠古的三代是幾乎和開天闢地同等重要的大事，而且這一時期正是中國傳統文化建設的初始階段，這種雙重的歷史作用結合在一起，使得三代的君主充滿了憂患意識，並體現在古代的典籍之中，可說是我們的先人對於大自然和人類自身的雙重建設和規範。因此，周代文化的建立雖然在形式上具有「收」的態勢，但它的初期是一個成長期，是具有進步的歷史意義的。正因爲如此，故《尚書》中戒「放」的思想言論才一再出現，比如在《皋陶謨》篇中皋陶對大禹說「無教逸欲」和「天秩有禮」的話，《五子之歌》指出「太康尸位，以逸豫滅厥德，黎民咸貳，乃盤遊無度，畋於有洛之表，十旬弗反」（這裡太康的行爲可以說是極其之「放」的，也就是不合於法度之意），《太甲》篇裏太甲說出了「欲敗度，縱敗禮」的自責的話，也是著眼於一個「度」和「禮」的問題〔註7〕，從荀子「人之性惡，其善者僞也」（《荀子·性惡》）〔註8〕的角度來說，人的天性中就有好逸惡勞的傾

〔註6〕 任繼愈主編：《中國哲學發展史》（先秦卷），人民出版社，1983 年版，第 91～92 頁。

〔註7〕 《四書五經》，嶽麓書社，1991 年版，第 221 頁、第 227、233 頁。

〔註8〕 《荀子》，中國書店，1992 年版，第 286 頁。

向，如果不加以約束，人性之惡就會如洪水般泛濫，也就違背了人類社會的基本原則，人也就和動物沒有什麼本質上的區別了。但是如果約束過度，則容易扭曲壓抑人的天性之中美好的一面，這也是和人類社會的基本原則相違背的，因此這裡其實就是一個「度」的問題，「度」是非常不好掌握的，所以《畢命》篇中周康王才說出了「驕淫矜侉，將由惡終。雖收放心，閑之惟艱」〔註9〕（「閑」即「約束」之意）的話，可見這是一個棘手的問題。《旅獒》篇中召公勸誡周武王說「不役耳目，百度惟貞。玩人喪德，玩物喪志。……不矜細行，終累不德」〔註10〕，就是怕周武王「玩物喪志」，而沒有「志」維繫的「放」，就不是「豪放」，而是過「放」，過「放」沒有「善」的內核，形式形態上也不美。有趣的是，先人在思想精神方面爲了戒「放」而反覆的諄諄教導，在現實生活之中，也從法度上對可能導致「放」的因素做了盡可能的約束。酒對於「豪放」的表現的實現具有重要作用（詳見本書《「豪放」的內涵及內在結構生成》一章第二節之相關內容），而《尚書》中的《酒誥》一篇，卻正是周公宣佈戒酒政令的誥辭。在現實的物質條件上對可能的過「放」給予約束，這在中國文化生成淵源的周人那裡，可說是一個異數和奇觀，由此也可見酒對於「豪放」的作用和意義。這樣一來，我們也就容易理解因此而染上了深深傳統文化色彩的「豪放」，如何在中國美學史上生出了一種別樣的異彩。在誥辭中周公鑒於殷末風氣奢華、酗酒亂德，紂王建造酒池肉林放縱淫樂而亡國的歷史教訓，告誡國人「無彝酒」（「彝」爲「經常」之意），「爾乃自介用逸，茲乃允惟王正事之臣」，指出「惟荒腆於酒，不惟自息乃逸」。〔註11〕《說文解字》釋「逸」云：「失也。從辵、兔。兔謾訑善逃也。」這應該是其文字學上的原始義，綜觀《尚書》中出現的「逸」，已經非是此原始義而是具有放縱的引申義了。對於「逸」的高度警惕，正是三代先人建立禮法制度的思想淵源和基礎，同時也就是「豪放」之所以能夠在中國美學史上出現的現實的社會歷史基礎。爲了配合這種現實的禮法制度，周人最先提出了「天命」觀念：

　　　　周人首先是對殷人的天神觀念作了改造，爲宗法奴隸制的意識
　　　形態奠定了理論基礎。和原始社會的那種自發產生的自然崇拜宗教

〔註 9〕 《四書五經》，嶽麓書社，1991 年版，第 275 頁。
〔註10〕 《四書五經》，嶽麓書社，1991 年版，第 249 頁。
〔註11〕 《四書五經》，嶽麓書社，1991 年版，第 256 頁。

相比，殷人把天神看作是統率著各種自然力的最高主宰……這個天神對殷人來說，作為一種盲目支配的力量，與包括殷王在內的所有人相對立。這種情形說明了殷人的天神觀念不能很好地起到維護統治的作用，並沒有發展成為殷代奴隸制上層建築的有機組成部份。到了周代，天神觀念起了變化。周人把天神想像和說成無限關懷人世統治的有理性的最高主宰，和祖宗神一樣，是與自己同類的善意的神。這個天神不再是與人們相對立的盲目支配力量了，它和最高統治者結成了親密的關係，把他們當作自己的嫡長子，選派他們統治疆土臣民。因此，周代出現了天子和天命的觀念，周王可以自稱為天子。所謂天子，並不是從血統的意義上說的，而是著重於政治和道德的意義。〔註12〕

這種天命觀念是順應統治階級利益的，是為了禮法制度的建立和保持統治階級的既得利益。從中國傳統文化的建立和社會發展的角度來看，在社會發展上升的時期，其作用是不可抹殺的。況且，周人還把「以德配天」觀念和天命觀緊密聯繫了起來，從而強調人事的努力，例如《禮記・表記》對比殷商和周在處理神、人關係上的差異云：「殷人尊神，率民以事神，先鬼而後禮，先罰而後賞，尊而不親。其民之敝，蕩而不靜，勝而無恥。周人尊禮尚施，事鬼敬神而遠之，近人而忠焉」。〔註13〕正因為周人有著強調人事的精神，其處於歷史上升期的事實也是不容置疑的。天命觀念雖然相比較於殷人而言是一個進步，可是也有著兩重性：

中國哲學只有完成打倒天國的任務，剔除天的人格神的含義，才能從宗教的桎梏中解放出來。一些哲學流派，特別是儒家往往把這種含混不清的天的概念作為總體性的範疇，為自己的政治道道地地學說作論證。這種思維方式顯然是受了西周天命神學的影響……打倒天國的任務並沒有最後完成，整個封建社會，所有的哲學家都無力來完成。〔註14〕

因此，從總體上來說，在這種天命觀念的籠罩之下，整個封建社會的歷史必

〔註12〕 任繼愈主編：《中國哲學發展史》（先秦卷），人民出版社，1983 年版，第 93～94 頁。

〔註13〕 《四書五經》，嶽麓書社，1991 年版，第 641 頁。

〔註14〕 任繼愈主編：《中國哲學發展史》（先秦卷），人民出版社，1983 年版，第 115 頁。

然的就是統治階級限制和約束人的個性的歷史，作爲一個具有鮮明的主體性精神特色的美學範疇，「豪放」在中國古代歷史上的命運，可以說早就被這個大框框限制住了，這是一個大前提、大格局，從屬於中國古代美學的「豪放」，是沒有辦法擺脫這種命運的。從根本上（從中國文化上）說來，「豪放」之所以在中國傳統文化中得不到公正的待遇，原因正在於此！魯迅曾經在《摩羅詩力說》一文中，抨擊封建統治階級及其思想對於發揚人的精神和個性的詩歌，「協力而夭閼之，思永保其故態……惟詩究不可滅盡，則又設範以囚之。如中國之詩，舜云言志；而後賢立說，乃云持人性情，三百之旨，無邪所蔽。夫既言志矣，何持之云？強以無邪，即非人志。許自繇於鞭策羈縻之下，殆此事乎？」〔註15〕「許自繇於鞭策羈縻之下」，可謂一針見血！「豪放」在這種大格局之下所能受到的待遇，可想而知。而從現實的社會歷史現實說來，「豪放」在中國古代歷史上的命運——尤其是秦代確立的中華大一統的格局之後的歷史，已經不是像周人所防範過「放」的心態那樣了——那在很大程度上還是一種使人向善的良好心態，而秦代則是爲了防範人的個性、維護統治階級的統治和利益（即使實際上是無益於其統治和利益的。這樣的情況一般是昏庸的君主當政的時候，例如辛棄疾在宋代的命運），「豪放」是被視爲非正統的審美意識形態的。這樣說來，「豪放」在中國古代歷史上不公正和被壓抑的境遇就毫無足奇了，而其在新的歷史條件下必將重放光彩，也就是毫無疑問的了！

在受排斥和壓抑的總體格局和氛圍之中，「豪放」以唐宋之際爲界，又有一個自身發展成熟的曲折過程。周人那種企圖用天命觀念籠罩下的宗法制度和禮儀約束人的做法，經過漫長的社會歷史發展，逐漸被歷史所修正和背棄。對於舊的制度、禮法的突破和革新，對於舊框框限制人的深惡痛絕，對於新事物的本然的嚮往，是人類的天性，可以說正是在這些歷史行爲之中，奠定了「豪放」由萌芽狀態向參天大樹成長的基礎。到了春秋時期，周禮已經不能在事實上起到約束和限制諸侯的作用了，周天子的權威名存實亡。春秋是新舊交替的歷史時期，新的力量正在茁壯成長、發展，而到了戰國時期，終於在思想上形成了百家爭鳴的開放的格局，在政治、軍事上則是群雄逐鹿天下的格局。中國最偉大燦爛的文化在此時建立了起來，人類社會的理想已經不再是幼稚的雛形了，爲了理想境界中的社會，人們的「志」得到充

〔註15〕《魯迅雜文全集》，河南人民出版社，1994年版，第22頁。

分的發展，爲「豪」的出現奠定了基礎，這才有了「豪放」最初的合流——
在思想精神上是儒、道二家的互補（墨家在先秦也是鮮明的對抗儒家的禮義
之道的學派，但是縱觀整個中國歷史，墨家的影響就不如道家了，尤其是在
文化互補的意義上），在現實中則是具有俠義精神的「士」的出現，他們在中
國古代歷史之中，最先呈現了具有盛大而充沛的內在氣蘊的風貌，因而顯示
爲鮮明的主體性精神，初步顯示了「豪放」之美的風采。在春秋戰國時期，
政治領域裏的改革和突破使得歷史呈現出了一種新的氣象，也順理成章地帶
動了社會的發展。首先我們「可以從春秋時期關於神人關係的一些言論看出
這種演變的過程。『夫民，神之主也，是以聖王先成民而後致力於神。……』
（《左傳》桓公六年，隨大夫季梁語）……『虢其亡乎！吾聞之，國將興，聽
於民；將亡，聽於神。神聰明正直而壹者也，依於人而行。……』（《左傳》
莊公三十二年，虢史囂語）……在這些言論中，人被提到首位，神被降爲次
位，雖然他們都還承認神是聰明正直、保祐有德的，並沒有從思想上突破傳
統的『以德配天』的神權理論，但是對現實的人間政治表現了一種不同於
宗教蒙昧主義的清醒的理性的態度。」在這種思想的影響之下，「傳統的宗法
等級制度已經動搖了，君臣易位，篡逆僭越和滅國事件層出不窮。在這種
形式下，一些昏庸保守人物往往從宗教蒙昧主義出發，企圖憑藉神靈的威力
來維持自己的統治地位，而一些開明革新人士則從理性出發，根據實際政治
的利害得失來處理政治事務。」〔註16〕例如《左傳・昭公二十年》記載：「鄭
子產有疾，謂子大叔曰：『我死，子必爲政。唯有德者能以寬服民，其次莫如
猛。夫火烈，民望而畏之，故鮮死焉。水懦弱，民狎而玩之，則多死焉。故
寬難。』」〔註17〕這裡所謂的「寬難」其實是一種比較高的執政境界，子產已
經認識到單純用「猛」來約束和壓制子民是一種其次的方式了，「寬」、「猛」
結合，反映了一種辯證法的性質。在用人上，則出現了從「用人唯親」到「用
人唯賢」的轉變迹象，如《左傳・僖公三十三年》記載的臼季想晉文公推薦
冀缺的事。新舊交替之間，思想的碰撞是不可避免的，尤其是在新舊道德的
觀念上。而破格選拔人才，意義甚大，因爲它直接就是對舊有體制的一種極
大突破：

〔註16〕 任繼愈主編：《中國哲學發展史》（先秦卷），人民出版社，1983 年版，第 137
　　　　～138 頁。
〔註17〕 《四書五經》，嶽麓書社，1991 年版，第 1127 頁。

　　　　春秋時期，大國爭霸，戰爭頻繁，各國都在進行實力的競賽，
　　要求有專門的理財、打仗、治國的人才。但是一些奴隸主貴族只靠
　　血緣宗法關係佔據高位，長期養尊處優，文不能治國，武不能打仗，
　　已不具有周初貴族能文能武的本領。適應於這種情況，各國不得不
　　打破按血緣宗法關係用人的舊框框，破格選拔人才，委以重任。這
　　就直接推動了道德觀念的進展。〔註18〕

當時爲了國家的富強而採取實際的政策，是順應歷史潮流的，但是舊道德的
力量仍然是巨大的，如果說新道德對於舊道德的反動使得「豪放」的生成直
接成爲現實的可能，那麼這種舊道德根深蒂固的束縛力量，則是「豪放」得
以產生的深厚的歷史文化土壤。在新舊道德交替的過程中，不乏殉身舊道德
的例子，如《國語・晉語一》記載的晉太子申生自殺和《國語・晉語五》記
載的鉏麑自殺的事，前者自殺是因爲最終選擇了舊道德，而後者的自殺是因
爲接受了新道德的影響而又不能擺脫舊道德觀念。這些活生生的例子反映了
周人所建立的宗法制度的強大和頑固，當然，隨著歷史的發展舊道德必然會
讓位於新道德。可不幸的是，中國傳統文化中影響最大的一派儒家思想的創
始人孔子，卻是以維護舊體制舊道德的形象出現的，並爲之畢終生之力而奔
波，尤其是在從奴隸社會向封建社會轉變的歷史進程中，孔子所扮演的是一
個忠實的代表著奴隸主貴族利益的形象，這不能不令人感到遺憾——關鍵問
題是，孔子所開創的儒家學派在歷史上產生了如此之大的影響，這種逆歷史
潮流而動（主要表現爲落後性）的學說和思想，當時未能得到諸侯各國的青
睞，在後世卻被統治階級或改造利用或歪曲利用，竟然一直籠罩了此後的整
個中國歷史。這種情況的形成，和儒家在當時社會歷史中的地位有關，由於
上古文獻典籍淹滅眾多，他們得先天之利掌握了很多諸如典章制度等方面的
資料，而天下一旦大亂，他們就逐漸在文化蕭條之後掌握了主要的文化話語
權。掌握了話語權則必然要使用它，因此復興「周禮」是孔子一生的理想，
雖然這種話語權或理想已經大大落後於時代：

　　　　孔子認爲後來的朝代只能在周禮的基礎上有所損益，不會有根
　　本的變化，所以說「雖百世，可知也。」孔子對禮的發展前景估計
　　並沒有錯，後來兩千多年的封建社會，歷代王朝都繼承了周禮，在

〔註18〕 任繼愈主編：《中國哲學發展史》（先秦卷），人民出版社，1983 年版，第 155
　　　頁。

周禮儀的基礎上加以「損益」，都從未出格。〔註19〕

也就是說，從根本上看來，以儒家思想文化精神爲主的中國傳統文化思想，在本根上就存在著既定的復古和舊的色彩（《論語・憲問》云：「不在其位，不謀其政。」具有明顯的守成思想），從總體格局上籠罩了整個中國封建社會的歷史，在這種總體上違背歷史潮流的思想文化精神籠罩之下，具有不受拘束的內在精神的「豪放」意蘊的出現，是必然的事情，而只要一天不打破這種總體格局上的籠罩，「豪放」要想取得主流的審美意識地位，就不可能實現。「豪放」逆這種舊思想格局而生，但是其根基卻是建立在這種思想格局之上的，是其之所以產生的現實基礎。「豪放」的思想精神，正是一種帶有進步色彩的「出格」的表現，在這個過程之中，人的主體性精神得到了充分的發揮，人的內在之美也得到盡情的展露。

正因爲儒家思想在總體上有著那種保守的特性，因此雖然它是以積極入世爲心眼的，卻在根本上缺乏創新精神——進取精神畢竟還不是創新精神，在現實的實現過程中也容易滑向圓滑式的庸俗和不敢越雷池一步的教條主義。「儒家學說在促使人走向成熟，『儒化教育的層次效應』在取得極大成功的同時，也潛藏了導致人對其自然需求的壓抑之**趨勢**。也就是說，成熟同其他任何事物一樣，也是具有二重性的：一方面，成熟是取得社會承認，實現人生價值的先決條件；另一方面，日**趨**成熟也標誌著離其自然本心可能愈來愈遠。當社會理知以『他律』的形式去塑造人的性格、心理、靈魂，使人的外在表現趨於統一化、同一化、社會化的時候，社會理知的過份高揚，也可能成爲對人的自然本心構成越來越沉重的束縛、桎梏，即『異化』之威脅，從而引發出人的內在需求與其外在表現之間的矛盾與衝突。因此，渴望擺脫束縛，以回歸自然的呼聲，也將伴隨人的成熟日益強烈與明朗，從成熟走向深刻的『序幕』由此拉開。對『自然』的『回歸』，也就意味著對規則、習俗等社會理知的超越，即對儒家文化作逆向運動的啓動，而能承擔此重任的，非崇尚自然的道家文化莫屬。爲此，道家文化首先在『意象』上爲人們提供了想像的自由空間，人鬼神的三維存在形式，避免了成爲社會化的人的一元選擇的絕對論和專斷論。」〔註20〕儒家思想的這些缺點，中國文化史上是以

〔註19〕 任繼愈主編：《中國哲學發展史》（先秦卷），人民出版社，1983年版，第173頁。

〔註20〕 鄧紅蕾：《對峙卻互補　互滲但獨立——論儒道文化的張力效應與流變態

「儒道互補」的方式來挽救的，諸子百家中的其他思想流派也曾經做出努力，例如墨家，但從中國古代歷史尤其是前期中國歷史來看，惟有道家才是與其能夠抗衡的思想流派。這是因為，道家是以突出主體自我、主要在文藝精神上實現對儒家思想的補裨的，這恰恰和儒家思想為政教所利用而失去個體的獨立和主體精神形成優勢互補。中國傳統文藝的總體格局是儒家長期佔據著最高的位置，而在藝術例如書畫領域中，則是道家佔據著最高的位置，正像徐復觀所說的那樣：

> 莊子之所謂道，落實於人生之上，乃是崇高的藝術精神；而他由心齋的工夫所把握到的心，實際乃是藝術精神的主體。由老學、莊學所演變出來的魏晉玄學，它的真實內容與結果，乃是藝術性的生活和藝術上的成就。歷史中的大畫家、大畫論家，他們所達到、所把握到的精神境界，常不期然而然的都是莊學、玄學的境界。宋以後所謂禪對畫的影響，如實地說，乃是莊學、玄學的影響。〔註21〕

關於道家的問題，這裡先要涉及到我們上文中提到的「逸」的問題。在中國歷史上關於「逸」的問題已經成了一種富有特色的文化現象，這就是隱逸現象，這種意義上的「逸」不再具有放縱的意思，而是在避世的形式之下個體所採取的一種為了追求個體的自由，而放棄在物質上放縱的可能的權利，以取得精神上的自由和不受約束，這就和「豪放」的意蘊聯繫了起來。事實上，「逸」正是「豪放」意蘊中的重要組成部份，不過相比較於入世色彩的積極進取精神的「豪放」，這可以說是一種消極的「豪放」，因為它在本質上是達不到「大我」之境界的。「逸」在現實層面上是儒、道、釋共同作用的結果，在中國早期的歷史上則更是儒、道二家具有更大的作用。儒家雖然對於「逸」有著無限的嚮往，例如孔子在「知其不可而為之」（《論語・憲問》）思想的指導下，抒發了「道不行，乘桴浮於海」（《論語・公冶長》）的感慨，還曾對曾點之「志」（《論語・先進》）表示了由衷的讚賞，但是那畢竟只是一種「分外」的願望而已，孔子是沒有辦法擺脫他自認為的復興周禮的歷史責任的，後世儒家也不可能違背孔子的這種積極入世的精神。佛教本質上是出世的，這和人類社會的基本原則和人生是相悖的，而介於儒、釋二者之間的則是道家，

勢》，載《中南民族學院學報・人文社會科學版》2001 年 11 月第 21 卷第 6 期。

〔註21〕 徐復觀：《中國藝術精神》，華東師範大學出版社，2001 年版，第 2 頁。

在出世的程度上不如佛教，而且它還不像佛教那樣強調出世的外在形式（出家），而主要是在精神上達到避世的目的，甚至在後世中還形成了「小隱隱於野，中隱隱於市，大隱隱於朝」的基本思路。而正是受這種「大隱隱於朝」思想的影響，儒家的積極入世精神才和道家的出世精神奇異地結合在了一起，成爲中國文化和歷史中極爲獨特的現象。李澤厚也指出：「表面看來，儒、道是離異而對立的，一個入世，一個出世；一個樂觀進取，一個消極退避；但實際上它們剛好相互補充而協調。不但『兼濟天下』與『獨善其身』經常是後世士大夫的互補人生路途，而且悲歌慷慨與憤世嫉俗，『身在江湖』而『心存魏闕』，也成爲中國歷代知識分子的常規心理及其藝術意念。」〔註22〕歸根到底，「逸」文化現象的發展是老、莊道家之學的先導，而且老子的生年較孔子稍早一點，可以說在對於等級森嚴的周禮的反應上，老子是比孔子要早的，而且「老子的哲學思想，兩千多年來在中國封建社會是成爲唯一可以與孔子學派相抗衡的最大思想流派。」〔註23〕老、莊同屬道家，但面貌及精神有很大的區別。老子思想中的精華是其哲學上的深刻的辯證法，例如「反者道之動」，但是他又說「弱者道之用」，強調貴柔是其辯證法的實質，因而從總體上說來就是：

　　　　老子不代表先進的、有發展前途的階級，所以老子的辯證法表現爲退守、知足、維持現狀、安於現狀、號召不爭，這些思想的傳播與我國的長期落後，不無關係。〔註24〕

「把主體自我顯示出來，這是莊子哲學的特色所在。」〔註25〕莊子把老子的客觀唯心主義發展爲主觀唯心主義，更加突出了主體精神，因而實際上「逸」的思想的總根源即在於莊學，「豪放」之「放」的精神也在於此，因此聶紺弩才說：「莊子內篇第一篇就是《逍遙遊》，是什麼意思呢？就是要求自由，要求打破枷鎖。」〔註26〕《莊子·馬蹄》等篇裏宣傳的自然思想，以及在《秋水》篇裏認識論上的反對獨斷和教條的思想，無疑是對儒家思想及禮法制度

〔註22〕 李澤厚：《美學三書》，天津社會科學院出版社，2003 年版，第 49 頁。

〔註23〕 任繼愈主編：《中國哲學發展史》（先秦卷），人民出版社，1983 年版，第 253 頁。

〔註24〕 任繼愈主編：《中國哲學發展史》（先秦卷），人民出版社，1983 年版，第 276 頁。

〔註25〕 康中乾：《儒道互補新論——兼論中國哲學的邏輯發展》，載《人文雜誌》1997 年第 2 期。

〔註26〕 寓真：《聶紺弩刑事檔案》，載《中國作家》2009 年第 2 期，第 37 頁。

鉗制人的個性和思想精神的反動，它「衝擊了等級、宗法、專制主義的封建體制，正因如此，它爲當時和後來的王權所不容，爲正統思想所不喜。」〔註27〕莊學之所以不爲封建社會的正統思想所不喜，就是由於這種「放」而追求自由的精神。莊子的相對主義，對於儒家定於一尊之後的地位是一個嚴重的挑戰。這些都是好的，至於莊學之弊，則也是很明顯的，莊子的「逍遙遊」的精神境界，是一個「不知周之夢爲蝴蝶與，蝴蝶之夢爲周與」（《莊子·齊物論》）的非現實的理想境界，陶醉在這樣的境界裏，那麼那種人相對於動物來說的無比珍貴的主觀能動性就不是實踐層面的，而對現實採取著消極的態度，這和人類的生存目的、理想是不相一致的；而把相對主義推向絕對，就導致了對於人認識世界的不可知論態度。

　　以上對於老、莊思想的簡要敘述，旨在說明道家既有彌補儒家思想之弊的優勢，同時也存在著自身不可克服的缺點，需要吸收儒家思想來完善之，這正是論證了「儒道互補」的可行性和事實：「在我國歷史上……儒道互補的格局，大致表現出這樣兩種形態：一是儒道兩家思想之間的互相滲透、互相吸取，以豐富完善各自的思想；一是儒道兩家各自以救弊的形式出現，互相揭露和批評對方的弊端，克服對方的偏頗，在歷史上形成儒道兩家互相交替遞補的過程，即儒家衰弱補之以道，道家衰弱補之以儒的歷史進程。前者可以稱作兩者思想的融合，後者則是兩種思想的逆向的互救。總的說來，它們都是有互補的性質。」〔註28〕「孔孟注視著人的社會性和人類文明與秩序的前進與發展；老莊關懷著人類生命與心性的和諧、自在與自然，這或許也是孔孟與老莊的最大差異，是儒道兩家之所以形成對立互補關係的內在原因。」〔註29〕從「豪放」的生成結構說來，它正是在儒、道兩家文化的合力之下的結果，是「儒道互補」的結果。其中「豪」的一方面主要是儒家思

〔註27〕　任繼愈主編：《中國哲學發展史》（先秦卷），人民出版社，1983年版，第419頁。聶紺弩1977年「婦節」致舒蕪信云：「莊子與他書最大不同是有了許多手藝人庖丁、匠石、輪扁……所有這些，都不是偶然的，大膽說，這些人都是奴隸。現在，卻是書中的主人。……這是春秋戰國社會關係的反映，是奴隸制瓦解過程中的反映。」見《聶紺弩全集》，武漢出版社，2004年版，第9卷第388頁。

〔註28〕　許抗生：《簡論中國傳統文化的儒道思想互補》，載《中國文化研究》1994年夏之卷，總第4期。

〔註29〕　孫敏強：《儒道互補歷史原因管窺——兼論道家對儒學獨尊地位的挑戰》，載《浙江大學學報》（人文社會科學版）2003年11月第33卷第6期。

想的「志」(《論語・子罕》:「三軍可奪帥也,匹夫不可奪志也。」《孟子・公孫丑》:「夫志,氣之充也。」)在起作用,因為這種積極的帶有入世色彩的「志」,而奠定積聚起盛大而充沛的內在氣勢的基礎(尤其是孟子的「浩然之氣」和對「義」的重視);「放」的一方面則主要是道家帶有出世色彩的理想境界,尤其是尊重人性的自然和人的主體性精神在起作用,追求精神的自由,擺脫人世間繁瑣的禮法制度的約束和束縛,是「放」的內在精神之所在。儒、道共同合成了「豪放」意蘊的精神內核,從而在文化的高度上深刻地規定著「豪放」之美的風貌和姿態。蘇軾《書吳道子畫後》裏有「出新意於法度之中,寄妙理於豪放之外」的話,也正是從文化的意義上來論述「豪放」的,如果單純的從文學藝術技巧的層面上來理解這句話,就會感到相當不易於理解。其實就後一句話而言,「妙理」的層次較「豪放」是要高的,為什麼呢?因為蘇軾這裡的「豪放」只是一個風格論意義上的「豪放」,意謂吳氏的境界是在「豪放」的風格之外更有一種寄託「妙理」的境界,而實際上「豪放」不僅僅是在風格論上立腳,而是有著深刻的內在的文化內涵和精神內容,這就是所謂的「妙理」,而「妙理」正是文化層次上的東西。在「豪放」之外能夠寄託的東西,當然是文化的東西,而這裡的「妙理」——按照我們在「豪放」的形成和嬗變一部份裏所探討的,蘇軾早期尚具開放胸懷以高度評價吳道子畫的論述——可知正是具有儒、道和合的品格形態,實際上也指出了「豪放」這一範疇不僅僅局限在風格論意義範圍之內的事實。儒、道和合起作用於「豪放」之美並反映到文藝不乏例證,如繆鉞在《論辛稼軒詞》一文中說:

> 吾國自魏晉以降,老莊思想大興,其後與儒家思想混合,於是以積極入世之精神,而參以超曠出世之襟懷,為人生最高之境界。

〔註30〕

而這種儒、道互補的人生最高境界,正是他讚揚豪放派的大詞人辛棄疾的!「在中國歷史上,這種外儒內道的人格形態構成了士階層普遍的精神結構。他們入仕為官則遵循君臣大禮,講究孝悌尊卑,著重於現實的一面;不仕和潦倒則遊心於無,追求精神的無限自由。處於順境,儒家意識占著上風;處於逆境,則道家意識上升,道家的返樸歸真、追求精神自由的思想會成為他們反抗現實、蔑視權貴的思想武器和精神支柱。……外儒內道是一種理想的

〔註30〕 呂薇芬選編:《名家解讀宋詞》,山東人民出版社,1999年版,第353頁。

人生態度。中國知識分子一方面受儒家思想影響，富有社會責任心和歷史使命感，採取積極入世的人生態度，以天下爲己任，以功業爲目標；另一方面又受道家哲學薰染，適時地採取超然通達的人生態度，順應自然而不刻意強求。用儒家思想進取，用道家思想調節，窮則獨善其身，達則兼善天下，在變動不居的人生道路上左右逢源，灑脫自在，始終不失精神依託。」〔註31〕從中國古代歷史上來看，達到這種儒道兩家思想取長補短、意在現實的社會民生境界的「士」，應該還有很多，但有機會、有地位、有能力來有所作爲，最大限度地積極進取，爲著改善社會民生而鞠躬盡瘁、死而後已，而不以自身個人的榮辱、名利爲念，則未必很多，辛棄疾雖然未必是唯一的一個，卻是其中最具代表性的完美典範。

從辛棄疾所達到的這種兼有儒、道兩家思想之長而意在世俗民生的精神境界來說，這顯然要高於陶潛僅僅「自達」（「獨善其身」）的人生境界，也是這種「外儒內道」〔註32〕式理想人格的最傑出的代表。陶潛在蘇軾之前一直是一個並不突出的詩人——這裡我們說的不太突出，是指陶詩在中國詩歌史上的地位並非是最高的，最高的地位自然是屬於李、杜的——但是自從蘇軾的大力鼓吹之後——這種鼓吹主要是從陶潛的人格上著眼的，從文化精神的心態、心境和藝術風格角度上進行的——陶潛的詩歌和人生境界遂在中國歷史上的地位越來越高，在蘇軾的眼中甚至終於佔據了最高的位置。而實際上，蘇軾的這種做法和整個中國封建社會由盛轉衰的歷史緊密相關，這個轉折點正是唐宋之際，從美學理論的個案上來說，這個轉折點就是蘇軾。因此，蘇軾的做法帶有保守的非科學的私人趣味的性質，和個人及那個時代的審美意識相聯繫。實事求是地講，陶潛的詩歌比不上李、杜，在人生境界上比不上辛棄疾——陶潛的人生境界顯然不是儒、道互補和合而成的那種最高境界。儒、道互補和合而成的最高境界就是「豪放」，這在辛棄疾的詞和李、杜的詩歌及吳道子的繪畫中有鮮明的體現，而陶潛的境界並非是「豪放」，而是以沖

〔註31〕劉建霞：《論中國傳統思想文化的特質——儒道互補》，載《山西財經大學學報》2008 年 4 月第 30 卷第 1 期。

〔註32〕用「外儒內道」來表徵這種理想人格，主要是從其外在形態構成的角度來審視的，而從內在精神層次的構成上來說，筆者認爲用「內儒外道」更符合辛棄疾的思想精神和人生境界，即儒家積極進取的用世精神是根本因素，如楊乃橋《「儒道」與「理心」——從儒道詩學的互補透視「內儒外道」人格類型的構成（一）》（載《遼寧大學學報》1996 年第 3 期）一文，即以此爲說。

淡、高古、超逸、曠達爲主，即使有「豪放」之作，也不過見於《詠荊軻》一篇而已，這不是他的人生境界，也不是其文學的主導境界和風格。〔註 33〕這本來是一個相當簡單的問題，如果我們不是本著批判的眼光來審視中國的傳統文化，而仍然陶醉在單純的儒或道的境界裏（例如雖融合儒、道二家，但是並非融合二者之長，而是融儒之長以和道之短，或融道之長以和儒之短，至於融合二者之短，是容易分辨出高低的。陶潛的情況是大致是第二種），就不能對傳統文化有真正的理解、消化和吸收。如果我們一直是認爲中國古代文化的某個點是最高境界而沒有超越它的勇氣，那麼復興中國文化就只是一個可笑的空談而已！對於陶潛的人生境界，我們的態度是如此。對於「豪放」──這儒、道互補和合的人生的最高境界，我們的態度也是如此──只不過，陶潛的境界在古代已經得到了很好的發揚和公正的待遇和評價，因此其發展的空間已經幾乎是沒有了。而「豪放」就不一樣，它在古代一直就是處於一種非正統非主流的地位，而沒有得到很好的發揮和發揚光大，也沒有得到公正的待遇和評價，它的潛力和空間還大得很，這正是我們研究「豪放」的根本目的所在，推崇「豪放」並發展「豪放」，是我們通過研究得出的科學的結論。任何範疇都有其存在發展和發揮其魅力的最佳時機和土壤，就美學範疇而言，新範疇的出現，舊範疇的衰歇，範疇內涵的傳承、更新、嬗變，以及範疇體系的形成和演化，構成了美學史的基本內容，「豪放」也不例外。我們論證的是，在當前的歷史使階段，「豪放」還沒有過時，還有著很大的發揮發揚的空間，這和範疇的必將爲新的範疇所取代意義是不同的。陶潛的美學境界是介於「豪放」和「優美」之間的（我們這裡用「豪放」和「優美」相對立比較，但採取的卻不是「豪放」在「壯美」上的一般意義，「豪放」和「壯美」比較有著自己特殊之處，而詩歌的品評基本上用「婉約」來形容是不恰當的，因此乾脆就把「豪放」和「優美」直接對立比較），可以視爲「優美」向「豪放」發展的中間階段，而這個中間階段和「豪放」的距離又是很小的，

〔註 33〕除了對唐宋時期時代審美意識轉變這一根本因素的考察，有關陶淵明人格境界、人生境界的定位，還可以通過考察主體自我的質量這一角度來進行。陶淵明的最高境界是被王國維所肯定和推許的「無我之境」，而拙著《詩詞曲學談藝錄》一書則通過邏輯辯證解決了「無我之境」並非最高境界的問題，提出了「有我之境」、「無我之境」、「無我之上之有我之境」逐次而高的三種境界，以「無我之上之有我之境」爲最高的境界，而諸如李白、杜甫、辛棄疾等人，均是以「無我之上之有我之境」爲其最高境界的，因此毫無疑問地高於陶淵明。

正是在這一點小小的距離和差別上，見出高下來，這正和錢鍾書在《中國固有的文學批評的一個特點》裏面所說「在文藝思想裏，像在宇宙裏，一間一字的差分最難跨越，譬如有關，我們可破；有牆，我們可跨；只有包裹著神明意識一層皮囊，我們跳不出，在一絲半米上，見了高低好醜」〔註34〕的道理是一樣的，我們就是要爭取這一絲一間的超越，來達到創新的目的，而在最高境界的超越上，更是難能可貴、難上加難！「豪放」的敢於突破舊事物的精神和積極的意義，也正在於此。

　　儒、道互補的思想文化格局，正是「豪放」得以生成和存在最爲深厚的思想精神基礎。〔註35〕至於佛教思想——對中國美學有影響的主要是禪宗——由於佛教的出世色彩，它給中國美學的影響主要是在宋代，宋人以禪喻詩非常普遍，可以說在「壯美」向「優美」轉變的大格局之中，除了道家思想之外，就是禪宗思想在起著作用了，而且從禪宗的發展來看，它也是受了老莊之學的影響而成爲中國式的佛教的：「雖然佛學在東漢後期自印度傳入中國後，慢慢融入中國文化，也成爲中國思想史上之一宗，學術界也一直有『三教合一』的說法；但佛教終究是通過不同程度地吸收儒道兩家思想，形成具有中國特色的佛學，而在思想史上確立了它的地位的。所以雖說是『三教合一』，但儒道這兩家產生於中國本土的思想還是古代社會多元互補的文化格局中之最主要和最基礎的方面。」〔註36〕禪學出世的姿態比道家更爲明顯，而如果沒有積極入世的思想精神，禪學的姿態就只能是單純「放」（即使這種「放」甚至達到了所謂「狂禪」的境界）而不是「豪放」，缺乏積極的社會

〔註34〕 錢鍾書：《錢鍾書散文》，浙江文藝出版社，1997年版，第394頁。
〔註35〕 如「豪放」範疇最根本的以剛健積極而呈現以壯美爲主要特色的精神風貌，即主要得力於《易傳》美學，而《易傳》正是吸收了儒家和道家思想的長處，「形成一種儒道互補的體系」（石夷《〈周易〉美學思想的歷史地位》，載《復旦學報·社會科學版》一九八六年第二期）。詳請見本書下節所論。
〔註36〕 張梅：《論「儒道互補」現象對中國文學的幾點影響》，載《西南民族學院學報·哲學社會科學版》2003年3月第24卷第3期。「儒道互補」爲中國傳統文化最主要和最根本的思想格局，此論多有言者，又如孫敏強《儒道互補歷史原因管窺——兼論道家對儒學獨尊地位的挑戰》（載《浙江大學學報·人文社會科學版》2003年11月第33卷第6期）一文云：「儒道兩家的互補可以說是中國傳統思想文化的一個主要特徵。自魏晉乃至宋明，中國傳統思想文化逐漸形成了儒道佛三家並立互補的格局。國學大師陳寅恪最早對中國文化的這一格局作出精確概括，他在《馮友蘭〈中國哲學史〉審查報告三》中說：『故自晉至今，言中國之思想，可以儒釋道三教代表之。』不過在這多元互補的文化格局中，實以儒道互補爲其最主要的和基礎的方面。」

理想和接觸、改造現實的精神、實踐，就難以積聚起盛大而充沛的內在之「氣」，更不用說一個「情」字，這樣一來，它對於「豪放」就只能是一種消解，對「豪放」的影響只能是負面的，即間接促成了「豪放」的成熟，而沒有對「豪放」的發展和生成產生實質性的影響，不是「豪放」的最根本最重要的社會歷史文化基礎的構成因素。一個明顯的例證就是，「豪放」的主要實現領域——文學，禪宗恰恰是極力消解文字作爲其載體的作用的，「正法眼藏，涅槃妙心，實相無相，微妙法門，不立文字，教外別傳」〔註 37〕，尤其是在詩歌的領域之內，更是如此，宋代以禪喻詩雖極爲流行，但是那些有著所謂極爲高明禪學境界的詩歌，卻從來不是中國詩歌的主流，也不曾佔據到中國詩歌的最高境界。〔註 38〕「儒家以雄強剛健爲美，它以氣勝。」〔註 39〕顯然，只有積聚「豪放」範疇最爲重要的「氣」之一因素的儒家思想精神，才是「豪放」生成和發展成熟的最根本最重要的社會歷史文化基礎因素；而只有主體以「意在現實」爲精神，才能達到「儒、道互補」取長補短的最高境界。〔註 40〕

此外，拙著《詩詞曲學談藝錄》還闡述了「豪放」作爲中國文化思想精神的最高境界的性質，並結合筆者提出、建構、闡釋的新審美理想理論體系「神味」說理論，又提出了「豪放」的最高境界的問題，可做參考：

> 「無我之上之有我之境」之最高境界，其豪放之精神是矣。「豪放」爲吾國諸壯美諸範疇中最具主體性精神姿態，而又能持之以美之境界者也。「豪放」之內涵爲氣魄大而不受拘束，其不爲束縛者乃一切諸僵化、過時、腐朽之法度、思想、風格、技法，故能以突破之則可至「無我之上之有我之境」，而後得入創造創新之境也。儒家心在世俗而常爲僵化腐朽之禮制思想所制，道家能獨善其身，而不

〔註 37〕 《文淵閣四庫全書·五燈會元》（電子版），上海人民出版社、迪志文化出版有限公司，1999 年版。

〔註 38〕 參見錢鍾書《錢鍾書散文·中國詩與中國畫》（浙江文藝出版社，1997 年版），錢先生結論南宗畫風爲「詩中高品或正宗」（第 221 頁），此實就我國歷史之本然而得確認者，以今日眼光觀之，則南宗畫風之柔弱，又不足當此譽矣，可參陳傳席《中國繪畫美學史》，本書第十章有論。

〔註 39〕 李澤厚：《美學三書》，天津社會科學出版社，2003 年版，第 343 頁。

〔註 40〕 非常可惜的是，在中國古代社會歷史發展的語境之中，「儒、道互補」主要停留於思辨的形上層次，缺乏根本的「現實性」，這種最高境界主要體現爲「取長」，而喪失了最主要的「補短」，此爲中國傳統文化的根本缺陷，是導致中國古代社會在唐宋以後和中國傳統文化在漢代以後日趨衰落的根本原因。

經於世俗民生則不能使我性至於最高境界，補二者之失而取兩者之長，此豪放之能事，故豪放者，唯能爲其事而補道家之所短，唯能爲其事而不受其名利之外物束縛以取道家之所長，此誠吾國文化思想之最高境界也。若屈子，能爲其事而無能爲於名利之糾纏，不能自解而死；若陶淵明，不爲其事則不能進於「無我之上之有我之境」，即偶有豪放（如《詠荊軻》一篇），亦屬微露姿態，不能使我性極燦爛爛漫之致。叩之古今詩人，其唯辛稼軒足以當之也哉！詩中之溫柔敦厚，詞中之以婉約爲本色，傳統文化之以平和、中和、沖淡、超逸爲極致，皆男權社會男子以目女子而得之美，遺其自我之精神，忘其身爲大丈夫，故唐代而後吾國文化精神之大勢乃陰盛陽衰，蓋有以由之矣夫！萬事萬物之中，獨以人爲最貴，故以男子之目而論，壯麗之大川山嶽雖足開闊胸襟，而終不如嬌好豔媚之佳人賞心悅目，此吾國傳統詞學往往不以豪放爲本色之心眼所在者也，又何足道哉。西人亦有「崇高」之一範疇，自近代大倡以來，西人勢力亦漸發達而勝東方遠甚，此尤可思者也。孔子之「詩……可以怨」，太史公之「發憤」，韓子之「不平則鳴」，皆《易傳》哲學辯證法剛柔相濟、以剛健爲主之精神之一脈。《易傳》雖晚出，而因之得以糾正道家辯證法之消極、保守、柔弱，儒家辯證法之僵化、折衷、庸俗，而至於儒道互補、意在現實，剛柔相濟、以剛健爲主，詩「可以怨」之新而大之境界，此即「豪放」根本精神之所在。〔註41〕

關於「無我之上之有我之境」的相關理論問題，可參本書第五章第二節《近、現代：「豪放」的勃發和「假借」》所引述的內容，及《詩詞曲學談藝錄》的相關闡釋，此處不再贅述。而必須需要指出的是，本書（及筆者其他著作〔註42〕）所論述的將「儒、道互補」（取長補短）作爲中國文化思想精神的最高境界，其語境僅僅限定在中國古代，而且其根本重心在「補短」，因爲只有「補短」（而非「取長」）才可能批判性地繼承並發展出「新質」，而就此點來看，中國古代語境中的「儒、道互補」顯然沒有完成這個歷史使命，佔據全局性、整體性主流地位的對於中國傳統文化思想的批判爲主的意識尙極其缺

〔註41〕于永森：《詩詞曲學談藝錄》，齊魯書社，2011年版，第12～13頁。
〔註42〕如：「內儒而外道，即儒道互補取長補短之人格境界、思想境界、精神境界，爲吾國文化精神之最高境界，亦即豪放之境界。」（于永森《詩詞曲學談藝錄》，齊魯書社，2011年版，第156頁。

乏。這是因為，漢代儒家思想定於一尊之後，嚴重阻遏了其他思想的自由發展，其他思想即使是想要發展，也最終歸併、融合到儒家思想的政教體系中來，因為一種思想在現實中的最高待遇，就是上升為統治階層的統治意識。儒家思想本來有很好的積極入世的精神，但以孔、孟思想為本位的格局，卻使得其本身的發展在長達數千年的歷史進程中沒有根本、實質的新變，從而一如既往地發展到二十世紀初，在根本上維護著孔子的保守思想精神態勢。根本為保守的思想精神，其核心固守的乃是等級（秩序）意識，維護的是既得利益集團，因此必然阻遏一切創新的思想意識和事物，這就是「豪放」發展的根本內在原因，而不僅僅表現為道家思想對儒家思想的匡救。也就是說，「豪放」得力於「儒、道互補」的思想格局，但最終的走向必然是要超越這種中國古代文化思想精神的最高境界，其最適應的領域，恰恰是要從整體上反對、突破、超越之後的新文化思想精神境界，而不是這種中國古代文化思想精神的最高境界。而不整體上反對、突破、超越中國古代文化思想精神的最高境界，就不足以建立真正的新文化思想精神。清朝滅亡之後的二十一世紀初，新文化運動興起，可惜為時太短，其批判中國傳統文化思想精神的歷史使命尚未完成，便迅即被後人以造成與傳統文化的割裂、「斷層」之類的原因而逐漸被否定或矯正了，相反，二十世紀末以來，繼承傳統、復興傳統文化的思想、意識方興未艾，照此理路發展下去，中國新文化思想精神的真正建立不但毫無可能，而且連不從整體上反對、突破、超越中國古代文化思想精神的最高境界就不足以建立真正的新文化思想精神的這種根本邏輯思路也逐漸被忽視，而只能空喊建立新文化了。對於傳統文化的批判，儒家思想的批判乃是其中的主體，對於整個以儒家思想為主的傳統文化，必須長時期（至少以千年為單位）堅持以批判為主，只有批判才可能有良好的繼承，才可能生發新思想，而不是以繼承為主，只能在文化思想精神領域進行修修補補。至少，在未進入真正的新文化思想精神的建構歷程之中，我們對於中國傳統文化是不能首先以繼承為主的。我們必須要清晰地認識到，如果不發展真正的新文化思想，來為人類文明的整體作出自己的貢獻，即使利用國家、民族、地域這些局部因素而得以暫時維持傳統文化思想的主流地位，但整個人類社會發展的大局——尤其是其在整體上要將人類文明不斷推進到一個個新的境界的必然要求，是不會考慮這些局部性因素的，它考慮的只能是人類文明必須要創新本身這一根本性因素，即人類社會整體發展的必然趨勢是不會

給我們任何解釋的「機會」的，它只看重結果。由於中國傳統文化的這種保守、落後、僵化，導致了「豪放」在中國古代也只能發展到「儒、道互補」的思想精神的最高境界，而受到儒家保守思想（如思想精神方面的「克己復禮」；詩學方面的「溫柔敦厚」、平和、中和）和道家消極思想（如思想精神方面的「柔弱」、「逍遙」；詩學方面的平淡、自然、超逸）的牽絆，「豪放」只能大體止步於「中和」思想及美的範圍之內（即使辛棄疾亦是如此），「豪放」的最高境界「無我之上之有我之境」發展得還不夠充分，更不用說佔據主流地位而蔚為大觀了。〔註43〕能夠溢出中和思想及美的範圍的「豪放」形態是「狂放」，但其主體往往僅止於自身的思想精神姿態，而沒有「無我之上之有我」的必須自世俗的現實世界之中提升、成就的性質，其作為介入現實也非常有限，而「豪放」的最高境界「無我之上之有我之境」，已然是一種逐漸脫離了「美」的境界的「崇高」之境，而非單純的「壯美」了，這種境界只有在整體突破、超越了中國傳統文化思想精神的新文化之中才能得到充分發展。因為迄今中國的新文化思想精神尚未建立，故這種境界只能體現在更為具體的領域，比如文藝之中，其在中國古代文藝作品中即使有所體現，也仍不夠充分、深刻，其根本原因，就是儒家思想所影響的整個中國古代社會歷史的趨於保守、終致僵化的基本性質，而保守必然導致官僚主義，僵化必然導致形式主義，這些都是「豪放」的主體利用最為合理切實的現實因素必須加以突破和改變的。〔註44〕從上述所言各點來說，「豪放」在中國未來文化思想精神中的發展及在文藝作品中的表現，將會有一個更為闊大深遠的時

〔註43〕 拙著《「神味」說詩學理論要義集萃》一文云：「『豪放』之精神，實即『否定』之精神，其合現實性、世俗性而為批判之精神，則『神味』說詩學理論之所崇尚者也。總之，即『無我之上之有我之境』。」「總而言之，涉入現實世界愈深，關懷世俗民生愈切，則『無我之上之有我之境』益易得成就，而我性益易出；『無我之上之有我之境』愈出，寄託於『細節』愈力而『九度』愈彰顯，則『神味』益易見。」（《諸二十四詩品》，陽光出版社，2014 年版，第58、54 頁）

〔註44〕 筆者對於儒家思想的根本態度經歷了一個從極其推崇到批判否定的變化過程（大體以 2005 年左右為界），這個變化的核心主導因素大體有這樣幾個：對於主體的最可貴的品質直面現實、批判現實以求改進現實、有利社會民生的體認；人類整體文明未來發展語境中的中國傳統文化必須進行批判以建立新文化的迫切需要。儒家思想是中國傳統文化、中國國民劣根性寄託、表現的最大最具代表性的理論形態，筆者目前已完成的批判著作為《論語我說》一書，此處但作交代，不再詳論。

空、領域，而不僅僅止步於此。可喜的是，二十世紀前後國人雖始終沒有形成真正的成系統的、「本土化」的、能夠確實突破和超越中國傳統文化思想最高境界的新文化思想理論體系或成果的態勢，但對於中國傳統文化思想的突破、超越意識始終沒有停滯，受到此種意識的影響，二十世紀以後的中國文藝（尤其是文學）卻在實際上創造出了不同於根本植根於中國傳統文化思想的新境界——即不再以「意境」爲最高審美理想的追求（同時以「意境」爲最高審美理想追求的也不再佔據文藝創作的主流地位），極大地彰顯了「豪放」思想不受傳統束縛的品性。正是依據上述所言的這種特殊情況，筆者綜合中國傳統文化思想和二十世紀以後中國文藝創作實踐的舊、新兩方面的優長，在文藝理論領域提出並系統建構、闡釋了新的審美理想理論體系「神味」說理論，力爭從審美理想這一領域突破和超越中國傳統文化思想所孕育的中國古代最大、最具代表性、最具有民族特色的舊審美理想理論體系「意境」理論，以爲中國未來新文化思想的探索和建立提供一個思路，積累相關經驗。總之，中國當代乃至未來真正的學術、思想創新（原創性）必然以整體性、全局性突破和超越中國傳統文化思想（尤其是其最高境界）爲最根本的基礎，也才是一個真正的開始，在這一過程之中，「豪放」的思想精神的作用是根本的。無論對於文藝創作還是整體性、全局性突破和超越中國傳統文化思想來說，要想形成根本的不受拘束爲核心意蘊的「豪放」思想精神，「意在現實」即「現實性」乃是起最終的決定性的，不貫徹最爲豐富、複雜、深刻的「現實性」，上述兩個層面的任務的實現就是不可能的，對此，我們必須要有足夠的思想意識認識到這一點。

第二節　剛柔並濟、以剛健爲主——「豪放」的《易傳》美學哲學辯證法精神

　　上一節本書論述了「豪放」的思想精神，其中文化思想的有關內容其實也包含了一些哲學思想，現在我們來單獨審視一下「豪放」的哲學辯證法精神，這一點也是在儒、道互補和合的基礎上和視界中展開來的，而這裡的重點，則是「豪放」之和合爲「中和」之美的哲學精神問題。「豪放」的結構合成及內在精神合成都體現了儒、道互補和合的特點，而呈現爲「中和」之美的風貌，因爲無論是「豪放」的邏輯基礎（「收」和「放」），其內在結構的合

成，還是它與外在的其他範疇之間的關係，這些層次本身就都充滿著豐富的哲學辯證法精神。

中國傳統哲學的辯證法，不但自成體系，而且極富有民族特色，就「豪放」美學範疇而言，它的剛健積極的「壯美」色彩和精神，主要是受到《易傳》美學的影響。《易傳》對中華民族革故去弊、開拓創新精神的塑造，具有極為重要的作用，「《易傳》尚『變』。……《易傳》作者認為在無限的時空中變化是普遍存在的，整個世界就是一個不斷運動、變化發展的世界。……既然世界是按一定規律不斷變化的世界，那麼世界上每一具體的事物都是有始有終的，不會永久存在下去。當舊事物失去了其存在的合法性時，君子就應該勇於革除弊端，為世界的發展、歷史的前進掃清障礙。……在革除舊事物的同時，還要不斷大膽實踐、開拓創新，促成新事物的成長。《易傳》非常崇尚創新，『日新』是《易傳》的一個重要觀念。」〔註45〕可以說，「豪放」範疇之所以具有突破僵化的封建禮教思想和已經過時的規律或原則的能力，而不受其束縛乃至以創新為目的，其精神內核正源於此。這種直面現實世界發展規律的性質，導致了「豪放」也擁有一種辯證的姿態，並在剛柔相濟的基礎上，因為對社會歷史和民生現實的巨大責任感，形成了一種以陽剛之美為主導的「壯美」美學形態及審美意識，這其間，包含著一個《易傳》美學對中國古代哲學辯證法的綜合互補而達到揚棄的過程。中國古代哲學辯證法主要分兩種：

> 辯證法在我國的哲學史上有兩大系統：一個流派或系統尚柔，主靜，貴無，這是老子哲學開創的；一個流派或系統尚剛，主動，貴有，這是《易傳》開創的。這兩大流派在中國哲學史的發展中都有很大影響。由於宗法制度貫穿著封建社會的全過程，《易傳》是儒家的經典，因此剛健一派的辯證法體系略佔優勢。事實上，不論尚柔的辯證法還是剛的辯證法，都只是說到了事物發展的一個方面，而不是全部。剛能克柔，柔能克剛，都是在一定的條件下，才能實現，脫離了條件，矛盾的雙方不能轉化。恰恰在這個問題上，老子、《易傳》的作者都沒有認識到。〔註46〕

〔註45〕 孫熙國、尉浩：《論〈易傳〉對中華民族精神的塑造》，載《理論學刊》2005年5月第5期。

〔註46〕 任繼愈主編：《中國哲學發展史》（先秦卷），人民出版社，1983年版，第273

——這裡順便說一下：所謂「剛健一派的辯證法體系略佔優勢」的說法，對於儒家思想在中國文化史上的地位而言確是如此，但是對於中國古代美學史而言就未必正確了。就以「豪放」和「婉約」的對立而言，實在是後者亦即偏於尙柔的審美意識佔據了優勢地位——尤其是中國歷史的後半期，而不是偏於剛健審美意識的「豪放」佔了上風，這是中國美學史上的明顯的事實，這一點我們上文中已反覆涉及到了，無庸多論。不過，從這裡「剛健一派的辯證法體系略佔優勢」的論斷上，我們倒可以反證「豪放」在中國美學史上的發展是極其不正常的，這種不正常鮮明地體現在它沒有得到很好的發展，從而佔據了審美意識的主流地位上面。也就是說，這種局面是和中國傳統文化發展的大局是不一樣的，美學史上和文化史上的這種差異，倒是可以啓示我們在當今時代裏應該努力的方向。——以上所述中國古代哲學中兩種富有代表性的哲學辯證法，恰好是美學中「陽剛之美」或「壯美」和「陰柔之美」或「優美」的一個總根源所在。比較起來，老子的辯證法——單就其柔弱勝剛強一點來說——是存在重大缺陷的：

> 老子脫離了條件去看柔弱勝剛強的原理，因爲把柔弱勝剛強抽象化、絕對化。他看到一些柔弱的事物目前雖不夠強大，後來居然戰勝了強大的敵人，他說：「堅強者死之徒，柔弱者生之徒」（七十六章）。但是他沒有區別垂死的、腐朽的事物的衰落，與新生的事物的柔弱在性質上的差別。事實表明，只有新生的事物才可以由柔弱轉化爲強大，垂死的事物的柔弱，不但不能轉化爲強大，前途卻只有死亡。老子沒有能夠認識這一差別，他把強與弱，勝與敗，看做循環往復的無盡過程，對於新生事物表示淡漠，採取「不敢爲天下先」的保守態度。……這都是老子辯證法的消極因素。〔註47〕

《周易》的產生雖然早於老子的時代，但是作爲其思想中的辯證法哲學，則主要是來源於《易傳》（《易傳》的成書年代至今學界未獲定論，或認爲可上溯至戰國時期，或認爲成書於漢代，筆者同意後一種觀點）——其中貫穿了辯證法的社會政治思想則處處都表現出儒家的思想特徵，對於《周易》的闡釋，可以說在很大程度上是儒家的，而《易傳》的生成則晚於老子，因此

頁。此處所論《易傳》辯證法之失不確，因其辯證法乃是剛柔相濟，不過以剛健爲主而已，詳見後文所論。

〔註47〕任繼愈主編：《中國哲學發展史》（先秦卷），人民出版社，1983年版，第270～271頁。

它才具有了在辯證法上發展老子哲學中辯證法缺陷的可能。可以說,「老子和《易傳》的辯證法思想有同有異。如果我們從比較二者異同關係的角度來進行研究,可以看出《易傳》是老子思想的繼承和發展」〔註48〕,但兩者有所不同:

> 　　《易傳》的辯證法思想和老子的不同,突出地表現在這樣一個
> 問題上,在事物的對立面的相互轉化中,究竟是柔弱的一面起決定
> 性的作用,還是剛強的一面起決定性的作用。老子提出了一套以貴
> 柔、守雌為特點的辯證法思想。……《易傳》和老子相反,強調剛
> 強的作用,提出了一套以自強不息為特點的辯證法思想。它說:「天
> 行健,君子以自強不息。」(《乾卦・象傳》)「其德剛健而文明,應
> 乎天而時行,是以元亨。」(《大有卦・象傳》)〔註49〕

《易傳》對老子辯證法思想的發展就體現在「它主張剛柔相應,合乎中正之道,避免向反面轉化。從這個意義上來說,《易傳》的辯證法思想是對老子的一種揚棄,代表了人類認識螺旋上升的一個新的發展階段。」〔註50〕這種剛柔相濟的境界就是「太和」,就是最高的和諧。因為裏面主要涉及一個「度」的問題,因此「太和」實際上就是「中和」,這也是一種儒、道互補的格局。「豪放」之所以為美,其實就是以這種剛柔並濟的辯證法作為哲學基礎。從外在的姿容的生成(從動到靜從「豪」到「放」的流程和「收」、「放」自如的彈性機制)以及內在結構(「豪」與「放」的結合)和內在精神(儒、道互補的格局)的和合上,「豪放」都體現了這種以「中和」為美的哲學辯證法。而更值得我們關注的是,《易傳》中的辯證法是以「剛健」的一面為主導的,在這一點上體現了儒家思想精神的特徵,具有積極進步的色彩,而「豪放」意蘊在其發展史上從來就是以這種色彩為主的,這從歷代大量的具有「豪放」的內在精神和風格的文學藝術作品中得到驗證。在思想本源上,尚「剛」也是儒家思想的一個基本特點。儒家思想的創始人孔子曾說:「加我數年,五十以學《易》,可以無大過矣。」(《論語・述而》)孔子的思想精神是落後於那

〔註48〕　任繼愈主編:《中國哲學發展史》(先秦卷),人民出版社,1983年版,第637頁。

〔註49〕　任繼愈主編:《中國哲學發展史》(先秦卷),人民出版社,1983年版,第638～639頁。

〔註50〕　任繼愈主編:《中國哲學發展史》(先秦卷),人民出版社,1983年版,第640頁。

個時代的，可以想像，如果沒有對於《周易》中所蘊涵的那種辯證法的深刻
領悟，是很難支撐起其學術精神的，正是《周易》中的這種以「剛」爲主的
辯證法，在孔子的思想精神中增添了一絲亮色。孔子對於「剛」有很多論
述：「子曰：『吾未見剛者。』或對曰：『申棖。』子曰：『棖也欲，焉得剛？』」
（《論語‧公冶長》）、「剛、毅、木、訥，近仁。」（《論語‧子路》）、「君子有
三戒：少之時，血氣未定，戒之在色；及其壯也，血氣方剛，戒之在鬥；及
其老也，血氣既衰，戒之在得。」（《論語‧季氏》）、「好剛不好學，其蔽也狂。」
（《論語‧陽貨》）、「不得中行而與之，必也狂狷乎！狂者進取，狷者有所不
爲也。」（《論語‧子路》）可以看出，「剛」雖然有缺點，但是孔子對於「剛」
基本上是持肯定態度的，其中在《子路》篇中兩次把「剛」視爲僅次於他心
目中的理想境界——「仁」和「中行」。由於《易傳》屬於儒家經典，且從《周
易》本經到《易傳》的演進環節中孔子是一個關鍵人物，因此它受孔子這種
向「剛」的思想傾向是很明顯的。《易傳》繼承並發展了這種思想，使之上升
到更高的意義：

> 《周易》雖然主張陰陽協調剛柔並濟，肯定陽剛之美與陰柔之
> 美的存在，但它還是明顯地體現出尊陽陰而卑陰柔的傾向的。它一
> 反老莊的貴柔守雌，而尚剛尚雄，體現出了「日新」的進取精神與
> 「生生不息」的博大氣魄。《周易》尊陽陰而卑陰柔表現在幾個方面：
> 從地位上看，《周易》主張陽尊而陰卑；從性質上看，《周易》主張
> 陽正而陰邪，陽多象徵著誠實充滿，陰多象徵著虛僞欠缺；從發展
> 上看，《周易》主張陽生而陰仄，陽主生而陰主消；從功能上看，《周
> 易》主張陽強而陰弱，陽表示正直強盛、奮發上升，陰則相反。《周
> 易》充分肯定陽剛之美與陰柔之美這兩個審美形態，但又更崇尚陽
> 剛之美，這體現出了一種尚大尚力尚剛的美學追求。《易傳》把「剛
> 健」與「文明」相連起來，「修辭立其誠」，陽剛之美在內則爲「剛
> 健」，在外則爲」文明」，這種充實而有光輝的美才是一種高級的美。
> 《周易》這種尚大尚力尚剛的美學崇尚是與它「人與天地參」的美
> 學追求是一致的，同樣體現出了處於上升時期的社會政治力量的精
> 神風貌的。〔註51〕

〔註51〕 胡健：《論〈易傳〉的美學思想》，載《佳木斯大學社會科學學報》2004 年 9
月第 22 卷第 5 期。筆者按：作者雖然在此以《周易》行文，但《周易》的哲

《易傳》美學之所以強調剛柔並濟並以尚「剛」爲主導因素，根本原因即在於「剛是陽的本質特徵，是由動、進取、創造等元素組成的協合力，具有推動事物向前發展的強大動力。……陽剛之用可歸納爲三點：第一，剛是有所作爲的必要條件。首先表現在剛的不可或缺性，創立非凡業績，造就輝煌人生，離不開體陽運剛。……第二，剛是自求發展的根本動力。……第三，剛是突破困境的主要力量。」〔註52〕但正像中庸思想存在著保守傾向一樣，《易傳》中的「太和」也存在著缺陷，這就是它在積極進取的剛健色彩背後，仍然有著僵化的傾向。《易傳》的思想是代表新興地主階級利益的，在「剛柔相濟」的哲學辯證法背後，實際隱藏著統治階級妄想永遠確立「天尊地卑」（《繫辭上傳・第一章》：「天尊地卑，乾坤定矣。卑高以陳，貴賤位矣。」）永恒禮法秩序的企圖，以維持其統治，而在現實中，這種企圖是不可能實現的。「《周易》尚剛與以柔制剛的矛盾，實際上是傳統與創新、開拓與限制、理性與信抑的矛盾。這決定了《周易》在承擔挽晚周之危亡，復周初之興盛這一重大任務的過程中，不可能大有作爲的歷史命運。」〔註53〕這種思想典型地體現了統治階級所關注的這樣一種秩序，是一種獨白式的、僅僅審視觀照自我一方的態度，而沒有把「他者」置於平等對待的位置上。這種僵化的思維模式不可能充分發展人的個性和主體性精神，無論是作爲統治階級本身獨白式的「自我」——這個「自我」只有階級的共性性質——還是對立面的「他者」——處於被壓抑和約束的地位，個性和主體性精神得不到發展，都是如此。而統治階級妄想「以柔制剛」，除了其本身已經不代表先進事物發展的方向之外，也在審美意識的高度上趨於「柔化」，這就使其在後世的發展過程中逐漸脫離了單純的哲學辯證法內容，而滲透進若干統治階級的思想意識了。而作爲「豪放」基礎的哲學辯證法，應該是沒有受到階級內容和時代精神充實的「純」態的辯證法，從而在哲學的高度上爲「豪放」的生成和發展奠定基礎。實際上，那種充實了階級內容和時代精神的辯證法，在階級內容已經變化和時代現實已經變化的後世的各個歷史時期，在各種具體的歷史環境之中，它已經在精神指向上和辯證法的實質相脫離了，而「豪放」的發展、嬗變，則

學思想主要見於《易傳》，並在《易傳》中將《周易》思想系統化，是後者由極具神秘色彩的占卜典籍轉變爲哲學經典的主要力量，故其闡發，對象雖是《周易》，實爲整體性代表，而其主要思想則來自《易傳》。

〔註52〕張增田：《〈周易〉的剛與柔》，載《周易研究》1996年第4期（總第三十期）。
〔註53〕張增田：《〈周易〉的剛與柔》，載《周易研究》1996年第4期（總第三十期）。

是緊緊聯繫著這種「純」態的哲學辯證法，自然地和時代精神和具體的歷史環境相結合，在「中和」為美的總體框架下，實現著其真實的面目和姿態，從而也克服著那種僵化的辯證法模式，例如宋代「豪放」在詞文學領域中對於「婉約」詞的自覺突破，就是如此。從這個意義上講，「豪放」的哲學辯證法基礎使得它以此為基礎，結合具體的歷史環境，進而達到了更高的文化精神層次和高度，並最終達到了中國傳統文化的最高境界，達到了中國人生境界的最高境界，這是自然而然的事情。這是因為，「豪放」不但繼承了《易傳》美學哲學辯證法中的合理因素，而且也繼承了其主體性色彩極為濃厚的精神姿態，並參照儒家「詩可以怨」〔註54〕的現實態度，以強烈的現實批判和創新精神，在審美意識之上，還發展出了極為鮮明的民族憂患意識，「自太史公提出：『昔西伯拘羑里，演《周易》；孔子厄陳、蔡，作《春秋》，屈原放逐著《離騷》；……《詩三百》，大抵賢聖發憤之所為作也。此人皆意有所鬱結，不得通其道也，故述往事，思來者。』『不平則鳴』、『憤而著書』成為古代藝術創作的動力，成為中國古代藝術特色的主流。肇始於《周易》的憂患意識，遍及於詩詞、歌賦、繪畫、書法等領域。不少著名作家把它提到極高地位，奉為圭臬。……從總體上看，中國藝術的主旋律是抒發個人、國家、民族的憂患意識；而對粉飾太平、歌功頌德、虛情假意之作持批判態度，……總之，諸如憂國憂民，悲天憫人，相思懷古，失意離別等豐富的人生內容，成為中國藝術發展中的一條主線，並拓展了中華民族的審美空間，由此成為傳統審美價值取向。」〔註55〕這種憂患意識和剛健有為、自強不息的精神，「主要來源於易學」〔註56〕，而「豪放」範疇則始終以這種意識和精神為指引，成為《易傳》這種思想在美學領域裏的一面鮮明旗幟。可惜的是，「豪放」在中國古代美學史上所受到的不公正的待遇，是在統治階級思維模式這個總體框架的影響之下形成的，有志有為之士要利用「豪放」的精神突破現有的統治秩序，對於統治者來而言可以說是毫無商量的餘地，歷代對於「豪放」的非難和排斥，對於「豪放」的不持欣賞態度，無不由此而起。在這種歷史事實中，「豪放」所蘊涵和發揚的積極的哲學辯證法思想，也就被掩蓋和不敢正視

〔註54〕 關於此點，詳見本書本章下節所論。

〔註55〕 趙慶麟：《〈易傳〉：中國傳統美學的基石》，載《上海社會科學院學術季刊》1994 年第 2 期。

〔註56〕 張濤：《易學與中華民族創新精神》，載《周易研究》2007 年第 2 期（總第八十二期）。

了。從這一點看來，中國傳統文化的儒、道互補問題，在很多方面都只是一種可能和願望而已，因為在封建社會統治階級的思維框架之內，即使有這種可能，也是不被接受的，「豪放」很好地說明了這一點。既然「豪放」是以哲學辯證法中的陽剛一路為基礎的，這種陽剛性表現在它的積極進取上，這在現實世界的生活實踐之中具有非常重要的意義，那麼，我們有什麼理由不好好的重視和欣賞、發展「豪放」的思想精神，並用它來創作出具有「豪放」美學意蘊的文藝呢？提倡具有「豪放」精神的以「壯美」為主流的民族文學藝術創作，直接關係到中國民族審美意識和審美理想的重建，因此，陳傳席指出並呼籲：

> 我又曾寫文提倡陽剛大氣的民族繪畫，但我也十分欣賞陰柔秀雅的小品。二者缺一不可，但理應由陽剛大氣的繪畫居民族繪畫之主流。實際上凡成為大家畫，都是陽剛大氣的。虛谷的畫，就藝術水平而言，超過了吳昌碩，但虛谷只是名家，而吳昌碩是大家；陸儼少的畫就傳統功力而言，遠遠高於李可染，而李可染是大家，陸儼少是名家。這就是因為吳昌碩、李可染的畫是陽剛大氣的，而虛谷、陸儼少的畫是清新秀雅的。後者畫就藝術情趣上超過前者，但氣勢和分量卻遜之。〔註57〕

所謂的名家，其實還沒有進入真正的創新創造的藝術境界，而只有進入到創新創造的境界，才能夠稱得上是一個「大」字，在這個意義上，這個「大」字，當然是一種「壯美」，當然需要「豪放」的思想精神為之先導。這種理路，實在是不言而喻的。

剛柔並濟的哲學辯證法境界，通過「豪放」的表達方式也可以得到很好的體現。梁啟超在《中國韻文裏頭所表現的情感》一文中，曾經將中國古代韻文的情感表達方式分為「奔迸的」、「迴蕩的」、「蘊藉的」，並論及辛詞時說：

> 詞中用迴蕩的表情法用得最好的，當然要推辛稼軒。……那一種元氣淋漓，前前後後的詞家都趕不上。……前兩首（《摸魚兒》、《念奴嬌·書東流村壁》，前作起首為「更能消」）都是千回百折，一層深似一層，屬於我所說的螺旋式。後一首（《賀新郎》，起首為「綠樹聽鵜鴂」）卻似堆壘式，你看他一起手硬蹦蹦的舉了三個鳥名，中

〔註57〕陳傳席：《中國繪畫美學史》，人民美術出版社，2002年版，第646頁。

間錯錯落落引了許多離別的故事，全是語無倫次的樣子，卻是在極倔強裏，顯示出極嫵媚。「三百篇」、《楚辭》以後，敢用此法的，我就只見這一首。〔註58〕

梁啓超的意思，正是認爲「迴蕩的」表情法是兼有「奔迸的」（偏於「剛」）和「蘊藉的」（偏於「柔」）兩者之長，而避免了兩者之弊的。從表現方式上說，這是「豪放」的文藝在審美的領域裏取得極大成就的直接原因，這個境界，顯然「豪放」詞是掌握了的。「豪放」能夠兼有「婉約」之長，而「婉約」則不能兼有「豪放」之長，一個最基本的原因也正在於「豪放」所達到的這種哲學辯證法的境界。

第三節　詩「可以怨」──「豪放」的詩學精神

雖然保守的傳統詞學和美學不敢正視「豪放」詞的地位和價值，但在詞文學的領域中「豪放」詞已經佔據了半壁江山。而在元曲之中，「豪放」則徹底佔據了主流（「本色」、正宗）位置，這本來是好事，但是歷史的發展卻往往出人意料。「豪放」在曲文學領域中成爲主流的審美風格，然而，歷史卻以「淡漠」而頑固的方式對這種局面進行了冷處理：一是在現實的創作上導致曲文學的迅速「雅化」，一是由於元曲體制上的兼容性（元曲的主流是劇曲，但是傳統詩學則認爲只有散曲才是繼承詩歌發展的文學體裁形式，即從詩歌發展演變的角度來用散曲排斥劇曲在元曲中的地位，並進而否定劇曲是元曲主流價值），導致它成爲中國文學的一個轉折點──從詩歌佔據文學主流的情況向小說佔據文學的主流這一趨勢轉變，以這種方式使元曲中的「豪放」精神沒有得到很好的繼承，另一方面，頑固而守舊的傳統詩學在詩歌形式的演變已經到了盡頭──明代民歌──之後，又以所謂清詞「中興」的面目贏得了它最後的迴光返照。在這種情況的背後，正是以維持以「柔美」、「優美」爲主導的審美理想和風格的傳統詩學思想在作怪。

「豪放」的核心內涵是「不受拘束」，它在社會禮法制度、技藝表達和文學藝術風格三個層次上展開並得到體現，而從中國古代的詩學史上看來，「豪放」作爲一個美學範疇，主要是在詩歌的領域之中得到最完美的體現的。由

〔註58〕梁啓超：《國學講義》，楊佩昌整理，中國畫報出版社，2010 年版，第 24～25頁。

於「豪放」本身所具有的內涵和特點，它在詩學領域之中必然也具有鮮明的反對傳統的守舊的詩學思想的精神，「豪放」的產生、發展和成熟，乃是建立在和「優美」、「柔美」為主體的傳統詩學思想相對待（後期則是相對立並突破）的詩學基礎之上的。我們這裡所說的這種傳統詩學思想對於「豪放」的影響，主要是指以儒家「溫柔敦厚」為代表的詩教思想對「中和」之美的偏離和片面發展這一歷史事實，前者指「溫柔敦厚」詩教對孔子詩學思想的背離，後者指它排斥《易傳》美學中剛柔並濟、以剛健積極思想精神為主導的更為先進的哲學辯證法，從而佔據了「中和」之美的位置，並片面的發展了以「陰柔」為主導的哲學辯證法，從而形成以「柔」為美的審美理想的歷史事實。下面，我們一一對這兩個方面進行辨明。

在中國古代的詩學史上，眾所周知，儒家從一開始就是非常重視詩教的，這是因為自古以來中國就有著「詩言志」（《尚書·舜典》：「詩言志，歌永言，聲依永，律和聲。八音可諧，無相奪倫，神人以和。」）的傳統，能夠以「詩言志」是一種很高的修養，賦詩言志在春秋時候的外交中佔有重要的地位，是一種很值得注意的文化、政治現象。儒家重視「詩言志」的傳統是因為他們認為這是周禮的一部份，是從政之人所必須具有的重要素養，「誦詩三百，授之以政，不達；使於四方，不能專對；雖多，亦奚以為？」（《論語·子路》），這說明詩教具有重要的實際功用，以至於孔子對他的兒子伯魚說「不學詩，無以言」（《論語·季氏》）。孔子詩教主要指《論語·陽貨》篇裏的一段話：

> 小子何莫學夫詩？詩，可以興，可以觀，可以群，可以怨。邇
> 之事父，遠之事君；多識於鳥獸草木之名。

其中的「興」、「觀」、「群」、「怨」四大要旨，千百年來一直是儒家詩教的重要內容，而且，孔子在詩教問題上表現了合乎情理的大度和通脫，指出詩是可以「怨」的。「怨」的內容居於第一位的是對於政事的諷喻，其次則是後來範圍擴大了的一切不平之「怨」，其實就是感情的鬱積和抒發。正因為孔子把「怨」作為詩教的重要組成部份，從而在中國詩學史上形成了一個詩「可以怨」的傳統，錢鍾書在《詩可以怨》一文中作了清晰的梳理。〔註59〕具體說來，其代表性的理論或理論依據有：《楚辭·九辯》中的「坎壈兮貧士失職而不平」、《惜誦》中的「發憤以抒情」、《史記·太史公自序》中的「夫詩書隱

〔註59〕 錢鍾書：《錢鍾書散文》，浙江文藝出版社，1997年版，第312頁。

約者，欲遂其志之思也。昔西伯拘羑里，演周易；孔子戹陳蔡，作春秋；屈原放逐，著離騷；左丘失明，厥有國語；孫子臏腳，而論兵法；不韋遷蜀，世傳呂覽；韓非囚秦，說難、孤憤；詩三百篇，大抵賢聖發憤之所爲作也。此人皆意有所鬱結，不得通其道也」〔註60〕，鍾嶸《詩品·序》中的「嘉會寄詩以親，離群託詩以怨。至於楚臣去境，漢妾辭宮；或骨橫朔野，或魂逐飛蓬；或負戈外戍，殺氣雄邊；塞客衣單，孀閨淚盡；或士有解佩出朝，一去忘返；女有揚蛾入寵，再盼傾國。凡斯種種，感蕩心靈，非陳詩何以展其義；非長歌何以騁其情？故曰：『《詩》可以群，可以怨。』使窮賤易安，幽居靡悶，莫尚於詩矣」及上品中對李陵的評語：「生命不諧，聲頹身喪，使陵不遭辛苦，其文亦何能至此」〔註61〕，《文心雕龍·才略》中的「敬通雅好辭說，而坎壈盛世；《顯志》自序，亦蚌病成珠矣」，韓愈《送孟東野序》中的「大凡物不得其平則鳴」以及《荊潭唱和詩序》中的「夫和平之音淡薄，而愁思之聲要眇，歡愉之詞難工，而窮苦之言易好也」〔註62〕，等等。應該說這一條線索是沿著孔子詩「可以怨」的傳統繼承下來的，並且在中國的詩歌史上，這一類的文學作品佔據著最高的位置。雖然歷代對於怨抑之詞的態度是不一樣的，但是在詩歌的領域裏，其地位簡直不可動搖——這是從中國古代文學史上的創作實踐及其成就而言的，因爲詩「可以怨」的精神，最終發展成爲了中國古代歷史上偉大的民族憂患意識，並深切地反映到文學中來，從而在本質上提高了文學的品位、氣象和境界。錢鍾書在《中國詩與中國畫》一文中明確指出那種只講究格調、風神或神韻的詩歌，「不是詩中高品或正宗」，「使神韻派左右爲難的，當然是號稱『詩聖』的杜甫」，「王維和杜甫相比，只能算『小的大詩人』」。〔註63〕實際上詩歌中「怨」的傳統的實質是詩人關注現實世界的一種體現和情感抒發，凡是詩歌作品中出現「怨」品的作品，都是他們關注現實、深切理解和領悟人生、生活及家國命運前途的眞實顯現，「豪放」詞的之所以能夠突破「婉約」詞香豔纏綿的傳統，也不僅僅是題材和風格上的突破而已，關鍵的是這種面向現實人生的態度的問題，這也就是王國維在《人間詞話》中所談到的「隔」與「不隔」〔註64〕，其精義其

〔註60〕 司馬遷：《史記》，甘肅文化出版社，1999 年版，第 685 頁。

〔註61〕 周振甫譯注：《詩品譯注》，中華書局，1998 年版，第 21、34 頁。

〔註62〕 韓愈：《韓昌黎全集》，中國書店，1991 年版，第 276、291 頁。

〔註63〕 錢鍾書：《錢鍾書散文》，浙江文藝出版社，1997 年版，第 221、212、213 頁。

〔註64〕 王國維：《人間詞話》，上海古籍出版社，1998 年版，第 9 頁。王氏所論「不

實正應在於此。如果對現實人生有著真切的關注和真摯的感情，體現在作品之中自然就會不是單純的講究字句的技巧，而是融入其中經過現實生活陶冶提煉的感情，這樣一來就自然「不隔」。「豪放」詞勝過「婉約」詞的地方，不是它的技巧（這樣說並不意味著前者的文學技巧就不如後者），而是其關注現實世界和民生的那種熱情和態度，這是單純玩弄文字、辭章、組織上的技巧所不能達到的一種人生境界和精神境界。詩歌中的「怨」的實質，歸根到底就是一種「怨」的精神，接觸現實、關注現實、要想改造現實的精神，一種革新創造的精神，這種精神具有文化的高度，並不是單純用心於文學技巧就能夠達到的一種境界。中國歷來對於「道」、「技」問題的探討，實際上就體現了一絲一毫間見出高低的精神（錢鍾書《中國固有的文學批評的一個特點》）〔註65〕，這個問題的淵源可以追溯到《莊子・養生主》，其所詮釋的是庖丁解牛的故事，看了庖丁的表演之後，高興得文惠君稱讚說：「嘻，善哉！技蓋至此乎？」庖丁釋刀對曰：「臣之所好者道也，進乎技矣。」表示「技」的境界是比不上「道」的境界的。受這種「道」的思想的影響，中國歷代文人對此都有深刻的體會和有心的追求。也正是這種對於「道」的追求，在實際操作過程中不自覺地墮入了「技」的境界而不知，從而影響了其文學成就。追究起來，這種情況的出現完全由於他們沒有深細地分析莊子在這裡多談到的「道」、「技」問題中的「道」，究竟是怎樣的一種境界或者說是怎樣的一個東西。其實庖丁之所謂「道」，仍然是一種「技術」的境界，因為他所操作的對象是牛，其操作是一個物理過程，而文學操作所面臨的對象是人和人類社會，人和動物的區別最重要的一點即人的社會性是人類社會得以建立的基礎，因此解牛的操作完全沒有作者的主體性因素摻入，不是一個創造的過程，即使技術再熟練也是如此，這和文學家創作的創造性過程有著天壤之別。從這個意義上說，庖丁所說的「道」其實是一種技術極端熟練的境界，完全擺脫了外在的物的因素和規律的束縛，是一種在掌握了自然規律之後的技術上高度純熟因而體現出人的完全的自由的境界。這確實是一種很高的幾乎不可企及的境界，但是卻不是後世我們所理解的那種「道」的境界，後者顯然是有著深刻的人類社會所獨有的文化精神內涵的。也就是說，在對待

隔」，係就情景而言，於現實民生一義尚有闕如，故其「境界」說不能以「無我之上之有我之境」為最高境界，也是必然的。

〔註65〕 錢鍾書：《錢鍾書散文》，浙江文藝出版社，1997年版，第394頁。

「道」（含文化精神者）、「技」關係的問題上，「道」的價值是第一位的，也是終極價值評價的最終標準和尺度。「怨」的詩學傳統之所以能夠取得詩歌史上的主流地位，原因正在於此，而「豪放」的意蘊無疑是和這種精神相一致的，這也是「豪放」詞的價值超過「婉約」的原因。對於「道」的關注，一直是儒家思想的中心所在，孔子一生都在為之付出努力，甚至於「知其不可而為之」，因為在他看來，這是一種無上的價值，是人的社會歷史責任感之所在，沒有任何理由可以拒絕和忽視之。夏之放認為：「『詩可以怨』、『詩必窮而後工』以及『憤怒出詩人』等說法……共同說明了一個基本道理，就是詩歌創作的起點在於詩人的怨恨、悲憤和憤怒等強烈而深沉的感情。這種感情是詩人在生活中領悟過的積累起來的人生感悟，它久久鬱積在詩人心中，必欲吐之而後快。」〔註66〕「必欲吐之而後快」，這正是「豪放」存在的合理依據。因此從詩學上來說，詩「可以怨」是「豪放」這個範疇和「豪放」之美最早和最為深厚的詩學思想淵源和基礎。

可是，圍繞著詩「可以怨」的問題，自古以來就存在著對於它的懷疑、不滿和實際的扭曲。而在詩學領域裏，其典型代表則主要是「溫柔敦厚」詩教思想，對此，我們可以從兩個層次來探討「溫柔敦厚」詩教的問題：第一個層次，是「溫柔敦厚」對孔子詩學思想的背離，即其將孔子詩學中的詩「可以怨」的詩學精神排除到「中和」之美的範圍之外，從而為其佔據「中和」之美的所謂正宗地位奠定基礎。「溫柔敦厚」是中國古代詩歌史上的重要美學原則和藝術境界，其語最初見於《禮記‧經解》：

> 孔子曰：「入其國，其教可知也。其為人也溫柔敦厚，《詩》教
> 也……其為人也，溫柔敦厚而不愚，則深於《詩》者也。」〔註67〕

《禮記》一書成書於西漢，其編定者是西漢禮學家戴德和他的侄子戴聖，此時距離孔子的時代已經極為久遠，即使它基本是遵循著儒家思想的精神，也難免有所出入（如袁枚《再答李少鶴書》即云：「《禮記》一書，漢人所述，未必皆聖人之言」）然而，在古代詩學中以政教思想為特色的傳統中，這一詩教思想卻一直被很好地繼承並發揚著，幾乎成為儒家最重要的詩學理想而從無有人批評，直到清代的王夫之，才在《薑齋詩話》（卷二）指出：

〔註66〕 夏之放：《論塊壘──文學理論元問題研究》，人民出版社，2007年版，第33頁。

〔註67〕 《四書五經》，嶽麓書社，1991年版，第616～617頁。

詩教雖云溫厚，然光昭之志，無畏於天，無恤於人，揭日月而
行，豈女子小人半含不吐之態乎？《離騷》雖多引喻，而直言處亦
無所諱。宋人騎兩頭馬，欲博忠直之名，又畏禍及，多作影子語巧
相彈射，然以此受禍者不少，既示人以可疑之端，則雖無所誹誚，
亦可加以羅織。觀蘇子瞻烏臺詩案，其遠謫窮荒，誠自取之矣；而
抑不能昂首舒吭以一鳴，三木加身，則曰「聖主如天萬物春」，可
恥孰甚焉！近人多效此者，不知輕薄圓頭惡習，君子所不屑久矣。
〔註68〕

王夫之的這段話，蘊涵著豐富的詩學思想：首先他在世界上本來就存在一種
陽剛之美的基礎上，指出「光昭之志，無畏於天，無恤於人，揭日月而行」
這樣的情態，和「女子小人半含不吐之態」是並存的，實際上間接指出了「溫
柔敦厚」的詩教思想，不過是「女子小人半含不吐之態」一個方面的代表，
並不能用這一方面排斥否定另一方面的存在依據。而這種「女子小人半含不
吐之態」，在表達方式上是含蓄的呈現為一種柔美的，這恰恰和「豪放」在表
達方式上的自由自在、淋漓盡致相形，從而為「豪放」這樣的美學範疇找到
了存在的價值依據。其次，王夫之用屈原的《離騷》「直言處亦無所諱」的事
實，加深了前面提出的思想。再次，他批評了宋人「騎兩頭馬」的做法，認
為他們多是「欲博忠直之名，又畏禍及」，故奉行明哲保身的「中庸之道」，
缺乏獨立的思想人格及強烈的主體性精神，自然只能用「溫柔敦厚」這樣的
思想來作掩護。可惜的是，也往往並不能如意，王夫之舉出了宋代文藝思想
的代表性人物蘇軾，批評他也是如此。王夫之的批評雖然毫不客氣，但是持
論應該說是公正的。最後他指出，近代這種思想仍然得到了很好的尊奉和繼
承，其實是很不足取的，「不知輕薄圓頭惡習，君子所不屑久矣」。王夫之邏
輯嚴密地反駁了傳統的「溫柔敦厚」的詩教思想，對於我們認識「溫柔敦厚」
是很有幫助的，尤其是它和「豪放」的關係這一問題上。

陳衍在《近代詩鈔序》一文中也指出：

文愨（筆者按——謂沈德潛）言詩，必曰溫柔敦厚。溫柔敦
厚，孔子之言也。然孔子刪詩，《相鼠》、《鶉奔》、《北山》、《繁
霜》、《谷風》、《大東》、《雨無正》、《何人斯》以迄《民勞》、《板》、
《蕩》、《瞻卬》、《召旻》，遽數不能終其物，亦不盡溫柔敦厚，而皆

〔註68〕 王夫之：《薑齋詩話》，人民文學出版社，1961年版，第159～160頁。

勿刪。〔註69〕

這種觀點，袁枚在《小倉山房尺牘》卷十《再答李少鶴書》中早就提出了，他說：「《禮記》一書，漢人所述，未必皆聖人之言。即如『溫柔敦厚』四字，亦不過詩教之一端，不必篇篇如是……故僕以爲孔子論《詩》，可信者，興、觀、群、怨也。不可信者，溫柔敦厚也。」〔註70〕袁枚論詩主「性靈」，而「溫柔敦厚」的詩教正是淹沒人的「性靈」的，不利於詩歌的創作。陳衍和袁枚都以孔子所編刪的《詩經》中的詩歌爲例，指出了其中很多詩歌符合孔子詩「可以怨」的精神，從具體文學文本的角度來證明這個問題，是很有力量和說服力的。同時，袁枚認爲《禮記》一書中所載孔子關於詩學的思想，可以相信的是其關於詩歌鑒賞如「興」、「觀」、「群」、「怨」等問題的闡述，至於對於詩歌審美理想的闡述如「溫柔敦厚」，並不符合孔子本人確實可信載於典籍的詩學思想。他還在《小倉山房文集》卷十七《答沈大宗伯論詩書》一文中，對沈德潛詩貴「溫柔敦厚」的思想做了反駁：

> 至所云詩貴溫柔，不可說盡，又必關係人倫日用。此數語有褒衣大袑氣象，僕口不敢非先生，而心不敢是先生。何也？孔子之言，戴經不足據也，惟《論語》爲足據。子曰：「可以興，可以群」，此指含蓄者言之，如《柏舟》、《中谷》是也。曰「可以觀，可以怨」，此指說盡者言之，如「豔妻煽方處」、「投畀豺虎」之類是也。……僕讀詩常折衷於孔子，故持論不得不小異於先生，計必不以爲僭。
> 〔註71〕

可見，同樣是尊奉所謂孔子的詩教，而見解是截然不同的。孔子的「興」、「觀」、「群」、「怨」，前兩者是「指含蓄者言之」，後兩者則是「指說盡者言之」（筆者按：袁枚對「興」、「觀」、「群」、「怨」的這種解釋，是從表達方式的角度來闡釋的，但又是偏於從內容的層次來闡釋的，即從其實現的文學作品內容的實際面貌來闡釋的，是能體現後兩者的文本更偏於「說盡」。實際上「興」、「觀」、「群」、「怨」並非是純粹的表達方式，如「群」、「怨」也包含著詩歌的審美功能和社會功能的因素，即使從純粹的表達方式來說，也並不

〔註69〕 郭紹虞主編：《中國歷代文論選》（第4冊），上海古籍出版社，2001年版，第290頁。
〔註70〕 王英志主編：《袁枚全集》第五集，江蘇古籍出版社，1993年版，第207頁。
〔註71〕 郭紹虞主編：《中國歷代文論選》（第4冊），上海古籍出版社，2001年版，第468頁。

一定要割裂四者的關係，將它們分爲「含蓄」和「說盡」兩個方面），不能片面地強調、發展一端一極，而忽視和否定、排斥另一端另一極。「溫柔敦厚」的說法，只能算是後代政教色彩極爲濃厚的思想家、文論家強加給孔子的，是極爲偏頗的，殊非孔子詩教的全部。吳兆路在《沈德潛「溫柔敦厚」說新解》一文中指出，沈德潛提倡「溫柔敦厚」的詩教思想，和當時清代統治階級大興文字獄的社會現實有關〔註72〕，可見，這種思想精神狀態和「豪放」的精神意態是截然不同的。

鄭燮在《濰縣署中與舍弟第五書》一文中，還從詩文的角度全面論述了詩文的最高境界不是追求含蓄不盡、言外之意之類的境界：

> 文章以沉著痛快爲最，左、史、莊、騷、杜詩、韓文是也。間有一二不盡之言，言外之意，以少少許勝多多許者，是他一枝一節好處，非六君子本色。而世間纖小之夫，專以此爲能，謂文章不可說破，不宜道盡，遂詈人爲刺刺不休。夫所謂刺刺不休者，無益之言，道三不著兩耳。至若敷陳帝王之事業，歌詠百姓之勤苦，剖晰聖賢之精義，描摹英傑之風猷，豈一言兩語所能了事？豈言外有言、味外取味者，所能秉筆而快書乎？吾知其必目昏心亂，顛倒拖沓，無所措其手足也。王、孟詩原有實落不可磨滅處，只因務爲修潔，到不得李、杜沉雄。司空表聖自以爲得味外味，又下於王、孟一二等。至今之小夫，不及王、孟、司空萬萬，專以意外言外，自文其陋，可笑也。〔註73〕

鄭燮從作者的內在思想精神的角度，否定了專門追求「言外之意」、「不宜道盡」等以含蓄爲事的「纖小之夫」的做法，指出了像《左傳》、《史記》、《莊子》、《離騷》、杜詩、韓愈文章這樣以偉美審美境界的作品，所謂的「言外之意」、以少勝多，都不是它們的本色即最佳之處，亦即並非它們的最高境界。這種從表達方式追溯到內容和思想精神上的做法，是具有相當的批判力量的，對於我們很好的理解「豪放」，無疑作用極大。

張國慶也對「溫柔敦厚」是否符合孔子的詩教提出了質疑，他對比了孔子談論詩歌教育的一些言論和《禮記》中「溫柔敦厚」的詩教兩者之間的區

〔註72〕 吳兆路：《沈德潛「溫柔敦厚」說新解》，《文學遺產》1997年第4期。
〔註73〕 郭紹虞主編：《中國歷代文論選》（第4冊），上海古籍出版社，2001年版，第422頁。

別，指出：

> 歸結起來看，孔子完全是從（特定）學習方法、思維方式的角度作出是否「可與言詩」（亦即是否「深於詩」）的評價的。而在詩教那裡，「深於詩」與否的評價標準，則全然被歸結爲（特定的）「爲人」。二者的是非優劣姑且不論，但其立論角度的根本不同，則是十分明顯的。也就是說，在「深於詩」與否的評價標準方面，詩教與孔子本人的思想之間，存在著根本的差異。〔註74〕

這是第一點，其次則是「二者在『爲人』問題上的差異」：

> 詩教的「爲人」觀，可一言以蔽之曰「溫柔敦厚」，即它於爲人只推許溫柔敦厚。……孔子於「爲人」，則既推許近於溫柔敦厚者，亦推許異於溫柔敦厚者……在這一方面，最值得注意的，是孔子對於「勇」和「剛」、「剛毅」的推許。……顯然，剛毅不屈的個體人格已在根本上與儒家的社會人生理想聯繫在一起了，亦成了實現後者所必須具備的一項很重要的主體條件。正是在這個意義上，孔子曾明確的宣佈說：「剛、毅、木、訥近仁。」（《子路》）……在「爲人」問題上，孔子思想顯然不同於詩教的說法。孔子討論「爲人」，常以其倫理道德理想——「仁」作爲一個重要著眼點。……孔子仁學，洋溢著對儒家社會人生理想的自覺而主動的追求精神，而與此密切相聯繫的孔子「爲人」觀，亦顯出同樣的自覺性與主動性。相反，詩教的「爲人」觀則從另外一個角度，體現出了某種外在力量對於人的強制規範。「欲使民雖敦厚不至於愚，則是在上深達於詩之義理，能以詩教民也」（孔穎達疏詩教語），「在上」（統治者）出於其統治目的而向人民提出的，也正是「在上」要通過「教化」而使人民達到的。對於人民來說，其「爲人」的培養化成，就不能不受制於強大的外在社會政治規範，也就很難再有什麼自覺性與主動性了。可見，孔子與詩教二者的「爲人」觀，其思想基礎、立論角度乃至價值取向都是極爲不同的。〔註75〕

張先生所說的詩教「爲人」和孔子的「爲人」思想，其實存在著這樣的邏輯：

〔註74〕 張國慶：《儒、道美學與文化》，中國社會科學出版社，2002年版，第85～88頁。

〔註75〕 張國慶：《儒、道美學與文化》，中國社會科學出版社，2002年版，第88～90頁。

即甲（詩教「爲人」）屬於乙（孔子的「爲人」思想）的一部份，因此，從邏輯學上來講，「甲是乙」這個命題是正確的，而「乙是甲」這個命題則不全是正確的。舉例來說，說「白馬是馬」是正確的，但是不能說「馬是白馬」。由此可見，用「溫柔敦厚」的詩教思想來代表孔子的詩學思想，顯然是以偏概全的做法，本身就存在著邏輯上的錯誤。張國慶所舉的孔子關於「剛」、「毅」的論述，就足以證明這一點。同時，我們又必須認識到，古代以「溫柔敦厚」爲詩學的至高境界的詩教思想，並非這些人不懂得邏輯，而實際上是取其所需，有意爲之的。因此，張先生還對「溫柔敦厚」詩教背後所隱藏的統治階級用強大的社會倫理規範，來達到其限制約束人的主體性精神和自覺性的目的進行了揭露，這實在是極其精彩的！而古代統治階級及其詩學思想家的這種做法，就是針對中國美學史上「怨」的傳統而設的，針對「豪放」之美的意蘊而設的，對於人的個性的壓抑，始終是統治階級奉行不二的政策。在這種詩學思想之中，「豪放」是沒有什麼地位和價值的。對於孔子詩學思想的背離，充分保暴露了歷代統治階級的用心，也從反面證明了「豪放」這一審美範疇所具有的堅實的詩學基礎，就是詩「可以怨」的傳統及其精神。而這一基礎，到了宋代達到極點〔註76〕，因此「豪放」作爲一個美學範疇在這一時期發展成熟，也決非偶然。宋代是中國美學史上優美逐漸替代壯美成爲主流美學風格的時代，以理學家爲代表的宋代思想家，對「豪放」的排斥是不難理解的，他們在哲學上向內轉的傾向——例如王志遠在《唐宋之際「三教合一」的思潮》一文中指出：「唐宋之際，儒、道、釋三教之間的相互影響日益加深，『三教合一』發展爲一種必然的歷史趨勢。在這一融和過程中，值得注意的是三教都具有一種共同的思想傾向，即將外在的修養轉向內在的修養」〔註77〕——這就使他們不可能欣賞「豪放」之美，而只能承接「溫柔敦厚」

〔註76〕 文學「可以怨」的精神，古代詩歌限於種種原因（比如容量太小、以抒情詩爲主流等），而根本不能與小說相提並論，但在詩歌領域之內，還是會不斷發展的，比如先秦詩歌中的「風」（側重於對於社會、政治、現實的委婉、含蓄表現），奠定了「可以怨」的基礎，其中一些特出的作品如《碩鼠》之類，已經發展到了「諷刺」、「揭露」的意蘊，並爲漢代的樂府敘事詩所繼承，一直延續到豪放詞。而「風」的最完美形態，是「諷刺」、「揭露」乃至「批判」社會現實（不合理的一切現象、秩序、思想等），其內的根本精神，是需要「豪放」這樣的思想精神的支持的。

〔註77〕 《儒佛道與傳統文化》，載《文史知識》（「佛教與中國文化專號」）1988 年第6 期，中華書局，1990 年版，第 86 頁。

的詩教傳統，如程顥就說：「大率詩意貴優柔不迫切，此乃治《詩》之法。」
〔註78〕這種審美理想，正是理學後來成爲影響中國封建社會後半期最重要的
「官學」的一個端倪，說明其在本質上是符合統治階級的利益的。「統治者的
文學政策既是誘餌，又是牢籠，使得大批文學之士沿著科舉仕進之路紛紛落
入彀中……既有所冀，必有所諱，精神受到壓抑，思想無從舒放，一個個如
轅下駒，寫出來的多半是徒具形式的僞文學。」〔註79〕受統治階級意識形態
籠罩和利用的哲學、文學及其思想，其悲劇乃在於此。

　　張國慶在上文論述的基礎上，還分析了傳統詩學理論的具體形態，在觀
點上、事實上對於「豪放」所採取的排斥和否定：

　　　　在提倡何種藝術風格這一問題上，二者差異很大。孔穎達疏解
　　詩教時指出：「溫謂顏色溫潤，柔謂情性和柔」。這樣的「顏色」與
　　「情性」表現於詩歌中，當然形成的是溫潤和柔型的藝術風格。後
　　代人們常常也正是這樣來理解「溫柔敦厚」的，例如明人許學夷《詩
　　源辨體》在評論《詩經》作者時認爲：「風人之詩既出乎情性之正，
　　而復得於聲氣之和，故其言微婉而敦厚，優柔而不迫，爲萬古詩人
　　之經。」在標舉和柔型風格的同時，「溫柔敦厚」對於豪放一路詩風
　　又有明顯的排斥性。例如清人吳喬《圍爐詩話》指出：「詩以溫柔敦
　　厚爲教，非可豪舉者也」。這就表明，詩教僅只獨尊和柔型藝術風格。
　　至於孔子，則兼尚和柔型風格與雄壯型風格（雄壯與豪放近）。例如
　　在音樂方面……〔註80〕

通過比較張先生認爲這已經「足以見出詩教並非孔子本人的思想了」，他進一
步提出：「既然與孔子本人的思想難以切合，那麼儒家色彩極爲濃厚的詩教，
其思想實質究竟何在呢？」他認爲，「詩教具有鮮明的漢代儒學性質」，是那
個特定時代的特定產物：

　　　　正是在漢家君臣百慮一致，大力倡揚所造成的極爲濃厚的社會
　　和思想氛圍中，「詩教」說和《毛詩序》雙雙問世了。它們的問
　　世，以及它們以禮義作爲詩歌和詩人情感的最重要的節制和評價標

〔註78〕《二程集》，中華書局，2004年版，第356頁。
〔註79〕董乃斌：《儒學與文學》，《載《文史知識》（「儒學與傳統文化專號」）1986年
　　　　第10期，中華書局，1990年版，第32頁。
〔註80〕張國慶：《儒、道美學與文化》，中國社會科學出版社，2002年版，第90～91
　　　　頁。

準，它們對詩歌教化作用的高度重視，都完全可以說是一種歷史的必然。

　　秦王朝即生即滅的巨大歷史教訓和大一統漢王朝能否久長的嚴峻現實問題，使得漢家君臣、漢代儒家乃至儒家詩教，均負載上了極其沉痛而又極其沉重的歷史感和使命感。詩教因此而突出地強調禮義和教化，乃是當時的社會現實使然，乃是一種歷史的必然。它所內在地具有這一深層歷史——政治內涵，是孔子思想、先秦儒家文藝思想所完全沒有的。〔註81〕

漢代的這種政治思想，無疑要比秦代注重利用外在的強制性「法」制（而且是近於苛酷之法）來約束人、管理社會系統要高明得多。歷史發展到漢代，戰國時代紛亂開放的思想政治格局不復存在，漢代大一統的思想政治格局重新把禮法制度的約束力度大大加強了，而且給它賦予了思想精神的高度，從「收」、「放」關係而言，就是又出現了「收」的態勢。「豪放」意蘊在此後的封建社會歷史中雖然做了最大的努力，可是仍然沒有突破這種「收」的格局，而是實現了一些局部的「放」。可以說這種總體框架上的「收」的狀態，正是「豪放」之必然要向前發展的基礎，在詩學領域裏，「豪放」的這種基礎是通過「溫柔敦厚」詩教的確立而確立的。但是，在現實的文學實踐之中，當以「豪放」為特色的作品取得極大成就的時候，「溫柔敦厚」的詩教又呈現了一種企圖調和兩者的做法，這是極其可笑的。例如偉大的詩人杜甫，其詩歌便在精神內涵上具有鮮明的「豪放」之意蘊，作為中國古代最大的成就最高的詩人，這是一種無法忽視也無法掩蓋的現實和歷史事實，正像錢鍾書所說的那樣，「使神韻派左右為難的，當然是號稱『詩聖』的杜甫」。〔註82〕為了自圓其說，「溫柔敦厚」詩教一派也不得不作出調和的姿態，如清代張謙宜在評論杜詩說：

　　豪放而獨存忠厚者，少陵是也。

　　《三吏》、《三別》，乃樂府變調，傾吐殆盡，而不妨其厚，愛人之意深也。〔註83〕

〔註81〕　張國慶：《儒、道美學與文化》，中國社會科學出版社，2002 年版，第 92～96 頁。

〔註82〕　錢鍾書：《錢鍾書散文》，浙江文藝出版社，1997 年版，第 212 頁。

〔註83〕　轉引自張國慶，《儒、道美學與文化》，中國社會科學出版社，2002 年版，第 97 頁。

其實，能夠率真的指出杜詩的「豪放」並且視之爲佳（杜詩最大的特點即是「豪放」，若不以此爲佳，乃有於杜詩簡直無目之嫌），這已經是很不錯的了，企圖用「忠厚」來調和，卻顯示了其真正用心之所在。豈不知用一「獨」字來評價杜詩，也就是說只有杜詩是達到了既「豪放」又「忠厚」的境界，並因此而爲佳，那麼同樣以「豪放」爲特色的李白，又被擱置在什麼位置，給予什麼樣的評價呢？實際上，李白詩歌中的「豪放」特點和審美意蘊，是甚至比杜詩還要鮮明的。顧此失彼，這就顯示了「溫柔敦厚」詩教思想的捉襟見肘處，其缺陷也就不言而喻了。

第二個層次，則是更進一步，在中國詩學史上，很多人把「溫柔敦厚」的詩教思想視爲「中和」之美的本來面目（本相，其實是替身），從而爲排斥「怨」的詩學傳統和偏於「豪放」一路的美學風格奠定基礎。對於這個問題，張國慶也論之甚詳。〔註84〕他首先從現當代學者的研究成果出發，總結了三類將「溫柔敦厚」等同於「中和」之美的觀點。一是朱自清通過對於「溫柔敦厚」詩教未必就是孔子本人思想的質疑，將它和禮樂聯繫起來理解，而樂的本質是「中和」，「中」亦即「適」，禮則強調「節」（《樂記：「禮節民心」》，又貴「和」（〈論語‧學而〉：「禮之用，和爲貴」），從而得出了「『溫柔敦厚』是『和』，是『親』，也是『節』，是『敬』，也是『適』，也是『中』。」的結論，實際上把「溫柔敦厚」和「中和」等同了起來。第二類觀點也得出了「溫柔敦厚」含有「中和」之美的因素的結論，同時又把它視爲藝術辯證法。這一類觀點主要是從表達方式上的「含蓄」與「率直」（「淋漓盡致」、「說盡」）角度，來說明後者不符合「中和」之美的藝術辯證法。這兩類觀點的錯誤，都在於以偏概全，雖然並沒有明確提出將詩「可以怨」的詩學思想排除的觀點，但是其在實際上已經造成並可以通過他們的觀點推導出這樣的一種事實。第三類觀點以於民、廖得爲爲代表，他們將「中和」看作是對立面的和諧，卻有將「怨」的詩學傳統看作是非中和思想，並進而認爲中國美學史上存在著一條中和與非中和相對立鬥爭的重要線索，對此尹旭作了批駁：

　　尹旭指出，把怨、憂、忿（不平則鳴、窮而後工等等）視爲非中和，並將之與中和（和諧）相對立，這一觀點是站不住腳的。非中和按理應當與中和一樣，主要是指藝術美的特色或表現形式，它

〔註84〕 張國慶，《儒、道美學與文化》，中國社會科學出版社，2002 年版，第 2～22頁。

所涉及的不是藝術美的具體內容，而是任何一種內容的表現程度和
形式問題。而怨、憂、忿等則正是藝術美的具體內容，所以它們顯
然不能與非中和相等同。……既然中和是和諧，那麼，非中和只能
是不和諧。而將非中和看作是怨、忿，就必然導致這樣的結論：怨、
忿就是不和諧。而這樣一來，則中國文藝史上發憤抒怨的眾多名作
佳篇，如《離騷》、《史記》、李白的詩、鄭板橋的畫，豈不是都成了
不和諧的作品？〔註85〕

應該說，引文中後半部份尹先生的舉例反駁（這其中當然還包括「豪放」派
的詞和曲）是很有力量和很有道理的，這其實是一個很簡單的道理。不過，
這裡順便指出一點，尹先生的駁論也有不正確之處，這就是他對於「中和」
思想單純從「藝術、美的特點或表現形式」來理解，是片面的。誠然，作為
「中和」之美的顯現，其外在的「中和」的形式固然很是顯眼，作為美的一
種特徵，外在形式也是極其重要的內容，但是，我們必須指出，文藝所呈現
出來的外在的「中和」之美，是以內在的「中和」的內容為基礎的，內在的
內容的「中和」（和諧）是根本和內因，文藝的和諧應該具有三方面的內容：
一是內在內容的和諧，這是事物和諧的根本性因素和原因；二是外在表現形
式的和諧；三是內在的內容和外在的形式之間的和諧。任何事物的和諧，實
際上都是以第三重方式亦即最終的表現方式呈現出來的，並不存在單純的形
式上的和諧而不涉及到內在內容的和諧這樣的情況，尹先生的錯誤即在於
此。為什麼尹先生會導致這樣的錯誤呢？筆者認為這是他沒有從根本上認識
和諧或「中和」所造成的。「中和」思想其實是在中國傳統哲學的「天人合一」
的思想統領之下的，是其中最為重要而核心的一個方面。「天人合一」所關注
的是人和外在的世界（包括自然和人類社會及他人，甚至包括自我身上的那
種自然性）的關係的問題，是一個互動的實踐的過程和聯繫，也就是說，在
「中和」思想的外表之內，始終存在著這樣一種人之作為主體和外在世界、
事物的聯繫，而「天人合一」正是一種最為理想的和諧。尹先生的錯誤就在
於他單純從形而上的角度來理解「中和」，而沒有看到其中的人的因素——而
且在現實的實踐之中，人的因素始終是一個主導性的因素。說到底，「中和」
思想實際上是人類社會改造自然和自我的一種理想境界，而不單單是表現在
形式上，其中包含著深刻的社會內容和人的深沉的感情和志意，這些內容，

〔註85〕張國慶：《儒、道美學與文化》，中國社會科學出版社，2002 年版，第 7 頁。

正由於人的主觀能動性這一因素，從而導致了人對於自然和社會人生的一種潛在的「優勢」──如果用一個高低的「量」來衡量的話，就相當於人處於高位，從而造成了人對於外在世界的高度差，這就形成了不和諧；而當人的這種主觀能動性付諸實踐參加改造現實的時候，隨著現實的逐漸被改造，人的主觀能動性也逐漸得到了實現，從而在現實世界裏實現了一種新的和諧，這種和諧就是「天人合一」的境界。這種主觀能動性，實際也就是詩人們所說的「不平」，「怨」正是其實現和諧抒發不平的表現形式，也就是說，如果沒有「怨」和「不平」的這一步，也就不可能真正達到和諧，呈現為「中和」之美的境界，歷史上如李杜、屈子、蘇辛、關漢卿、湯顯祖的作品之所以在中國文學史上光輝燦爛，根本原因即在於此，即在於他們不是單純的從技術的角度來創作的，而是切實地融入到了真正的現實民生之中，積累起深厚而博大的情感和思想精神，然後在作品中抒發出來，這才是他們的作品能夠呈現為「中和」之美的真正原因，呈現為「怨」的內容和形式的原因。張少康認為，這一理路正是中國古代文學理論的主要精神：

> 我認為中國古代文論的主要精神還是要從中國古代文學創作和文學思想發展的實際來考察，在中國古代文論中貫穿始終的最突出思想就是：建立在「仁政」、「民本」思想上的，追求實現先進社會理想的奮鬥精神和在受壓抑而理想得不到實現時的抗爭精神，也就是「為民請命」、「怨憤著書」和「不平則鳴」的精神，它體現了我們中華民族堅毅不屈、頑強鬥爭的性格和先進分子的高風亮節、錚錚鐵骨。〔註86〕

而這樣一個關注融入現實世界社會人生然後又在作品中得到抒發和釋放的過程，其實也就鮮明的體現了一個由「收」到「放」的過程，體現了一個因為融入現實世界從而不得不積聚起盛大而充沛的感情和志意──從而以「氣」的形式積聚和表現出來──的由「收」到「放」的過程，而這正是「豪放」的精神和精義所在呵！歷史上以「豪放」為精神和特色的文藝無不體現著作者真切融入現實世界社會人生的事實，這不用舉太多的例子，在辛棄疾身上不是就鮮明地體現出來了麼？他的作品呈現為「豪放」之美，難道是偶然的嗎？如果我們不從這樣一種從真實的現實和歷史語境來理解「豪放」的角度

〔註86〕 張少康：《走歷史發展必由之路──論以古代文論為母體建設當代文藝學》，載《文學評論》1997 年第 2 期。

來研究「豪放」，那可眞是有點隔靴搔癢而難得其實了。而「豪放」的這種聯繫現實社會人生的方式，也就體現了我們在上文中所論述的「道」、「技」之辯中「道」的精神。這種「道」的即文化精神的高度，才是「豪放」根本的特性和燦爛的魅力得以呈現的眞正原因。

張國慶還總結了第三類觀點中于民等人的觀點，認爲其錯誤就在於：

> 他在對春秋前的美學思想進行分析時總是把中和作爲對立面之間的和諧來看待的，但由於種種原因（原因之一，即是可能受到朱自清先生觀點的潛在影響），他最終卻又把中和之美與溫柔敦厚相等同。例如他認爲，非中和的思想「與傳統的溫柔敦厚的中和準則有所不同甚至對立」。而怨、忿之所以與傳統的中和準則不同，原因之一，正是它們「不那麼平和，不那麼溫柔敦厚」。顯然，中和既是和諧同時又溫柔敦厚，這就是於民理論上出現上述內在矛盾的根本原因。中和既然是溫柔敦厚，那麼他把怨、忿看作是與之對立的非中和，就當然沒有什麼解釋不通的問題了。〔註87〕

顯然，于民的觀點仍然不外乎是以偏概全，將「溫柔敦厚」間接等同爲「中和」了，這就難怪出現「他把怨、忿看作是與之對立的非中和，就當然沒有什麼解釋不通的問題了」的現象。因此，這種觀點的思路，其實正是和我們上面所分析的「溫柔敦厚」的詩教思想並不符合孔子本人的詩學思想互爲表裏的，是一個問題的一體兩面而已。本來，于民採取的是一個更爲闊大的美學和歷史視野，他認爲「從春秋末到戰國時期，還發展著一種與『和』相對立的『不和』的哲學美學思想。到了西漢中期，與中和審美準則相對立的非中和的思想便明確地形成，並深刻地影響著後世審美、藝術的發展。美學思想史上『著文以舒忿』（例如《離騷》之發忿抒怨及司馬遷對它的肯定），『不平則鳴』，『怨不擇音』，『文不可安靜平和』以及重陰錮陽、擊而爲雷的矛盾激化來闡述文章創作等觀點，都不同程度地體現著非中和的美學思想。在我國古代美學思想的發展史上，中和與非中和的對立、鬥爭，是一條重要的線索。」〔註88〕這種觀點是在整個中國古代美學的視野之中，把詩「可以怨」的思想歸結爲「不和」，從而將其排除出「中和」之美的範圍，這種做法的片

〔註87〕　張國慶：《儒、道美學與文化》，中國社會科學出版社，2002 年版，第 7～8頁。

〔註88〕　張國慶：《儒、道美學與文化》，中國社會科學出版社，2002 年版，第 4～5頁。

面性自不必說。如果他是單純客觀地總結出這兩種美學思想系統及其對立鬥爭的事實，並在價值上客觀地評價之，則必然得不出這樣片面的結論。更為嚴重的是，這種做法將《易傳》美學中以剛健積極為主導地位的思想精神消解掉了，並妄圖在根本上切斷了詩「可以怨」的現實土壤。實際上，這種思想觀念，乃是秉承著傳統儒家的「中庸」這一在很大程度上具有保守色彩的思想的產物，這種僵化的理解和闡釋「中庸」思想的方式，本身就是存在著極大的不足的，朱恩彬指出：

> 這種「中庸」思想作為一種方法論，是有缺陷的，是片面的，其辯證法也是不徹底的。它只肯定了對立面的統一與和諧在事物發展中的作用，卻不懂得事物發展質變的必然性，看不到對立面鬥爭在質變中的巨大功能，具有保守性。〔註89〕

這種保守的靜態的孤立的思想觀念，妄圖事物總是保持在一個「和諧」的狀態之下而不溢出其基本範圍，這和古代奴隸社會、封建社會統治階級希望王朝帝業永遠傳之子孫以至於千萬世的幻想，是分不開的。而「豪放」則不同，作為一種「壯美」，它「側重於矛盾對立方面」。〔註90〕「中庸」思想的消極方面影響到詩學中來，孔子所講的詩「可以怨」的合理因素在很大程度上已經被拋棄了，將它視為「非中和」之美而與「中和」之美對立，顯然就是一個典型的體現。它不但在中國古代有著很大的勢力（一直依靠統治階級的思想和維護，處於一種「正統」的地位），直到現在也還有學者提出這種觀點，可見作為直接承接詩「可以怨」傳統而來的「豪放」審美範疇，是有著被排斥於「中和」之美而外的危險的。這種觀點思想顯然是在中國美學史的總體意義上來對「豪放」這一路所謂非「中和」之美進行排斥的，但它最終還是具體落實到詩學領域中的「溫柔敦厚」，則在範圍上又將「中和」狹隘化了。其根本缺陷即在於並未很好地從哲學辯證法高度去認識「中和」和「豪放」等範疇，尤其是無視《易傳》美學那種積極剛健的辯證法精神，就更是不應該。在古代社會統治階級思想影響下所形成的這種保守、不敢正視現實社會生活的詩教思想，其本心乃是為了維持其統治，然而極具諷刺意味的是，歷史上能夠以詩「可以怨」方式出現的詩人，其本心卻也是為

〔註89〕 朱恩彬主編：《中國文學理論史概要》，山東文藝出版社，1996年第2版，第27頁。

〔註90〕 周來祥：《古代的美　近代的美　現代的美》，東北師範大學出版社，1996年版，第3頁。

了當時的統治階級著想的，例如辛棄疾，在腐朽的南宋王朝之中，始終盡自己最大的可能爲國爲民做著努力，只是程度稍微有些不同而已。就是這種姿態，已經不能爲自認爲正統的傳統詩學思想家所容納，這正是歷史的可悲之處！

　　不僅止此，張國慶還從研究《中庸》一文入手，得出了「並不存在一個統一的『儒家的中庸之道』」、「在中國美學史上，亦並不存在一種統一的中和之美」〔註91〕的結論，從根本上澄清了把「溫柔敦厚」和「中和」之美等同起來因而排斥詩「可以怨」和「豪放」的做法的錯誤。他先分析了導致把「溫柔敦厚」和「中和」之美等同起來的原因：一是從性情的角度來說「溫柔敦厚本就是一種特定情性，亦本就是一種受到特定規範節制（『以義節之』）的情性，在『發情、中節』這一理論特徵上，它的確與《毛詩序》和《中庸》的上述說法是完全一致的。所以，不少學者將『溫柔敦厚』與『中和』等同看待，是有其道理和依據的。」〔註92〕二是從後世人們對這兩者的理解來看，「二者都與『豪（舉、曠、放）』相區別對立。清人吳喬《圍爐詩話》指出：『詩以溫柔敦厚爲教，非可豪舉者也。』清人張謙宜《絸齋詩談》則用另一說法表明了同樣的意思，『豪放而獨存忠厚者，少陵是也』。一個『獨』字表明，在張謙宜看來，能夠如此兩兼的只有杜甫一人。一般情況下，豪放與溫柔敦厚是不能並存的。而另一方面，清人劉熙載又明白地告訴我們：『豪曠非中和之則』（《藝概‧詩概》）。綜觀他們的言論，在與『豪（舉、曠、放）』相區別對立這一點上，『中和』與溫柔敦厚是完全一致的。」〔註93〕通過這樣的邏輯，他們就將二者徹底的等同起來了，而又用「豪放」非「溫柔敦厚」來達到排斥「豪放」之爲「中和」之美的目的。最後張國慶總結認爲中國美學史上存在著兩種「中和」之美的理論類型：「以《樂記》爲代表的作爲一種富含辯證精神的普遍的藝術和諧觀的中和之美；以儒家詩教（『溫柔敦厚』）爲代表的作爲一種特定的藝術風格論的中和之美。這兩種中和之美間也會有著某些內在聯繫，但從哲學基礎到美學理論再到藝術實踐，二者都有著本質的差別，絕不應將它們混而爲一。」〔註94〕因此，「溫柔敦厚完全有理由也被稱爲『中和』之美，只不過這樣的中和之美，與作爲普遍藝術和諧觀的中和之

〔註91〕 張國慶：《儒、道美學與文化》，中國社會科學出版社，2002 年版，第 10 頁。
〔註92〕 張國慶：《儒、道美學與文化》，中國社會科學出版社，2002 年版，第 15 頁。
〔註93〕 張國慶：《儒、道美學與文化》，中國社會科學出版社，2002 年版，第 16 頁。
〔註94〕 張國慶：《儒、道美學與文化》，中國社會科學出版社，2002 年版，第 13 頁。

美已有了質的不同。在藝術實踐中，這是一種以禮義爲節制的和柔型的具體風格形態，若以理論的形式表現出來，它便成爲一種特定的藝術風格論。」〔註95〕可見，將「溫柔敦厚」和「中和」之美等同起來，僅僅是在「一種特定的藝術風格論」的層次上等同起來，也即在這種層次上對「豪放」進行排斥和否定的，它實際上並不涉及到文學的內容，當然也就順理成章地隔斷了和社會現實的聯繫，也就難怪不能將詩「可以怨」的詩學思想容納進來了。因此，單純從風格論的層次去論證「溫柔敦厚」的正統性、正宗性（詞學領域中則是以「婉約」爲本色或正宗），本身就是一種非常片面的做法。是內容決定形式，而不是形式決定內容。宗白華指出：「壯美內容，衝破形式，或至全無形式」（筆者按：宗先生所說的「無形式」，並非是眞的沒有外在的形式，而是指沒有人爲的形式，如大海、高山等自然景觀）；還有「崇高」意義上的「壯美」，如「《紅樓夢》黛玉之死」；或指完全由內容決定的形式，如「文學上如 Byron 之詩。」〔註96〕「優美則形式超過內容，或全在形式，蓋此形式，始足以引起人之同情也。」（《藝術學》）〔註97〕內容是不斷變動的，聯繫著社會現實的——因爲社會現實是不斷變動的，如果用形式因素中的藝術風格來規定內容，那麼只能導致內容的貧乏。「儒家保守的思想方法體現在文藝批評上，自然而然地孵化出『溫良敦厚』的詩教觀念，把文藝作品純粹當作政治教化的工具，用它去調和社會的矛盾和衝突，藉以維繫社會外在虛假的平衡狀態。這樣就極大地限制了文藝作品的思想內容，抑制了作者的創作個性削弱了文藝作品的社會批評功」。〔註98〕因此，這種做法，其實又是本末倒置的。

不過他們的這種錯誤，實在又含有故意犯之的意圖。在封建社會大一統的政治和思想體制框架下，限制人的主體性精神，是和統治階級的愚民政策密切聯繫在一起的，是和其統治策略聯繫在一起的，利用「溫柔敦厚」的詩教來反對和證明詩「可以怨」及「豪放」之美的非「中和」之美，不過是其反映在詩學和美學領域之內的一種具體理論形態和現實實踐罷了。在「溫柔

〔註95〕 張國慶：《儒、道美學與文化》，中國社會科學出版社，2002 年版，第 17～18頁。

〔註96〕 宗白華：《宗白華講稿》，江蘇教育出版社，2005 年版，第 92～93 頁。

〔註97〕 宗白華：《宗白華講稿》，江蘇教育出版社，2005 年版，第 100 頁。

〔註98〕 方然：《重估莊子在中國美學史上的地位——兼評李澤厚「儒道互補」說》，載《河南師範大學學報》（哲學社會科學版）1997 年第 24 卷第 1 期。

敦厚」詩教的掩蓋和排斥下，「豪放」不但被驅逐出了「中和」之美的領域，
而且漸漸地也被驅逐出了美的領域；而有意識的將「豪放」化爲非美的異物，
是歷代詩學理論家所努力達到的一個目標。對於孔子詩學思想的背離，充分
暴露了歷代統治階級的用心，也從反面證明了「豪放」這一審美範疇所具有
的堅實的詩學基礎，就是詩「可以怨」的傳統及其精神。「豪放」之所以能夠
逆這種以「溫柔敦厚」的詩學思想而生，根本原因就在於它所具有的強烈而
鮮明的主體性精神。李大釗指出：「孔子者，數千年前之殘骸枯骨也……歷代
帝王之護符也」，「護持偶像權威」而「非保障生民利益」〔註99〕，只不過爲
古代的統治階級利用，卻只能導致僵化和落後，「豪放」存在的意義，正在於
其具有「不受拘束」的精神而能夠不斷地進行突破。「豪放」雖然在歷史上遭
到了不公正的待遇，然而，誠如張國慶所指出的那樣，正因爲「溫柔敦厚」
和「中和」之美不能完全等同而有著質的差別，並且滲透了統治階級的思想
企圖，因而「二者對後世文藝的影響不一樣，在後世的遭遇也不一樣。中和
之美在後世文藝的影響既深且廣，隨著時代的發展與意識領域的拓寬，其影
響也不斷加深拓寬。詩教對中國文藝的影響也很深遠，但其影響面則相對較
窄（集中在詩歌、音樂等方面）。同時，在中國文學史上，其地位曾由人爲的
至尊漸次走向崩潰，這種情形在中和之美那裡是未曾有過的。」〔註100〕例如
元曲北曲的特色，「以『蒜酪』來形容，更有辛辣激性，與『中正和平』，『溫
柔敦厚』的詩歌審美不同，北曲持痛快潑辣、淋漓盡致的審美特徵」〔註101〕，
就在根本上突破了「溫柔敦厚」的詩教傳統，已經產生出了元曲這樣具有「一
代之文學」高度的中國文學樣本，影響不可謂不深遠。張國慶的分析是精到
的，不過他對於「溫柔敦厚」詩教的崩潰的估計是有點過於樂觀了。從上面
他所總結的三類將「溫柔敦厚」和「中和」等同起來的情況看來，這種思想
觀念在當代社會中還有很大的市場，不把這種負面的因素徹底清除掉，那麼
以剛健積極爲主調和特色的「豪放」之美就很難得到進一步的發展，這對於
開拓新時期（擺脫封建社會的審美意識形態中的落後因素）的審美意識和建
設新時期的民族審美意識形態，有著至關重要的作用。封孝倫在《二十世紀
中國美學》一書中指出：

〔註99〕 《李大釗選集》，人民出版社，1959 年版，第 77 頁。
〔註100〕 張國慶：《儒、道美學與文化》，中國社會科學出版社，2002 年版，第 20 頁。
〔註101〕 高人雄：《北方民族文化對北曲的影響》，載《韓山師範學院學報》2006 年 8
月第 26 卷第 4 期。

　　中國古代文學史，我們可以用「唐詩」、「宋詞」、「元雜劇」、「清小說」來指稱各個時代所取得的重要成就，但是詩和詩的原則卻是一貫始終的文學的精神和靈魂。在各種體裁的文學創作中，我們都可以用詩的創作原則來評判、規範它。它要求情與景的交融，追求味外之旨，韻外之致，狀難寫之景如在目前，含不盡之意見於言外。對社會弊病的批判必須是轉彎抹角的諷諫，需要採取「引譬連類」，或「先言它物以引起所詠之物」的曲折手法。這些特點和手段，曾在中國古代文學的歷史上，創造過一次又一次的輝煌。它嚴格遵循著「怨而不怒」、「哀而不傷」、「溫柔敦厚」的儒家信條，數千年發揮著文學的社會批判功能和審美功能。

　　但是在 20 世紀初年，內憂外患把人們的情感焦慮一層一層疊向高峰，蓄積的情感勢能已經難以忍受那種中庸、和諧的溫開水。要麼烈焰騰騰，要麼冰封千里，山洪暴漲的川流沖決大壩勢成必然，小說的大量產生正代表了人們的這種強烈的以至的審美選擇。〔註102〕詩歌和小說的爭鋒，其實在元代就已經開始，並以小說取得勝利（取得主流文學的地位）而告終，產生了元雜劇這一兼有詩歌和小說兩種因素的過渡型文學類型，這個我們在前文中已經論述過，而究其根本的原因，實在就在於以「優美」的審美理想為主導的文學（在詩學之中則是「溫柔敦厚」），不能適應當時社會發展的現實生活的緣故。對於「優美」或「婉約」的突破，不但為「豪放」所成功做到，而且也注定是一種歷史的必然！

　　從「豪放」的詩學基礎來看，對於「豪放」的排斥和壓抑，其實是一個關乎民族審美意識和審美理想的問題。從民族審美意識、審美理想的高度來認識文藝對一個國家發展的巨大作用，魯迅的《摩羅詩力說》（1907 年作，1908 年 2 月、3 月以「令飛」的筆名發表於《河南》雜誌第二期和第三期上，後收入 1926 年出版的雜文集《墳》），可謂當時的一個最高成果。「《摩羅詩力說》的中心意旨，就在於徹底否定傳統的『和諧』的審美理想，提倡一種反抗、破壞、新興有力的審美理想——崇高的審美理想。」〔註103〕在這篇氣勢磅礡、熱情洋溢、理想色彩濃厚深邃的長文之中，他極力讚揚了以拜

〔註102〕封孝倫：《二十世紀中國美學》，東北師範大學出版社，1997 年版，第 39～40 頁。

〔註103〕封孝倫：《二十世紀中國美學》，東北師範大學出版社，1997 年版，第 104 頁。

倫、雪萊（魯迅譯爲「裴倫」、「修黎」）爲代表的被西方保守勢力視爲「撒旦」（魯迅譯爲「撒但」）浪漫主義詩派，認爲他們的詩歌是「固聲之最雄桀偉美者矣」，「然以語平和之民，則言者滋懼」，因此魯迅從「平和爲物，不見於人間。其強謂之平和者，不過戰事方已或未始之時，外狀若寧，暗流仍伏，時劫一會，動作始矣」〔註104〕的論點出發，闡述了詩歌應有的感動人心的作用，批評道家思想「老子書五千語，要在不攖人心；以不攖人心故，則必先自致槁木之心」，而從「力」即「壯美」的角度讚揚浪漫主義詩歌「至偉」，「人得是力，乃以發生，乃以曼衍，乃以上征，乃至於人所能至之極點」〔註105〕，由此，魯迅強烈地抨擊了中國古代詩歌及詩學中的「平和」思想觀念：

> 蓋詩人者，攖人心者也。凡人之心，無不有詩，如詩人作詩，詩不爲詩人獨有，凡一讀其詩，心即會解者，即無不自有詩人之詩。無之何以能解？惟有而未能言，詩人爲之語，則握撥一彈，心弦立應，其聲激於靈府，令有情皆舉其首，如睹曉日，益爲之美偉強力高尚發揚，而污濁之平和，以之將破。平和之破，人道蒸也。雖然，上極天帝，下至輿臺，則不能不因此變其前時之生活；協力而天閼之，思永保其故態，殆亦人情已。故態永存，是曰古國。惟詩究不可滅盡，則又設範以囚之。如中國之詩，舜云言志；而後賢立說，乃云持人性情，三百之旨，無邪所蔽。夫既言志矣，何持之云？強以無邪，即非人志。許自繇於鞭策羈縻之下，殆此事乎？然厥後文章，乃果輾轉不逾此界。其頌祝主人，悅媚豪右之作，可無俟言。即或心應蟲鳥，情感林泉，發爲韻語，亦多拘於無形之囹圄，不能舒兩間之眞美；否則悲慨世事，感懷前賢，可有可無之作，聊行於世。倘其囁嚅之中，偶涉眷愛，而儒服之士，即交口非之。況言之至反常俗者乎？惟靈均將逝，腦海波起，通於汨羅，返顧高丘，哀其無女，則抽寫哀怨，鬱爲奇文。茫洋在前，顧忌皆去，懟世俗之渾濁，頌己身之修能，懷疑自遂古之初，直至百物之瑣末，放言無憚，爲前人所不敢言。然中亦多芳菲凄惻之音，而反抗挑戰，則終其篇未能見，感動後世，爲力非強。劉彥和所謂才高者菀其鴻裁，中巧者獵其豔辭，吟諷者銜其山川，童蒙者拾其香草。皆著意外形，

〔註104〕《魯迅雜文全集》，河南人民出版社，1994年版，第21頁。
〔註105〕《魯迅雜文全集》，河南人民出版社，1994年版，第22頁。

－381－

不涉內質，孤偉自死，社會依然，四語之中，函深哀焉。故偉美之
聲，不震吾人之耳鼓者，亦不始於今日。大都詩人自倡，生民不耽。
試稽自有文字以至今日，凡詩宗詞客，能宣彼妙音，傳其靈覺，以
美善吾人之性情，崇大吾人之思理者，果幾何人？上下求索，幾無
有矣。〔註106〕

杜亞泉（傖父）也曾指出：「由吾人觀察之結果，則社會之生理確與個人生理
無異……喜沉靜之人，血氣平和而易於衰弱」〔註107〕，同樣，「魯迅內心對中
國古典文學那種熟透了的完美風格非常反感」〔註108〕，因此在這裡，魯迅從
批評「平和」（即僵化的「中和」之美的形式）出發，認為「平和」沒有足夠
的生命力和精神力量為創造之事，引申出「詩人者，攖人心者也」的觀點，
認為儒家詩教思想不符合詩歌「舜云言志」的思想，是「許自繇於鞭策羈縻
之下」，並對屈原的詩歌在一定程度上對儒家詩教思想的突破，表示了極大的
讚賞。同時他認為，屈原的這種突破仍然是不足的，「然中亦多芳菲淒惻之
音，而反抗挑戰，則終其篇未能見，感動後世，為力非強」，這不能不說是一
個根本性的遺憾。在這裡，魯迅其實是對儒家傳統詩教中「詩可以怨」（即使
這種思想在中國詩學思想史上沒有得到很好的發揮）也提出了批評，認為存
在著根本性的不足的。因此，在羨慕西方浪漫主義詩歌「迨有裴倫，乃超脫
古範，直抒所信，其文章無不函剛健抗拒破壞挑戰之聲。平和之人，能無懼
乎？」〔註109〕的同時，他深為感慨「今索諸中國，為精神界之戰士者安在？
有作至誠之聲，致吾人於善美剛健者乎？」〔註110〕提出了民族審美意識重於
洋務派學習西方的船堅炮利這樣令人振聾發聵的思想：「然時之懷熱誠靈悟如
斯狀者，蓋非止開納一人也，舉德國青年，無不如是。開納之聲，即全德人
之聲，開納之血，亦即全德人之血耳。故推而論之，敗拿坡侖者，不為國家，
不為皇帝，不為兵刃，國民而已。國民皆詩，亦皆詩人之具，而德卒以不亡。
此豈篤守功利，擯斥詩歌，或抱異域之朽兵敗甲，冀自衛其衣食室家者，意
料之所能至哉？然此亦僅譬詩力於米鹽，聊以震崇實之士，使知黃金黑鐵，

〔註106〕 《魯迅雜文全集》，河南人民出版社，1994年版，第22頁。
〔註107〕 陳崧編：《五四前後東西文化問題論戰文選·靜的文明與動的文明》，中國社
會科學出版社，1985年版，第22頁。
〔註108〕 封孝倫：《二十世紀中國美學》，東北師範大學出版社，1997年版，第105頁。
〔註109〕 《魯迅雜文全集》，河南人民出版社，1994年版，第24頁。
〔註110〕 《魯迅雜文全集》，河南人民出版社，1994年版，第36頁。

斷不足以興國家」〔註111〕，魯迅又在《論睜了眼看》一文中說：「沒有衝破一切傳統思想和手法的闖將，中國是不會有眞的新文藝的。」〔註112〕他還在《文化偏至論》一文中說：

> 　　內部之生活強，則人生之意義亦愈邃，個人尊嚴之旨趣亦愈明，
> 二十世紀之新精神，殆將立狂風怒浪之間，恃意力以鬪生路者也。
> 中國在今，內密旣發，四鄰競集而迫拶，情狀自不能無所變遷。夫
> 安弱守雌，篤於舊習，固無以爭奪於天下。〔註113〕

魯迅在文中明確地否定了「安弱守雌，篤於舊習」的國人精神面貌，提出「將生存兩間……若其道術，乃必遵個性而張精神」。可以說，時至今日，這種思想仍然具有非常偉大的現實意義。陳獨秀也認爲：「儒術孔道……不攻破，吾國之政治、法律、社會道德，俱無由出黑暗而入光明。神州大地，腐穢蝕人。」〔註114〕唯一令人感到遺憾的是，魯迅沒有發掘出中國詩學傳統中最具有主體精神和「壯美」形態意識的「豪放」範疇，沒有認識到「豪放」美學範疇在繼承了孔子詩「可以怨」思想的基礎之上，已經在宋詞元曲中突破了屈原「怨」而不足的境界，極大地發展了「中和」之美中最具抗爭精神的一面，因而賦予它以全新的活力，例如梁啓超就在《辛稼軒年譜》中分析《摸魚兒》（「更能消」）一詞時說：「詩可以怨，怨固宜矣。」〔註115〕劉揚忠也認爲：「詞可以怨，更可以怒」。〔註116〕但是，魯迅先生對「平和」思想的批判，對於我們現代人而言，其警省的意義卻遠遠大於這種微不足道的遺憾，何況就魯迅先生一生而言，已經在整體上彰顯了「豪放」的「不受拘束」而善於突破傳統的思想精神了。

〔註111〕　《魯迅雜文全集》，河南人民出版社，1994 年版，第 23 頁。
〔註112〕　《魯迅雜文全集》，河南人民出版社，1994 年版，第 76 頁。可惜的是，迄今爲止，二十世紀以來的中國文藝已然在主流態勢（尤其是最高境界）方面衝破了傳統思想的束縛，但衝破整個傳統文化的新文化思想卻仍然沒有得到確立，甚至連突破、超越中國傳統文化思想這一基本社會意識也尚未成爲共識。悠悠中國，未來有幾個一百年可以浪費？
〔註113〕　《魯迅雜文全集》，河南人民出版社，1994 年版，第 19 頁。
〔註114〕　《陳獨秀答吳陵》，《陳獨秀書信集》，新華出版社，1987 年版，第 69 頁。
〔註115〕　轉引自謝桃坊《中國詞學史》（修訂本），巴蜀書社，2002 年版，第 452 頁。
〔註116〕　劉揚忠：《辛棄疾詞心探微》，齊魯書社，1990 年版，第 68 頁。